历代名家尺牍精粹

廖可斌 主编

陈眉公尺牍

〔明〕陈继儒 著
李光摩 编选

浙江古籍出版社

图书在版编目（CIP）数据

陈眉公尺牍 /（明）陈继儒著；李光摩编选 . — 杭州：浙江古籍出版社，2022.8
（历代名家尺牍精粹 / 廖可斌主编）
ISBN 978-7-5540-2304-4

Ⅰ . ①陈… Ⅱ . ①陈… ②李… Ⅲ . ①书信集－中国－明代 Ⅳ . ① I264.8

中国版本图书馆 CIP 数据核字（2022）第 110512 号

本书为国家古籍整理出版专项经费资助项目

陈眉公尺牍

廖可斌　主编

〔明〕陈继儒　著　李光摩　编选

出版发行　浙江古籍出版社
（杭州体育场路 347 号　电话：0571-85176986）
网　　址　https://zjgj.zjcbcm.com
责任编辑　沈宗宇
责任校对　吴颖胤
封面设计　吴思璐
责任印务　楼浩凯
照　　排　杭州立飞图文制作有限公司
印　　刷　浙江海虹彩色印务有限公司
开　　本　880mm × 1230mm　1/32
印　　张　15
字　　数　243 千字
版　　次　2022 年 8 月第 1 版
印　　次　2022 年 8 月第 1 次印刷
书　　号　ISBN 978-7-5540-2304-4
定　　价　75.00 元

总　序

生活在今天的人们，特别是年纪较轻的人，已经很难想象写信对古代人的生活有多么重要。爱因斯坦曾说过，现代人与古人相比，只是在交通和通讯技术方面有所进步，在道德、情感、智慧等方面并没有优势。而恰恰是交通和通讯这两个方面的进步，极大地改变了人类的生活和交流方式。现代人相距万里可以朝发夕至，通过电报、电话、电子邮件、短信、微信等传递信息，更是天涯海角只在一瞬间。而古人如果居处相距遥远，往往只能望路兴叹；旅行只能靠双脚和车船骡马，相别动辄经年累月，传递信息的唯一渠道就是写信。无论是军政公文，还是家书友札，都决定着人们的命运，寄托着希望和忧愁，牵动着欢乐和痛苦，因此留下了“鱼雁传书”“织锦回文”“家书抵万金”等种种典故。打开一封封尘封的古人书信，不啻展开了一幅幅色彩斑斓的古代生活画卷，奏响起一支支幽咽婉转的动人心曲。

一

书信古称"书"，起源应该很早。早在上古时期，当人们需要将有关信息告知远在他方的人，而又具备了书写工具（包括文字、刀笔、写字的板片材料等）的时候，最初的书信应该就诞生了。清代学者姚鼐认为，最早的书信，是《尚书·君奭》中记录的周公旦告召公奭的一段话。①其实这还只是就现存文献而言，原始形态的书信出现应该更早。

但当时人们交往有限，书写条件也有限，交流往往通过直接见面交谈进行，书信还不普及。因此著名文学理论家刘勰认为，书信这种文体真正发达，是在春秋战国时期，"三代（夏商周）政暇，文翰颇疏。春秋聘繁，书介弥盛"，"及七国献书，诡丽辐辏"。这一时期，无论是诸侯国之间，还是贵族士大夫个人之间，交往更加频繁，书信遂被大量使用。刘勰列举《左传》中所载春秋年间秦国绕朝赠晋国士会以策、郑国子家致书晋国赵宣子、楚国巫臣奔晋后致书楚国重臣子重和子反、郑国

① 姚鼐："书说类者，昔周公之告召公，有《君奭》之篇。"见姚鼐编《古文辞类纂》，岳麓书社 1988 年版，"序"第 2 页。

子产致书晋国执政范宣子等，认为“详观四书，辞若对面”[1]，可视为书信的典范。而姚鼐《古文辞类纂》所录战国年间的《苏代遗燕昭王书》《鲁仲连遗燕将书》等，更是洋洋洒洒，辞气畅达。

至秦汉之际，书信更加普及，刘勰形容为“汉来笔札，辞气纷纭”[2]。李斯《谏逐客书》、邹阳《谏吴王书》、邹阳《狱中上梁王书》、枚乘《说吴王书》、司马迁《报任安书》、杨恽《报孙会宗书》、刘歆《移让太常博士书》等，就是其中出类拔萃的名篇。《后汉书》的《班固传》《蔡邕传》《孔融传》等，在记录传主身后留存于世的各种体裁的作品时，都列了“书”这一类，可见当时人已将书信视为一种重要文体。

但在秦汉之际，“书”这种文体的特征还比较模糊，内涵还比较笼统。人们几乎把所有由一个人写给另外的人的文章都称为“书”，并将“记”与“书”连称为“书记”。所谓“书记”文体的内涵就更庞杂了。刘勰说：“夫

①《文心雕龙·书记第二十五》，刘勰著、周振甫注《文心雕龙注释》，人民文学出版社 1981 年版，第 277 页。

② 同上。

书记广大，衣被事体，笔札杂名，古今多品。”[①] 他把“谱籍簿录、方术占式、律令法制、符契券疏、关刺解牒、状列辞谚”等，也都归入“书记”一类，认为是“书记所总”，说它们“或事本相通，而文意各异，或全任质素，或杂用文绮，随事立体，贵乎精要”[②]。

从两汉到魏晋南北朝，随着文学的发展，各种文体进一步分化独立，“书”体文也经历了两次重要的分化。一是士大夫与帝王之间的往来文章，和官府之间的往来书札，原来也都称为“书”。秦汉以后，为了加强君王的权威，立起了规矩，帝王写给臣民的文章，被称为“命、谕告、玺书、批答、诏、敕、册、制诰”等；士大夫写给皇帝的文章被称为“表奏”，它们就都从“书”中分化出去了。到了东汉时期，官府之间的往来书札，也有了单独的名称，被称为“奏记”“奉笺”，也从“书”中分化出去了。刘勰云：“战国以前，君臣同书，秦汉立仪，始有表奏；王公国内，亦称奏书”；

① 《文心雕龙·书记第二十五》，见刘勰著、周振甫注《文心雕龙注释》，人民文学出版社 1981 年版，第 278 页。

② 同上，第 281 页。

“迄至后汉，稍有名品，公府奏记，而郡将奉笺”[①]。梁萧统编《文选》，就已将“诏、册”（卷三十五）、“令、教、策”（卷三十六）、“表”（卷三十七、三十八）、“上书”（卷三十九）、“弹事、笺、奏记”（卷四十）与“书”（卷四十一、四十二、四十三）分开了。总体而言，经过这一分化，属于公文的“书”，即所谓“公牍”，就基本上从“书”中独立出去了，“书”主要用来指相对个人化的书信。

但剩下来的“书”体文内容仍然非常复杂，可以论政，可以论学，也可以用于应酬，用于亲人、朋友之间相互问候，彼此之间差异仍然较大。两汉以后，随着纸张的发明使用，书写更为便利，亲人、朋友之间的日常联系越来越多地运用书信。这类书信一般篇幅短小，内容日常生活化，语言活泼轻松，与此前的公牍性书信，以及比较郑重、正式的论政、论学书信不同，成为书信的一个很重要的门类，后人称之为帖、短笺等，

①《文心雕龙·书记第二十五》，见刘勰著、周振甫注《文心雕龙注释》，人民文学出版社 1981 年版，第 278 页。明代吴讷《文章辨体序说》亦称：“昔臣僚敷奏，朋旧往复，皆总曰书。近世臣僚上言，名为表奏；惟朋旧之间，则曰书而已。”见吴讷、徐师曾《文章辨体序说 文体明辨序说》，人民文学出版社 1998 年版，第 41 页。

有些近似于现在的便条、字条。[1] 著名书法家王羲之等就留下了大量这类帖、短笺。至此，在相对个人化的书信内部，比较郑重、正式的论政、论学类书信，与比较日常生活化的书信也相对区分开来了，后者就是后来人们所称的狭义的“尺牍”的前身。

“尺牍”之称，起于汉朝。当时朝廷的诏书都写在一尺一寸长的竹木板上，所以称“尺牍”或“尺一牍”，是包括朝廷诏书在内的所有书信的通称。当公文性的“书”被改称为“诏”“敕”“制”和“奏”“疏”“表”等而独立出去，个人化的“书”内部又发生分化之后，“尺牍”遂被专门用来指比较日常生活化的书信。它就由所有书信的通称变成比较日常生活化书信的专称。人们用丝帛、纸张写信，也比照“尺牍”的说法，称“尺素”“尺缣”“尺锦”“尺纸”等。既然各种载体的书信都以“尺”称，所以书信又被称为“尺书”“尺翰”。

从魏晋南北朝到唐宋，人们越来越多地写这种帖、短笺，即“尺牍”，但它们还不受重视。人们重视的还是那种比较郑重、正式的论政、论学“书”，认为这种“书”才比较有价值。王羲之的众多帖、短笺之所以

① 见钱锺书《管锥编》，中华书局1979年版，第3册，第1108页。

能流传下来，是因为他的书法为世人所重，这些书信是因书法而传。当时其他人应该也写了不少类似的东西，它们就没有这样幸运了。刘勰《文心雕龙·书记卷二十五》已两次提到“尺牍”(“祢衡代书，亲疏得宜:斯又尺牍之偏才也”[①];“然才冠鸿笔,多疏尺牍”[②]),语气中显然对“尺牍”颇为轻视。唐宋间文人自编文集，或他人代编文集，如白居易《白氏文集》、欧阳修《居士集》、苏轼《东坡集》《东坡后集》等,都列有“书”类，但只收比较郑重、正式的“书”。

直到南宋年间，人们的观念才开始发生变化。据信编纂于南宋的《东坡外集》中，除有“书”二卷外，还有“小简”(即“尺牍”)十九卷。周必大等人所编《欧阳文忠公集》收“书简”十卷。这种将“书”与“尺牍”分开收录的编纂方式，此后被继承下来。如明代所编《东坡续集》十二卷中，除“书”一卷外，还有“书简”四卷。同样编于明代的《三苏全集·东坡集》八十四卷中,除“书”二卷外,还有“尺牍”十二卷。这些“尺牍”

① 刘勰著、周振甫注《文心雕龙注释》,人民文学出版社 1981 年版，第 277 页。

② 同上，第 281 页。

都是原来被遗落的，这时才被搜集汇录在一起。这固然是因为欧阳修、苏轼人品高尚、文采出众，尺缣片楮，后世人皆乐于收集而宝藏之，亦因“尺牍”这种文体的价值终于得到认可。人们对“尺牍”的文体特征有了比较清晰的认识，因而将它与比较郑重、正式的论政、论学书信分别开来。狭义的“尺牍”作为一种文体，遂正式登上文坛。[①] 自此以后，比较郑重、正式的论政、论学“书”，一般被视为“古文”之一体；而比较日常生活化、篇幅短小、文风活泼的“尺牍”，则被归于“小品文”的范畴，两者并行不悖。

当然，无论是公文性书信与个人化书信之间，还是个人化书信中比较郑重、正式的论政、论学书信与比较日常生活化的“尺牍”之间，界限都不是绝对的。两汉以后，臣僚给皇帝的奏疏，也还有叫“书”的，如王安石著名的《上仁宗皇帝言事书》。有些比较日常生活化的书信，如曹植《与杨德祖书》、陶渊明《与子俨等疏》，内容也未尝不重要。但总体上说，这几类书信之间的分野是清楚的。

① 见（日）浅见洋二《文本的“公”与“私”——苏轼尺牍与文集编纂》，《文学遗产》2019年第5期。

及至明清时期，随着社会生活和人们思想观念的变化，人们的文学观念总体上越来越世俗化，即越来越注重反映普通人日常生活的文体，尺牍遂越来越受青睐。人们在编选文集时，往往将“尺牍”与“书”等量齐观，将之统一编入“书”中，甚至将“尺牍”单行。如明代文学家陆深的文集中，“书”类就兼收比较郑重、正式的论政、论学“书”，和包括家书在内的“尺牍”。后来因为他的“尺牍”很受欢迎，人们又将他的“尺牍”另编为《俨山尺牍》行世。冯梦祯《快雪堂集》六十四卷本收录“尺牍”十三卷，他又将尺牍部分单独刊刻为《快雪堂尺牍》。晚明其他著名文人如屠隆、汤显祖、王思任等，均有尺牍单独刊行。晚明至清初，更出现了选编出版历代名人尺牍总集的风潮，现在可以考知的不下两百种，其中影响较大的有杨慎《赤牍清裁》、王世贞《尺牍清裁》、屠隆《国朝七名公尺牍》、顾起元《盛明七子尺牍》、凌迪知《国朝名公翰藻》、李渔《尺牍初征》、周亮工《尺牍新钞》、汪淇等《尺牍新语》、陈枚《写心集》《写心二集》等。

二

尺牍历来是比较受欢迎的读物，堪称读者的宠儿，用鲁迅先生的话来说："日记或书信，是向来有些读者的。"[①] 人们为什么对尺牍感兴趣？古代尺牍对当代人还有何价值？我想它至少具有如下四个方面的意义：

一是可以帮助我们更准确深入地认识历史的真相。中国素来有重视历史的传统，记载古代历史的文献可谓汗牛充栋。但大部分正经正史记录的都是重大历史事件，描写的都是风云人物在朝堂、疆场上的壮举，属于宏大叙事，固然气势恢宏，但较少触及这些人物的日常生活图景，包括他们与家人、亲友、同僚等之间盘根错节的微妙关系，以及他们复杂幽微的内心活动。而他们所写的书信，则与各种笔记、野史等一起，展现了历史的另外一面。如果说正经正史反映的是这些人物戴着面具的表演，那么书信等则在一定程度上反映了他们摘下面具后的真相。如果说前者展现的是台前的景象，那么后者则揭示了幕后的种种细节。看历史，既要把握大局，也

① 鲁迅《孔另境编〈当代文人尺牍钞〉序》，见《鲁迅全集》（六）《且介亭杂文二集》，人民文学出版社 1961 年版，第 330 页。

要深入细节；既要看到正面，也要看到反面。只有将这些不同的面相拼接在一起，才庶几接近历史的真面目。如我们可以称明代著名文学家汤显祖秉性刚正，不畏权贵，从遂昌知县任上自行辞职归家。但看到他当时与好友刘应秋等人的往来信函，就知道当时朝中人际关系多么复杂，汤显祖为争取出路曾做了多么不懈的努力。又如看到明代文学家王樵给子侄的书信，说到其子王肯堂中进士时，亲友们如何不屑一顾，当得知王肯堂中选翰林院庶吉士后，他们如何马上换了一副嘴脸，由此我们就可以知道当时人对进士、翰林院庶吉士的真实看法，以及当时社会所谓亲友之间关系的真相。从曾国藩写给其弟曾国荃等人的书信中，我们可以得知湘军内部、湘军与淮军之间、湘军淮军与清廷之间，是如何的矛盾重重。而从太平天国忠王李秀成写给英国传教士艾约瑟、杨笃信的书信中，我们又可以看到打着基督教旗号的太平天国与清朝、西方势力三者之间的微妙关系。从书信中获取的这些零碎而生动的细节，可以大大丰富我们对历史真相的认知，让我们对历史的印象由粗线条的轮廓变为鲜活的图景。

二是可以让我们感受古人的心灵世界，让我们加深对人性、人生、人世的理解。历史的车轮不停转动，社会生活嬗变不息，人们的思想观念也在不断变化，但人总还是具有灵性的血肉之躯，总还是要经历生老病死，难免种种喜怒哀乐、爱恨情仇。人类心灵深处的这些东西，千百年来变化其实非常有限。我们阅读古代优秀的文学作品，可以感受到古人的忧乐，与他们展开心灵的对话。在这个过程中，他们的面容神情清晰真切地浮现在我们眼前，让我们真觉得古今人相去不远。相对来说，在各种文体里，书信和日记是较能真实反映人们的内心世界的。周作人曾指出：

日记与尺牍是文学中特别有趣味的东西，因为比别的文章更鲜明的表出作者的个性。诗文小说戏曲都是做给第三者看的，所以艺术虽然更加精炼，也就多有一点做作的痕迹。信札只是写给第二个人，日记则给自己看的（写了日记预备将来石印出书的算作例外），自然是更真实更天然的了。我自己作文觉得都有点做作，因此反动地喜看别人的日记尺牍，感到很多愉快。我不能写日记，更不善写信，自己的真相仿佛在心中隐约觉到，但要写他下来，即使想定是私密的文字，总不免还有做作——这并非故意如此，实在是修养不足的缘故，然而因此也愈觉得别人的日记尺牍之佳妙，可喜亦可贵了。[①]

有趣的是，鲁迅先生也讨论了书信与其他文体之不同：

作者本来也掩不住自己，无论写的是什么，这个人总还是这个人，不过加了些藻饰，有了些排场，仿佛穿上了制服。写信固然比较的随便，然而做作惯了的，仍不免带些惯性，别人以为他这回是赤条条的上场了罢，他其实还是穿着肉色紧身小衫裤，甚至于用了平常决不应用的奶罩。话虽如此，比起峨冠博带的时候来，这一回可究竟较近于真实。所以从作家的日记或尺牍上，往往能得到比看他的作品更其明晰的意见，也就是他自己的简洁的注释。不过也不能十分当真。有些作者，是连账簿也用心机的，叔本华记账就用梵文，不愿意别人明白。[②]

---

①《日记与尺牍》，见周作人《雨天的书》，岳麓书社 1987 年版，第 11 页。

② 鲁迅《孔另境编〈当代文人尺牍钞〉序》，见《鲁迅全集》（六）《且介亭杂文二集》，人民文学出版社 1961 年版，第 330—331 页。

相比较而言，鲁迅先生更冷静清醒。在短短的一段话中，开头和结尾处两次强调，即使是写书信这类东西，作者也往往免不了“做作”和“用心机”，因此读者“也不能十分当真”。我们应该对此抱有充分的警觉。古代有些人写信给某人谈某事，本来就是准备公之于世的，相当于写公开信，这种文章就和一般文章没有多少差别，只是运用了书信这样一种文体形式而已。有些比较有名的人物，即使是写给朋友和家人的书信，或为名，或为利，或为了名利双收，也是早就打算日后要结集出版的，写的时候不免就有诸多顾忌和矫饰。有些信件收入文集或尺牍集时，还会做许多加工，加上一些漂亮话，尤其是删掉某些敏感内容，这些书信的真实性就要大打折扣了。

但鲁迅先生毕竟也肯定，书信的内容“究竟较近于真实”；通过书信，可以“从不注意处，看出这人——社会的一分子的真实”[①]。凡是书信，都是写给特定的人看的，如果太不真实，完全是套话假话，那就相当于当面撒谎，不会有任何好效果。何况大部分书信，

① 鲁迅《孔另境编〈当代文人尺牍钞〉序》，见《鲁迅全集》（六）《且介亭杂文二集》，人民文学出版社1961年版，第330页。

特别是尺牍，一般都是写给亲人，或比较熟悉的朋友，作者的心态往往比较放松。有些在公开场合不能说的真实感受和想法，可以向亲人和朋友一吐为快。说过之后，写信人往往还不忘记嘱咐收信人，所言不足为外人道,甚或要求看后即销毁。如苏轼《答李端叔（之仪）书》云："自得罪后，不敢作文字。此书虽非文，然信笔书意，不觉累幅，亦不须示人，必喻此意。"① 看看苏轼给亲友的诸多书信，我们就知道，在旷达洒脱的外表下面，一代天才心中又有多少悲苦与无奈。著名书画家赵孟頫的妻子管道昇，回娘家后给丈夫写信，叮嘱种种家务事，让他赶快寄柿子，说是丈人要吃，不仅书法清丽潇洒，而且语气亲切有趣，传递出这一对艺术家夫妇相知相惜的温情。至于明末清初抗清志士夏完淳的《狱中上母书》、辛亥革命先烈林觉民的《与妻书》，写信人临难之际，对至亲至爱的人敞开自己的心扉，真可谓饱含血泪，至情至性，感人至深。阅读这些尺牍中的精品绝品，我们会对人性的光辉、人生的悲欢和人世的苍茫有更深的感悟。

① 张志烈、马德富、周裕锴主编《苏轼全集校注》之《文集》卷四十九，河北人民出版社 2010 年版，第 16 册，第 5345 页。

三是可以欣赏古人的文笔之美。书信本是一种应用性很强的文体，把要说的事情说完也就可以了。但我们现在所能看到的中国古代的书信，基本上都是士大夫们写的。中国古代一直存在一个士大夫阶层，这是中国古代长期实行大一统君权专制制度的产物，是中国古代社会结构的一个重要特点。士大夫们都接受过良好的教育，有较好的文学艺术修养，善于将生活艺术化。茶有茶道，花有花道，至于琴棋书画，那就更精妙无穷了。写信也是一件很雅的事情，不仅笔墨砚纸马虎不得，行款格式也有讲究。书信本身则力求写得生动活泼，于尺幅中见巧思。或如语家常，娓娓道来；或夸张调侃，风趣幽默。表关切则务求语气平和，有请托则力戒卑躬屈膝，要尽可能恰如其分，彼此两宜。结构则似信笔所之，而姿态横生。有些精巧鲜活的表达方式，在其他文体中是不可能出现的。所以鲁迅先生说，过去人看尺牍，就是为了看其中的“朝章国故，丽句清词，如何抑扬，怎样请托”[①]。诗词文赋文雅精致，内涵丰富，但要读懂并不容易；小说戏曲比较易懂，

① 鲁迅《孔另境编〈当代文人尺牍钞〉序》，见《鲁迅全集》（六）《且介亭杂文二集》，人民文学出版社 1961 年版，第 330 页。

但篇幅大多偏长。至于众多一本正经的高文典册，内容或许渊深，但除了专门研究者，一般人读起来无不觉得头昏脑涨。相形之下，小巧活泼、饶有情趣的尺牍，就成了阅读起来最轻松、可读性最强的文体。

四是可供当代人借鉴人际交往之道，尤其是语言交流的必要礼仪和技巧，因而具有实用价值。现代人已很少写信，但人际交往特别是语言交流仍然是必不可少的。古人既然写信，纸短情长，就要注意锤炼字句，力求表达清晰优美。对不同的对象，也要用不同的称谓和表达方式，以表示礼貌，务使“尊卑有序，亲疏得宜”[1]。现在人们发短信、微信，往往脱口而出，随手而发，态度随便，久而久之，语言就越来越单调，甚至粗鄙。长此以往，整个民族的语言水平和礼仪修养都可能下降，这是一件令人担心的事情。有些人不具备古文功底，又要显摆自己的古文，就更糟糕了。例如古代书信用语中的“启”本来是陈述的意思，因此书信可以用“敬启者”开头。现在人们一般用它表示打开信封的意思，有人却在信封上写某某人“敬启”，

① 徐师曾《文体明辨序说》，见吴讷、徐师曾《文章辨体序说 文体明辨序说》，人民文学出版社 1998 年版，第 129 页。

就是要求别人（包括尊长）恭恭敬敬打开这封信。“聆听”是恭敬听取的意思，所以只能说自己“聆听”。请别人听或读，只能说“垂听”“垂察”“垂览”“垂鉴”“赐览”“赐鉴”等。现在人汇报完了却常说“谢谢聆听”。试问收信或听汇报的长者看到或听到这样的表达，心中会作何感想？又如“家父”“家兄”本用于称自己的家人，有人写信却说对方的“家父”“家兄”如何如何；“令郎”“令爱”是称对方的儿女，有人却说自己的“令郎”“令爱”如何如何；“先严”“先慈”是指自己已过世的父母，有人却用来指还活着的父母。凡此种种，让人哭笑不得。再如年长者对晚辈，为表客气，也可称“兄”“世兄”“仁兄”等，而自称“弟”。有些人不懂这一点，拿着某位名人称其为“兄”而自称“弟”的信函，到处炫耀，洋洋得意，令人齿冷。现代人主要通过电子邮件、短信、微信等联系，这是大势所趋。写这类东西也不必生搬硬套古人尺牍的模式，但读一点古人的尺牍还是有好处的。浸润既久，我们可以多少懂得一些必要的知识，少闹笑话；也可以感受到一些古人相交相处之道，提高自己的修养，言辞之间学会以礼相待，从而构建一种和谐的人际关系。

基于上述认识，我们编选了这套“历代名家尺牍精粹”丛书，分辑出版，首辑拟推出明清尺牍十一家。

丛书的总体定位是一套具有一定学术水准、面向社会大众读者的普及型文学读本。主要收录狭义的尺牍，即比较日常生活化的书信，兼收部分比较有文采、有情趣的论政、论学类书信。选择标准主要着眼于尺牍的文学价值。注释和赏析力图在全面深入了解作者的经历、个性，对相关事件的来龙去脉了然于心的基础上，准确把握每篇尺牍的真实含义，揭示其压在纸背的心情，及其写作上的精巧微妙之处。

丛书旨在提供一套涵盖面广、典型性强、审美价值高的历代尺牍文学选本，有助于广大读者欣赏美文，获得轻松愉悦的审美享受；发抒性灵，陶冶情操；回望祖国传统文化，回味前人的生活方式，增进对中国古代社会和士人精神世界的理解；感受汉字和汉语的深邃魅力，提高书面和口头表达能力。

本丛书的编选撰写和出版肯定存在诸多不足之处，敬希读者批评指正。

廖可斌

目　录

卷之一

卷之二

卷之三

卷之四

附　启

卷之一

与唐抑所太史〔一〕

故乡旱潦，如循环然。往岁禾头短于凫颈，今年田壤斥如龟文。东郭半顷，不复如曩时。以足下且有东方之饥，而仆安得索侏儒之饱也〔二〕。老父明年七十矣，欲徼兄之文为寿。弟凉德无他长，顾我翁之婆娑乡社，晚年所甘，舍肉而藿，是人所难。今人浮慕足下之清华，而笑吾党之清操，请兄一言扫之。

足下文高获选，弟不心空及第乎？足下歌朱雁，弟不盟白鸥乎〔三〕？足下拥天禄著书，弟不据虎皮谈《易》乎〔四〕？足下侍玉皇案，弟不礼绣佛斋乎？足下披五色宫锦，弟不挂四时毳衲乎〔五〕？足下高车，弟不高枕乎？足下千钟五鼎、春秋馈享〔六〕，弟不有鸡豚之逮亲存乎〔七〕？与兄比权量力，较雌对雄，此足以寿我翁矣。兄读之，得无击桌喷饭，笑我为不知汉大也〔八〕。

注释

〔一〕唐抑所：即唐文献，字符徵，号抑所，华亭（今上海）人。万历十四年会试第一，殿试状元，授翰林院修撰，官至礼部侍郎。

〔二〕"东方之饥"两句：意谓有官俸的人尚然匮乏，自己更加困窘。《汉书·东方朔传》：上召问朔："何恐朱儒为？"对曰："臣朔生亦言，死亦言。朱儒长三尺余，奉一囊粟，钱二百四十。臣朔长九尺余，亦奉一囊粟，钱二百四十。朱儒饱欲死，臣朔饥欲死。臣言可用，幸异其礼。不可用，罢之，无令但索长安米。"

〔三〕朱雁：祥瑞之征。《汉书·武帝纪》："太始三年二月，行幸东海，获赤雁，作《朱雁之歌》。"白鸥：《列子·黄帝篇》："海上之人有好沤鸟者，每旦之海上，从沤鸟游，沤鸟之至者百住而不止。其父曰：吾闻沤鸟皆从汝游，汝取来，吾玩之。明日之海上，沤鸟舞而不下也。"指人无机心，鸟类也可以亲近。此指退隐。

〔四〕天禄：即天禄阁，与石渠阁并为汉代皇家藏书之地。《汉书·艺文志》载刘向曾校书天禄阁。虎皮谈《易》：《宋史·张载传》载，张载"尝坐虎皮讲《易》京师，听从者甚众"。

〔五〕毳衲：毛织衲衣，僧人所服。孙光宪《北梦琐言》卷六云："（裴休）常被毳衲，于歌伎院持钵乞食。曰：'不为俗情所染，可以说法为人。'"

〔六〕五鼎：此谓大夫所享五鼎之食。《孟子·梁惠王下》："前以士，后以大夫。前以三鼎，而后以五鼎欤？"

〔七〕"鸡豚"句：意谓与其死后厚祭，不如生时尽孝。《韩诗外传》卷七："曾子曰，往而不可还者，亲也。故孝欲养而亲不待。是故椎牛而祭墓，不如鸡豚之逮亲存也。"

〔八〕"汉大"句：即夜郎自大。《史记·西南夷列传》："滇王与汉使言曰：'汉孰与我大？'及夜郎侯亦然。"

点评

眉公邀请唐文献为其父作七十寿言，同时以戏谑的口吻对比双方社会地位，以抬高对方。作于万历十四年。

与王冏伯〔一〕

别后不意双履留滞吴江间，至今寺中琉璃光，耿耿在目。秋来旱魃相虐，泖河如盎瓮之口，田禾半焦，活者皆鬖鬖头陀发须耳。王先生高卧不干人，仰餐明霞，苦食翠柏。若弟侏儒不能索饱奈何？

高什三篇，清风穆如〔二〕，乃辱使者匍匐涸辙〔三〕，上来衔感夙谊，皆岁寒霜色也。长公嘻嘻〔四〕，顾自鸥鸟。次公娑娑〔五〕，宛尔兜率〔六〕。何时得啸歌，倾我家酿望之。

注释

〔一〕王冏伯：即王士骐，字冏伯，王世贞长子，万历十年南直隶解元，万历十七年进士及第，授兵部主事，官至礼部员外郎。

〔二〕清风穆如：指作品如清风般和美。《诗经·大雅·烝民》："吉甫作颂，穆如清风。"

〔三〕涸辙：比喻处于困境、急待援助的人或物。《庄子·外物》："庄周家贫，故往贷粟于监河侯。监河侯曰：'诺。我将得邑金，将贷子三百金，可乎？’庄周忿然作色曰：‘周昨来，有中道而呼者。周顾视车辙中，有鲋鱼焉。周问之曰：鲋鱼来！子何为者邪？对曰：我，东海之波臣也。君岂有斗升之水而活我哉？周曰：诺。我且南游吴越之王，激西江之水而迎子，可乎？鲋鱼忿然作色曰：吾失我常与，我无所处。吾得斗升之水然活耳，君乃言此，曾不如早索我于枯鱼之肆！’”

〔四〕长公：指王士骐。

〔五〕次公：指王士骕。

〔六〕兜率：佛教用语，是欲界六天中的第四天。此处有妙足、知足的意思。

点评

陈眉公与王家交情深厚，故此书语气轻松，神态自如。作于万历十四年。

与汪先生〔一〕

客岁奴子长干还，反承厚币，此古人束锦荐缟之义乎〔二〕？弟稻衣谷弁，涧饮木食，不复与海内贤豪长者游。近者授经弇州，北面皋比〔三〕，非其好也。乃门下何所剽仆？若以菰芦有陈生者，即蒲团灰坐，不觉为知己肠热。吾丈才情气谊，无可一世，世无识英雄人，遂使落落如故，翠阁红绡、金题玉躞〔四〕，故是借此以降壮心耳。

友人诸德祖〔五〕，自叹游南都不识汪先生，如泗州不见大圣〔六〕。清秘阁中〔七〕，故不可无此君耳。

注释

〔一〕汪先生：即汪景纯，安徽歙县人，后移家金陵，为盐商，亦为收藏家。李维桢《大泌山房集》卷七十一有《汪景纯家传》。

〔二〕束锦荐缟：指朋友交谊。《左传·襄公二十九年》："（季札）聘于郑，见子产，如旧相识。与之缟带，子产献纻衣焉。"

〔三〕北面：意谓学生敬师。《汉书·于定国传》："北面，备弟子礼。"皋比：虎皮，师儒坐虎皮讲学，后因指讲席。

〔四〕金题玉躞：谓精美的书画或书籍的装潢。古代的书画、书籍，都为卷轴。金题是泥金书写的题签，玉躞是系缚卷轴用的褾带上的玉制插签。张彦远《法书要录》卷四载唐张怀瓘《二王等书录》："二王书……并珊瑚轴，织成带，金题玉躞。"

〔五〕诸德祖：即诸念修，字德祖，华亭人，善书画，与陈继儒、董其昌等有交往。董其昌《容台集》有《诸德祖像赞》。

〔六〕泗州大圣：唐西域高僧僧伽大师，曾在泗州临淮县建造寺院，人称泗州和尚，传说是观音的化身。

〔七〕清秘阁：指藏书画的场所。

点评

眉公与盐商汪景纯有交情往还，同时向他推荐一画家朋友。万历二十七年至三十二年间，他在王士骐家教授子弟。此书作于此际。

与某君

迩来岩穴风腥，交游远大，如投兔飞鸟，楚楚可怜。不肖授经琅琊〔一〕，以一丸泥自封〔二〕，不敢辄闻姓名于通人长者。不谓从太原间，缀接班行，宛若生平，洞见底里。至于扫苛碎，释凝滞，如秋空云，如春沼水，异日大疑大事，直解衣带结耳。诸生得师，其福小。在社稷得人，其福大。幸爱颦笑，啬精气，以副野人之望。

束缟定交，明镜照胆，捧函循札，高谊敢忘？二扇谨承命书上，真米襄阳所谓惭惶杀人也〔三〕。

注释

〔一〕琅琊：王姓郡望，此处指王世贞家族。陈继儒万历二十七年至三十二年间曾受王士骐之邀，教授其子。

〔二〕一丸泥：汉刘向《列仙传·方回》："方回者，尧时隐人也……为人所劫，闭之室中，从求道，回化而得去，更以方印掩封其户。时人言，得回一丸泥涂门户，终不可开。"后用为归隐的典实。

〔三〕米襄阳：宋代著名书画大家米芾，因世居襄阳，被称为米襄阳。引语出自米芾《书史》："画摹多似，人物马牛尤易似，书临难似。第不见真耳，对之则惭惶杀人。"

点评

此"某君"，从"缀接班行"一语知为官宦人士，为何不称名号爵位？"诸生得师"，是否指教官，俟考。

复吴子野

不肖授经弇州者三年〔一〕，非壁观老僧，则庙见新妇，见客日少，闭门日多。至吴兴诸贤豪，则又井底望北斗矣。此中知有子野先生，即如读《吴世家》，便知有季子〔二〕。今孝若修禊之约〔三〕，不肖以为刻画古人，未敢即赴。然以此不获与君子相周旋，大是欠事。客岁读扇头诗，味隽情永，不胜缠绵之感。每欲赓和来美，往往困疟而止。然村讴田鼓，终当以本色劝酬。俟见时，当面奏耳。

注释

〔一〕授经弇州：指眉公在王士骐家教授子弟。

〔二〕季子：《史记·吴太伯世家》载吴季札封于延陵，

故号延陵季子。

〔三〕孝若：即茅维，字孝若，茅坤子。工诗，亦善作杂剧。与臧懋循、吴稼竳、吴梦旸称苕溪四子。修禊：古代民俗于农历三月上旬的巳日（三国魏以后始固定为三月初三）到水边嬉戏，以祓除不祥，称为修禊。

点评

茅维邀约修禊，眉公以为刻画古人，缺乏真情，没有赴约。由此可见，眉公对一味复古不是很感兴趣。作于万历三十年前后。

柬米子华〔一〕

前以一束生刍〔二〕，拜太夫人，四顾萧然，苔花绣壁，落叶满门，人为酣鼻。顾弟且为足下顿足相敬，古所谓蓬蒿三径〔三〕，居然名士风者，正为足下发耳。

足下诗本性情，绝不作当今涂神画鬼面目，乃就李不知有米先生〔四〕，何也？且无论足下，即秋潭一沙弥〔五〕，彦平、方叔两缝掖〔六〕，俱寂寂如木钟石鼓，大雅凋伤，烟霞冷落，一至于此。

仆为老亲浮沉人间，既似在绦之鹰，复如斗穴之鼠。思得清凉闲散如兄者，相与以一钵米、一杯茗破之，亦了不可得。况海氛杂沓〔七〕，吾辈泄泄与蜉蝣燕雀争尺寸之安〔八〕，何以堪之？

注释

〔一〕米子华：金华人，居士，眉公之友人。余俟考。

〔二〕生刍：此处指吊唁友人母。《后汉书·徐穉传》："林宗有母忧，穉往吊之，置生刍一束于庐前而去。"

〔三〕三径：晋赵岐《三辅决录·逃名》载：西汉末，王莽擅权，兖州刺史蒋诩辞官归里，"荆棘塞门，舍中有三径，不出，唯求仲、羊仲从之游"。后因以"三径"指归隐者的家园。

〔四〕就李：亦称携李，今嘉兴一带。

〔五〕秋潭：眉公方外友。钱谦益《列朝诗集·闰集》："（秋潭舷公）其所心契者，隐者吴少君、殷方叔、陈仲醇也。"

〔六〕彦平、方叔：即包彦平、殷方叔。缝掖：亦作"缝腋"。大袖单衣，古儒者所服。亦代指儒者。《后汉书·王符传》："徒见二千石，不如一缝掖。"

〔七〕海氛杂沓：指明末倭寇袭扰东南沿海事。

〔八〕泄泄：和乐貌。

点评

诗本性情，对当代泥古模拟者，眉公不以为然。此文作于万历二十三年前。

与陆公[一]

不肖发覆额，即知有陆先生，今四十矣，犹未得一望清尘。盖硁硁匹夫之节[二]，半为白云所绾，视一切游大人者，落落如飞鸟投兔[三]，心窃羞之，遂至心踪旷若河汉。老氏有云，至治之世，其民鸡犬相闻，不相往来[四]，得无类是乎？

虽然，长者坚饮冰之操[五]，而韬其清，负恢刃之才[六]，而敛其锷。至于咏歌翰墨，种种不减古人，而举世罕有知者。曾与玄宰谈公所赠陆伯达诗[七]，一字一珠，因相与论公如蛾眉出宫，作米盐新妇，真可叹息。羌有西湖作供，犹堪与香山、子瞻[八]，称异代同调。

堤上红雨扑面，未敢遂以苴绖唐突花神[九]。愿言之私，秋以为期。

注释

〔一〕陆公：指陆树声，字与吉，号平泉，松江华亭人。嘉靖二十年会试第一，授翰林院编修，后起用为太常卿，掌南京祭酒事，官至礼部尚书。

〔二〕硁硁：浅陋固执。《论语·子路》："言必信，行必果，硁硁然小人哉，抑亦可以为次矣。"

〔三〕投兔：指被逐而投人之兔。《诗·小雅·小弁》："相彼投兔，尚或先之。”

〔四〕“老氏”句：出自《老子》：“邻国相望，鸡犬之声相闻，民至老死不相往来。”

〔五〕饮冰：原指内心焦灼，此处指清贫廉洁。《庄子·人间世》：“今吾朝受命而夕饮冰，我其内热与？”

〔六〕恢刃：喻得心应手，从容自如。《庄子·养生主》：“彼节者有间，而刀刃者无厚。以无厚入有间，恢恢乎其于游刃必有余地矣，是以十九年而刀刃若新发于硎。”

〔七〕陆伯达：陆树声长子，名彦章，字伯达，万历十七年进士。

〔八〕香山、子瞻：分别指白居易、苏轼。白居易长庆二年，被任命为杭州刺史。苏轼元祐四年，出知杭州。二人分别筑堤西湖，曰白堤、苏堤。

〔九〕苴绖：古代服重丧者所束的麻带。

点评

陆树声是眉公的同乡前辈，也是一位有声望的官员。此时陆氏似暂居杭州。作于万历二十五年。

与董玄宰先生〔一〕

今岁馆于包、项二家〔二〕，其子弟相师，杜门谢客，眠渐高之日，读未见之书，不惟资辅聪益，兼可洗汰悔尤，知兄闻之，为一开眉睫也。《研北志》言，子昂在长安，书画借观，几重复不能了了，往往犊鼻濡墨，宛然为兄先立小像耳〔三〕。前见画册，断然必传，传必价压胜国之士，无论文、沈、都、祝也〔四〕。

年来胜心小耗，欲毕婚嫁，结瓢泖峰之间〔五〕。独不能忘情兄之手迹，望以休沐之暇，为擘练染茧，一寄野人，则草衣土壁，乐死足矣。

张清臣贫彻骨〔六〕，再游燕山，人情不甚远，岂仆仆车辙者，要为贫所驱。兄清甚，又半扫于墨工，惟三寸舌振之而已。

注释

〔一〕董玄宰：即董其昌，字玄宰，号思白、香光居士，华亭人。万历十七年进士，授翰林院编修，官至南京礼部尚书，卒后谥文敏。

〔二〕包、项：指包柽芳、项鼎铉两家。眉公万历三十三年曾馆于项家。项鼎铉，万历二十九年进士。

〔三〕《研北志》：即陆友仁《研北杂志》。子昂：赵孟頫，字子昂，号松雪道人。

〔四〕文、沈、都、祝：指文徵明、沈周、都穆和祝允明。

〔五〕结瓢：犹挂瓢。《太平御览》卷七六二引汉蔡邕《琴操》："许由无杯器，常以手捧水。人以一瓢遗之，由操饮毕，以瓢挂树。风吹树，瓢动，历历有声。由以为烦扰，遂取捐之。"后以"挂瓢"为隐居或隐者傲世的典故。

〔六〕张清臣：与董其昌、陈眉公皆有交往，辑有《酣古斋帖》。

点评

眉公不能忘世情，虽欲隐居，但儿女的婚嫁，萦绕在心。老朋友董其昌的字画，亦欲求得。作于万历三十三年。

代与邹南老〔一〕

客岁发二大愿，一愿入洛，寿座师沈先生〔二〕。一愿入豫章，谒南翁邹先生。洛归以后，车疲马烦，目病旋发，灸火闭关，奉医戒者四十九日。而山中久废之人，自护其短，不能命千里驾〔三〕，信乎至人之难遇也。

先生出处，非特关天下安危，实系士风邪正，如星拱北〔四〕，车指南〔五〕，而潜龙不见〔六〕，威凤不下〔七〕，然则国是何由而折衷乎？愚尝有云，众好必察，此豪杰精明事。众恶必察，此圣贤忠厚事。毁誉失真，则章奏失体。故平天下专于重好恶，而慎于言语，独责之君子。若匹夫匹妇，好莠自口〔八〕，何益于人品之是非、国家之祸福哉？当今担当世教，主持公论，全仗明公，以此不能不惓惓于圣贤豪杰耳。

注释

〔一〕邹南老：指邹元标，字尔瞻，号南皋，江西吉水人。东林党首领之一，与赵南星、顾宪成号为“三君”。

〔二〕沈先生：指沈一贯，字肩吾，号龙江，又号蛟门，浙江鄞县（今宁波）人。隆庆二年进士，选为庶吉士，后任翰林院编修、日讲官兼经筵讲官。万历十二年，擢詹事府少詹事，兼翰林院侍读学士，万历二十三年，以东阁大学士参与机务。万历二十九年，成为当朝首辅。万历三十四年致仕。

〔三〕千里驾：谓远地来访。《晋书·嵇康传》：“东平吕安服康高致，每一相思，辄千里命驾，康友而善之。”

〔四〕星拱北：指北极星。《论语·为政》：“为政以德，譬如北辰，居其所而众星共之。”

〔五〕车指南：即指南车，或曰司南车，指示方位的工具。

〔六〕潜龙勿用：出自《周易·乾卦》，比喻圣人在下位，隐而未显，或者贤人失时不遇。

〔七〕威凤：旧说凤有威仪，故称威凤。《关尹子·九药》：“威凤以难见为神。”比喻才德高尚的人。

〔八〕好莠自口：好话坏话都出自一人之口，指反复无常。《诗经·小雅·正月》：“好言自口，莠言自口。忧心愈愈，是以有侮。”

点评

此书盖代顾起元而写。顾起元，字太初，一作璘初、瞒初，号遁园居士，应天府江宁人。万历二十六年会试第一，官至吏部左侍郎，兼翰林院侍读学士。乞退后，筑遁园，闭门潜心著述，卒谥文庄。约作于万历三十三年。

复王昆仑〔一〕

久不见憨道人，忽得近耗，知往返水陆万二千里。杏花雪后，长啸太山，夜半观日出，五月入清凉台，采金莲花，北走塞上，上李药师舞剑台，出蓟门，绝大壑，归而渡海，赴顾司空上元灯火，又扶杖六桥桃花雨中矣。

兄论先生诗歌，即三札娓娓千言。又为杨将军道地〔二〕，老而意气勃勃，墨渖淋漓。以此卜长者百岁未可量。

玄宰书画，故是赵魏公前身〔三〕，其书皆墨迹中得来，非若今人仅摹石拓余滓也。至绘业以胜国进宋唐，如沙弥为律师〔四〕，散圣入庄严地〔五〕，正堪与古人争衡矣。

往于梦中得两句诗，寄益卿先生者〔六〕，有"白猿亲授山中剑，青鸟时传海上书"之语，今却为一片海相隔，且息影鸳湖，仆仆作村学究。乘桴之约〔七〕，未审何年。青莲舸北曲，久负此债。稍暇当乞东篱微沫，以佐酒卮。

主人坚客戒，即先生至，不能倾倒。盖书来之日，正闭关初日也。四月月圆时，可以解严。先生幸一报，当买钓鱼船，相从于新芦雏燕之间耳。

注释

〔一〕王昆仑：即王叔承，号昆仑人、憨憨人、梦虚道人。王世贞有《昆仑山人传》。

〔二〕道地：即代人事先疏通，以留余地。

〔三〕赵魏公：即赵孟頫，其卒后封魏国公。

〔四〕沙弥：即小和尚。律师：指善解佛教戒律的比丘。

〔五〕散圣：道教语，仙人未授仙职者之称。

〔六〕益卿先生：即顾养谦，字益卿，号冲庵。嘉靖四十四年进士，历任工部主事、郎中、福建按察佥事，进浙江右参议，改蓟州镇兵备，再进为右佥都御史，巡抚辽东。又奉命为蓟辽总督兼经略朝鲜军务。顾养谦为人倜傥豪迈，以才武称于蓟辽。万历三十二年卒，谥襄敏。有《冲庵抚辽奏议》《督抚奏议》等。

〔七〕乘桴：乘坐小木筏，喻避世无争。《论语·公冶长》："道不行，乘桴浮于海。"

点评

昆仑老人，想必是眉公喜欢来往之人。此时眉公馆于王士骐家。

与葛云岳〔一〕

先生，今之葛仙翁也〔二〕。遐瞩高轨，不能捧剑瓢以从，梦想松桂与白云俱渺矣。每闻先生之门，乡邦后进，执经问奇，郡邑大夫，干旌请教。此去古人白驹青牛何远〔三〕？

弟则支离山泽，无一状可载《逸民传》中。未老得病，无罪得谤，东坡先生已言之。仆何品裁，敢与耆旧并席？乃辱赐之瑶篇，萝薜顿明〔四〕，猿鹤欲和〔五〕，不自知其感之无从也。

生平介石〔六〕，又懒癖，未能出门，遥闻声而相慕。昔以为文人粉泽之语，今始觉东海北海，如比肩也。山林道薄，以空阔作眼目，以坚忍作腰膝，惟吾两人交勉之。

注释

〔一〕葛云岳：即葛晓，字公旦，号云岳，浙江上虞人。尝与徐渭等结“越中七贤社”。

〔二〕葛仙翁：即葛洪，字稚川，自号抱朴子，晋丹阳郡句容（今江苏句容）人。三国方士葛玄之侄孙，世称小仙翁。曾受封为关内侯，后隐居罗浮山炼丹。

〔三〕白驹：《庄子·知北游》：“人生天地之间，若白驹之过隙，忽然而已。”青牛：刘向《列仙传》载，后周德衰，老子乃乘青牛车去。入大秦，过西关。关令尹喜待而迎之，知真人也。乃强使著书，作《道德经》。此处用白驹、青牛代指世外高人。

〔四〕萝薜：即女萝和薜荔。《楚辞·九歌·山鬼》：“若有人兮山之阿，被薜荔兮带女萝。”后借以指隐者或高士的衣服。

〔五〕猿鹤：指隐士。孔稚圭《北山移文》：“蕙帐空兮夜鹤怨，山人去兮晓猿惊。”

〔六〕介石：志操坚贞之意。《易经·豫卦》：“介于石，不终日，贞吉。”

点评

“遥闻声而相慕”，所谓同声相应、同气相求，万物各从其类，对眉公与葛氏二人而言，也许不是虚语。

上王相公〔一〕

家贫不能养亲，势必藉馆谷。然无事而食人之食，不无少惭，故欲开家塾，聚里中三四生徒为糊口计。举业之暇，以礼义廉耻互相提撕，庶几少存人道之一二。不肖生平恒心恒产尽在此〔二〕，举动宛然村学究面目，老相公想喷饭满案也。

注释

〔一〕王相公：即王锡爵，字符驭，号荆石，太仓州（今江苏太仓）人。嘉靖四十一年会试第一、廷试第二，授翰林院编修，累迁詹事府右谕德、国子监祭酒、礼部右侍郎、文渊阁大学士。万历二十一年为首辅，官至太子太保、吏部尚书、建极殿大学士。万历三十八年卒，赠太保，谥文肃。

〔二〕恒心恒产：《孟子·梁惠王章句上》：“无恒产而有

恒心者，惟士为能。”

点评

开私塾，谋馆谷，亦谋生之一术。末二语表明，村学究一业，是眉公所不甘为的。作于万历三十年前。

复范光甫〔一〕

不肖饥渴光甫先生久矣。教授槜李〔二〕，窃于文章、政事外，习知先生孝友忠信，不言而躬行，则又古人中吉德君子也。自揣引分，不敢遣问长者，乃辱损札，重以不朽见役，得无谓田夫岩叟，占岁验候〔三〕，有谋野则获者与〔四〕？则门下好奇之过也〔五〕。敢布数言，幸赐郢削〔六〕。

不肖为老亲在侍，未能遁影林薄。偶尔行歌入山，即黄犊白犬，返而却走。乃光甫盻盻望仆以尘世之事，仆虽不能为东海蹈〔七〕，独不惧《北山移》乎〔八〕？且今之朝野，概可见矣。负鼎孰与堕甑〔九〕，运甓孰与弃瓢〔一〇〕？揣分度涯，惟有三家村学究，差有安稳本色耳。

题诗过奖，一字一珠，拟欲赓和来美，而婴疟半年，支离万状。每负诗人伐木嘤鸣之谊〔一一〕，心实愧之。此不惟精神销亡，抑亦所谓侏儒一节之验也。

注释

〔一〕范光甫：即范应宾，字光甫，浙江秀水（今嘉兴）人，万历二十年进士，次年任商城知县，二十三年任南宫知县，后任工部主事。

〔二〕槜李：古地名，今浙江嘉兴一带。

〔三〕占岁：以正月前几日的天气来占本年年成。

〔四〕“谋野”句：指良策或策谋。《左传·襄公三十一年》：“裨谌能谋，谋于野则获，谋于邑则否。”

〔五〕门下：犹阁下，对人的尊称。明陈士元《俚言解》卷一：“致书称门下，犹言阁下、殿下、麾下、节下、座下、足下之类。”

〔六〕郢削：批评指正。《庄子·徐无鬼》：“郢人垩慢其鼻端若蝇翼，使匠石斫之。匠石运斤成风，听而斫之，尽垩而鼻不伤，郢人立不失容。”

〔七〕东海蹈：跳海自杀，表示宁死不屈于强敌。语出《史记·鲁仲连邹阳列传》。

〔八〕北山移：指孔稚圭《北山移文》，其旨在讥刺假隐士。

〔九〕负鼎：谓伊尹以烹调致汤王道之事。事见《史记·殷本纪》。堕甑：《后汉书·郭符许列传》：“孟敏客居太原，荷甑坠地，不顾而去。林宗见而问其意。对曰：‘甑以破矣，视之何益？’林宗以此异之。”喻事情过去，无法挽回，无需回顾。

〔一〇〕运甓：《晋书·陶侃列传》：“侃在州无事，辄朝运百甓于斋外，暮运于斋内。人问其故，答曰：‘吾方致力中原，过尔优逸，恐不堪事。’”后用作励志勤力的典故。弃瓢：

见《与董玄宰先生》注〔五〕。

〔一一〕伐木嘤鸣：指朋友意气相投。《诗经·小雅·伐木》："伐木丁丁，鸟鸣嘤嘤。出自幽谷，迁于乔木。嘤其鸣矣，求其友声。"《毛诗》序云："《伐木》，燕朋友故旧也。"

点评

眉公虽欲遁影山林，然老亲在侍，不得已逡巡世间。约作于万历二十五年。

复林贞伯〔一〕

门下同文同轨〔二〕，而兼总异人异书〔三〕，撰缵国史，传之来兹。此兰台石室之彦，头白汗青所不敢望也。

披读书函目录，条整辨辨，而考志尤详。江淹有云，修史之难，无出于志〔四〕。盖纪则以年包事，传则以事系人，纪传可以分授名手，志则必由自作。故范晔、陈寿能为纪传，而不能为表志。今门下老于典故，而又擅刘、郑《七略》《二十略》之长〔五〕，其贯串首尾，岂特如宗谱家书而已哉？

适病疟，未能详述。俟贱体小康，当陆续以效他山土壤之助，决不敢苟且唐塞明问也。明年欲读书西湖而无都养〔六〕，倘遂所愿，上半了湖山事，下半了翁史事，亦一奇耳。

注释

〔一〕林贞伯：即林之盛，字贞伯，钱塘（今浙江杭州）人。曾任应天府推官，有《皇明应谥名臣备考录》传世。

〔二〕同文同轨：语出《礼记·中庸》："今天下车同轨，书同文，行同伦。"

〔三〕异人异书：世人难得一见的奇人、好书。《后汉书·王充传》："著《论衡》八十五篇。"李贤注引晋袁山松《后汉书》："充所作《论衡》，中土未有传者，蔡邕入吴始得之，恒秘玩以为谈助。其后王朗为会稽太守，又得其书，及还许下，时人称其才进。或曰：'不见异人，当得异书。'"

〔四〕"江淹"句：刘知幾《史通》引江淹语："史之所难，无出于志。"江淹在南齐初曾奉命修史，作《齐史》十志，已佚。

〔五〕刘、郑：指刘向、郑樵。

〔六〕都养：为众人烧菜做饭。《史记·儒林列传》："倪宽贫无资用，常为弟子都养。"司马贞《索隐》："谓倪宽家贫，为弟子造食也。"

点评

林之盛大概欲求眉公襄助修史，而眉公亦有求于人，"欲读书西湖而无都养"，山人囊中羞涩，不知贞伯先生能否资助。约作于万历三十三年。

与顾冲庵公子〔一〕

咯血甫平，从醉李馆中归〔二〕，奉手教，向来笔砚，久作虞芮闲田矣〔三〕。重以使者渡海来，不得不忍痛以完尊命，顾皆掩袖之语也。

承订会期，顾匏系下里〔四〕，不能以苴绖从啸歌之后〔五〕。延津有缘〔六〕，当从容一拭芙蓉之末锷也〔七〕。

注释

〔一〕顾冲庵：即顾养谦，见本卷《复王昆仑》注〔六〕。

〔二〕醉李：即槜李，今嘉兴一带。眉公尝馆于嘉兴项氏。

〔三〕虞芮：指能谦让息讼者。《史记·周本纪》："于是虞芮之人有狱不能决，乃如周。入界，耕者皆让畔，民俗皆让长。虞芮之人未见西伯，皆惭，相谓曰：'吾所争，周人所耻，何往为？只取辱耳。'遂还，俱让而去。"

〔四〕匏系：谓羁滞。《论语·阳货》："吾岂匏瓜也哉！焉能系而不食？"刘宝楠《正义》："匏瓜以不食，得系滞一处。"

〔五〕苴绖：见本卷《与陆公》注〔九〕。

〔六〕延津有缘：指晋时龙泉、太阿两剑在延津会合的故事，后比喻因缘会合，典出《晋书·张华传》。

〔七〕芙蓉：剑名。

点评

顾养谦求眉公作文，故有此来往。作于万历二十四年。

与赵方壶

谷栖涧饮，老矣。每结睇赵先生，如客星台外〔一〕，有方干隐居〔二〕，何时与翁散发濯足，向古木清漱间，上谈黄农，下叙钓弋。今且与灶婢坐尘上，闲适之趣，百无一二，何敢以笔墨腥秽钓台？虽然，当不令桐丝寂寂也。

年来弟复善病，不谓亦疟君子，多病道心生〔三〕，当在今日。古之至人常以生死为游戏，猛火炽然，爪发如故。吾辈未老得病，未病得衰，精神流谢，可为感叹。踏芦应在何日〔四〕，宾雁写空，蘋花绣浒，不胜伊人之怀。拙作博笑，当绝倒松下也。

注释

〔一〕客星台：即严子陵钓台。《后汉书·严光传》："（光武帝）复引光入，论道旧故……因共偃卧，光以足加帝腹上。明日太史奏，客星犯御座甚急。帝笑曰：'朕故人严子陵共卧耳。'"

〔二〕方干：唐代诗人，字雄飞，号玄英，尝隐居于桐庐、会稽间。

〔三〕多病道心生：因多病静养而悟出道理。唐于良史《闲居寄薛华》："隐几读黄老，闲居耳目清。僻居人事少，多病道心生。"

〔四〕踏芦：《坚瓠广集·离地草》引唐冯贽《记事珠》："兔床国有离地草，人以藉足，不步而行。达磨见梁武，去来自由，以有此草也。其叶如芦，故传踏芦渡江。"原指佛法广大，本领非凡。此处指过江拜访。

点评

俗谚云，久病成良医，此处说"多病道心生"，皆有意味。约作于万历二十五年。

复郭青螺先生〔一〕

某少而读先生之制义，长而编纂先生之论，晚而购市先生之集，然特函鼎之寸脔、吉光之片羽耳。今捧读赐刻，始收大全。孔氏四科〔二〕、子桓三立〔三〕，明公之能事毕矣。

某往从弇州游，每谓不肖曰："吾始以雪中峨眉推李，以大海紫澜自喻〔四〕。今泛滥宋景濂集，而后服其学之大也。"若使今日得纵观先生诸书，则景濂一瓣香，又将为郭令公焚却。盖景濂、用修、弇州鼎足二百年，而先生则又力能扛鼎者也。命世代兴〔五〕，讵不信乎？然恨山泽老癯〔六〕，不能出疆而叩先生，但于草屋土剉之间，日抽一编，饮之食之，梦之寐之。虽十五城不与易，九万里不复上矣〔七〕。而先生乃以绮语为多，愚尚恨其少耳。

或谓老氏守中〔八〕、毗耶杜口〔九〕，此笃老养生之事。不肖应之曰：儒者不仙，而能冲举，寸心千古是也；不佛而能神通，光焰万丈是也。先生心聚三花〔一〇〕，笔端雨数斛舍利，即身后不朽，已证目前。不肖谨望风百拜，执侯芭弟子之礼〔一一〕。

《秘笈》方恨其庞赝乱行〔一二〕，何烦齿及。旧作数篇请正。

注释

〔一〕郭青螺：即郭子章，字相奎，号青螺，江西泰和人。隆庆五年进士，曾任潮州知府、浙江参政分巡杭严道、兵部尚书、右都御史等职。

〔二〕四科：儒家的四种科目。语出《论语·先进》："德行：颜渊、闵子骞、冉伯牛、仲弓。言语：宰我、子贡。政事：冉有、季路。文学：子游、子夏。"

〔三〕子桓：即曹丕，其《典论·论文》曾引"不朽"说。三立：谓立德、立功、立言。语本《左传·襄公二十四年》："太上有立德，其次有立功，其次有立言。"

〔四〕大海紫澜：喻诗文境界阔大。王世贞《漫兴十绝》："野夫兴到不复删，大海回风生紫澜。欲问济南奇绝处，峨眉天半雪中看。"前两句指己，后两句指李攀龙。

〔五〕命世：著名于世，有治国之才。《孟子·公孙丑下》："五百年必有王者兴，其间必有名世者。"赵岐注："名世，次圣之才。"《汉书·刘向传》："传曰：圣人不出，其间必有命世者焉。"代兴：更迭兴起。《左传·昭十二年》："有酒如渑，有肉如陵，寡人中此，与君代兴。"

〔六〕山泽老癯：此指山野清贫之隐士。癯，清瘦。

〔七〕十五城：《史记·廉颇蔺相如列传》："（王）问蔺相如曰：'秦王以十五城请易寡人之璧，可予不？'"九万里：《庄子·逍遥游》："抟扶摇而上者九万里。"

〔八〕守中：保持内心的虚静。《老子》："多言数穷，不如守中。"

〔九〕毗耶杜口：《维摩诘经》载，维摩诘居士住毗耶城。释迦牟尼于该地说法，维摩诘称病不去。释迦派文殊师利前往问疾。文殊师利问维摩诘："何等是菩萨入不二法门？"维摩诘默然不对。文殊师利叹曰："乃至无有文字语言，是真入不二法门。"

〔一〇〕三花：道教术语，指人的精、气、神。唐吕岩《五言》诗："阴阳烹五彩，水火炼三花。"

〔一一〕侯芭弟子：《汉书·扬雄传》："巨鹿侯芭常从雄居，受其《太玄》《法言》焉……（雄卒），侯芭为起坟，丧之三年。"

〔一二〕《秘笈》：指沈德先托名陈继儒所辑之《宝颜堂秘笈》。

点评

说话太客气，说明不是深交。郭子章何能与宋濂、杨慎和王世贞辈相抗衡？

答俞公元济〔一〕

适承传王老先生之举，闻之肉动汗流。以朝廷之大典，而及最无行之人，贻北山之谤〔二〕，促蟪蛄之年〔三〕，天人共怒，神鬼交责，耻莫大焉，祸莫甚焉。伏祈老亲家爱人以德，速为婉词庄语以寝之，真生我成我等矣。

弟即日且移舟吴门山中，看梅光福〔四〕，不敢腼颜无耻，以溷宾筵。非特今日，即幸而不死且老，亦犹今日之洗耳相避而已〔五〕。归时容谢王老先生，今日则吾辈不当轻举一步也。

《易》曰："无咎无誉。"〔六〕此今日衰世顶门药。愿老亲家深味此言，苦切苦切。言不由中，鬼神殛之。

注释

〔一〕俞元济：眉公之亲家。眉公三子陈梦草万历四十四年娶俞元济之女。

〔二〕北山之谤：受到北山的讥讽，即被嘲笑为假隐士。典出孔稚圭《北山移文》。

〔三〕蟪蛄之年：短暂的生命。《庄子·逍遥游》："朝菌不知晦朔，蟪蛄不知春秋。"

〔四〕光福：位于苏州邓尉山坞，是著名探梅胜地。姚希孟《梅花杂咏》说："梅花之盛不得不推吴中，而必以光福诸山为最"。

〔五〕洗耳：喻指不听世俗言论。皇甫谧《高士传·许由》："尧让天下于许由……由于是遁耕于中岳颍水之阳，箕山之下，终身无经天下色。尧又召为九州长，由不欲闻之，洗耳于颍水滨。"

〔六〕无咎无誉：语出《周易·坤卦》："括囊，无咎无誉。"

点评

无咎无誉，韬光养晦，是眉公为人处事的准则。作于万历四十四年后。

与王闲仲〔一〕

今日午后，屈兄过七夕，因思牛女之会，当新秋晚凉，故不热。女之外无小星〔二〕，故不争亦不妒。一年一渡，故不老。容把杯共笑也。

注释

〔一〕王闲仲：即王士骕，字闲仲，王世懋次子。万历二十二年举人。有文才，著有《摄月楼诗稿》。

〔二〕小星：指小妾。《诗经·召南·小星》：“嘒彼小星，三五在东。”郑玄笺谓小星喻周王之众妾。

点评

世交知己，不妨开个小玩笑。

与庄五修

二十年不入京口，此行有二快事：一得米南宫自写像〔一〕，一得五修先生。先生微言蠕动，皆有德矩，弟之师，非弟之友也。前后两度梦中，饮松叶酒，觉而忘之，不省何语，大都坐先生麈尾旁耳。

家山多客多文逋，屣舄相齿，不复小有胜情。天赐闲而不得真闲，吾曹求清而不得清。何日追随先生，揞笻鹤林、招隐间，饱吟细嚼，瘦行硬坐，作个无事道人也。

注释

〔一〕米南宫：即米芾，任过礼部员外郎、书画学博士。唐宋时称在礼部管文翰的官为“南宫舍人”，所以后世也称他为“米南宫”。

点评

眉公身为隐士而多俗务，不得不与世俗相周旋。做个无事道人，只是梦想。

答项楚东〔一〕

初坚客戒，如棘篱护笋，咫尺相隔。顷者，柳花如霰，鸳鸯倦飞，小阁褰帷，残炉尚烬，此时恨不与吾丈共之。二诗小儿涂鸦，不堪一笑。差有米家云山〔二〕，少能忏垢耳。

注释

〔一〕项楚东：即项桂芳，字明父，号楚东，浙江嘉兴人。项忠玄孙，项玉笋父。贡生，授光禄署正，万历三十七年升韶州通判。

〔二〕米家云山：宋代米芾父子皆善画山水，清新秀雅，自成一家，称为米家云山。

点评

项氏万历三十七年任韶州别驾时，曾邀释德清（憨山）讲法。归里后，与名流寄兴诗酒，相互唱酬，也是一风雅人。

与郑孔肩[一]

两度入西湖为客，所迹约略翠微间，如展画册，一饷烟云耳。十年来，愿见孔肩先生不得，仅于著书墨竹中称莫逆交[二]。

顷读《测庄》诸篇[三]，即孺子圯上言，不啻也[四]。太公隐丈人，门下描写不减子长，而虞公传之不朽矣。

仆稻服谷冠之鄙人，焉能为役？念名父名子，不忍辞亦不敢辞，草草付子墨，比于乡老闾史而已[五]。

注释

〔一〕郑孔肩：即郑圭，字孔肩，钱塘人。钱谦益《初学集》卷三十二《郑孔肩文集序》云："孔肩以明经入官，为令及守，皆在西粤蛮夷之区，廉平惠和，至今歌思之。"据吴本泰诗《送郑孔肩任平乐二首》可知，郑孔肩曾任广西平乐县令。

〔二〕莫逆：志同道合的朋友。《庄子·大宗师》："四人相视而笑，莫逆于心，遂相与为友。"

〔三〕《测庄》：黄虞稷《千顷堂书目》卷十六载郑之惠《测庄》一卷。

〔四〕"圯上"句：《史记·留侯世家》载：张良尝从容步游下邳圯上，遇一老父，受《太公兵法》。

〔五〕闾史：闾巷小吏。《礼记·内则》："夫告宰名，宰辩告诸男名，书曰某年、某月、某日某生而藏之。宰告闾史，闾史书为二，其一藏诸闾府，其一献诸州史。”孔颖达疏：“闾之属吏则有闾史也。”

点评

郑圭著述颇丰，《四库提要》载郑氏另撰有《易臆》。郑氏原名之惠，后改名圭。检郑氏辑《苏长公合作》内外篇，万历二十六年版本署“虎林郑之惠评选”，万历二十八年以后版本署“郑圭辑”。当时另有一郑之惠，为万历间一宦官，见刘若愚《酌中志》卷二十二《见闻琐事杂记》。钱谦益《初学集》卷三十三《郑圣允诗集序》：“司礼监秉笔太监任丘郑君，君名之惠，字圣允。”

作于万历三十五年前后。

答钱秀峰使君〔一〕

前至湖上，玄宰谓关门紫气不远〔二〕。一见钱使君，仆谓君子爱人，不宜溷垢伯夷。盖门下在官皭然，正与乡评合。仆得之贤者，剽论非佞也。

向曾游小辋川，恨不援裴秀才故事〔三〕，啸咏其中。闻命得近体四章，不足黼黻泉石，徒疥壁耳〔四〕。

贯之奇士〔五〕，寓顾园，凿土窟而居五十余日。意虽沉默，胸中滚滚若河汉也。振之者是在明公，仆何能短长？得命惶悚。

注释

〔一〕钱秀峰：即钱岱，字汝瞻，号秀峰，江苏常熟人。隆庆五年进士，授广州府推官，秩满，召为侍御史，出按齐、楚。年四十四，疏请终养，遂告假归。优游林下数十年，声色自娱。

〔二〕紫气：祥瑞之气。《史记·老子韩非列传》："（老子）莫知其所终。"司马贞《索隐》引汉刘向《列仙传》："老子西游，关令尹喜望见有紫气浮关，而老子果乘青牛而过也。"

〔三〕小辋川：屠隆《小辋川记》云："小辋川者，海虞钱秀峰先生所构也。先生园居绝类王右丞蓝田辋川，而又雅慕右丞之为人，以故一切台阁亭榭，悉颜以辋川诸胜，遂以名其园。"裴秀才：即王维好友裴迪。天宝中，二人皆隐居终南山，尝往还于辋川别业，相互唱和，各作《辋川集》二十首。

〔四〕疥壁：在墙上胡乱涂抹。唐段成式《酉阳杂俎·语资》："大历末，禅师玄览住荆州陟屺寺，道高有风韵，人不可得而亲。张璪尝画古松于斋壁，符载赞之，卫象诗之，亦一时三绝。览悉加垩焉。人问其故，曰：'无事疥吾壁也。'"

〔五〕贯之：即李如一，本名鹤翀，后改如一，字贯之，号近复，江苏江阴人。藏书家。钱谦益《有学集》卷三十二有《李贯之先生墓志铭》。

点评

钱岱构小辋川，邀眉公题诗。从"湖上"云云，可知作于万历三十七年董其昌自福建辞官之时。

复某君

门下为青山公一片石〔一〕，犯风涛，践霜露，以往返于娄江长泖间。即不得面见贤者，然此中负惭，为眠食不安者三日。比来尊体，想已霍然矣。自揣三寸管，匍匐丈夫七尺躯，仆何人也，而能胜此？

谨呵寒撰复，缟纻定交〔二〕，度在白岳下矣。

注释

〔一〕一片石：即碑碣。《太平广记》卷一九八载：庾信在评价北方文士时说："惟有韩陵山一片石堪共语。薛道衡、卢思道少解把笔。自余驴鸣狗吠，聒耳而已。"

〔二〕缟纻：见本卷《与汪先生》注〔二〕。

点评

某君求眉公撰写谀墓之文，故有此往还。

与张衢所使君〔一〕

台下洁己爱民，折节下士，每拟从诸兄后望见神君。

顷辱明公特拥车骑，腆赐兼金[二]，父老传呼巷中，子弟诧惊格外，施恩至此。苟非负义男子，有不捐顶踵图报者，非夫也。即欲进谢棨戟[三]，恐礼涉报施，分同敌体，以是逡巡不前。

又每叹子贱师事数十人[四]，终不如子游、灭明一士[五]。盖近世士风，与其多宁少，与厌其不去，宁怪其不来。若借口子贱，则华竞者肩摩踵接而至，即琴庭双鹤[六]，将掉翅而避矣。明公其奚取焉？

俟明春增秩，衮衣自东，当率先竹马[七]，来迎于旗亭山色间也。

注释

〔一〕张衢所：即张继桂，字廷高，号衢所，福建龙溪人。万历二十三年进士，万历二十七年至二十九年任华亭知县，后调松阳。

〔二〕兼金：《孟子·公孙丑下》："前日于齐，王馈兼金一百而不受。"赵岐注："兼金，好金也。其价兼倍于常者。"

〔三〕棨戟：装饰过的木戟，古代官员的仪仗，出行时作为前导，后亦列于门庭。

〔四〕子贱：即宓不齐，字子贱，孔子弟子。

〔五〕子游：姓言，名偃，字子游。灭明：复姓澹台，名灭明，字子羽。皆孔子弟子。

〔六〕琴庭双鹤：古人常琴鹤相随，表示清高、廉洁。

〔七〕竹马：《后汉书·郭伋传》："始至行郡，到西河美稷，有儿童数百，各骑竹马，道次迎拜。”后人常用此称颂地方官吏。

点评

“腆赐兼金”，指官员馈赠，这也是眉公的一个经常性收入。但眉公似乎并不急于面谢：“即欲进谢棨戟，恐礼涉报施，分同敌体，以是逡巡不前。”这话说得很巧妙，既抬高了自己，也顾全了馈赠者的颜面。约作于万历二十九年。

与李本宁先生〔一〕

先生文苑代兴数十年〔二〕，愿修北面之礼〔三〕，不意降节先施，温颜缀接。昔见弇叟，今见明公，即死且不恨矣。迩来名隽眼中皆有铁〔四〕，以此引避。不敢数数拜庞公之床，登张华之榻〔五〕。然“中心好之，曷饮食之”〔六〕，此诗殆非虚语。

顷婆娑山中，梅花飞白，正与山僧逸民拈枝嗅瓣。而负薪之孙〔七〕，忽作殇鬼，使人痛绝。因念雏者如此，吾曹衰相已现，仆仆垂槁于砚田间，可奈何？

友人周公美〔八〕，承诺墓表，与邹南老志并传〔九〕，真称合璧。此兄不能具一字一缣，而迫欲得一字一珠。其家虽贫，至孝可念也。

注释

〔一〕李本宁：即李维桢，字本宁，湖北京山人。隆庆二年进士，由庶吉士授编修。万历三年外放陕西参议，迁提学副使，历河南、江西、四川参政，进浙江按察使。累官至南京礼部尚书，卒年八十。

〔二〕代兴：依次兴起。

〔三〕北面：向人称臣为北面，拜人为师亦可称北面。《汉书·于定国传》："定国乃迎师学《春秋》，身执经，北面备弟子礼。"

〔四〕眼中皆有铁：《资治通鉴·陈世祖天嘉五年》："突厥咎周人曰：'尔言齐乱，故来伐之。今齐人眼中亦有铁，何可当耶？'"原喻军容整肃，有威仪，不易接近。此处也许兼用禅典"眼中金屑"之意。"金屑虽贵，落眼成翳"，谓其不识人。

〔五〕数数：很急切的样子。《庄子·逍遥游》："彼其于世，未数数然也。"陆德明《释文》："司马云，犹汲汲也。"庞公之床：《三国志·庞统传》裴松之注引《襄阳记》云："德公，襄阳人。孔明每至其家，独拜床下，德公初不令止。"张华之榻：《搜神记》卷十八载，一狐妖变作书生拜访张华，辩才无碍，极其博学，张华扫榻以待。

〔六〕"中心好之"两句：对贤者有倾慕之心。《诗经·唐风·有杕之杜》："中心好之，曷饮食之。"

〔七〕负薪：谦称生病。《礼记·曲礼下》："君使士射，不能，则辞以疾，言曰，某有负薪之忧。"

〔八〕周公美：即周应懿，字公美，吴江人，长于金石，曾协助长兄周应愿编辑《印说》，著有《闽游草》，眉公为之作序。

〔九〕邹南老：即邹元标。

点评

向前辈李维桢致意。眉公之孙夭折之年作，约万历四十五年前。

复沈雨若〔一〕

耳目热雨若非三年矣。每欲过虞，相约坐扁舟，豹囊鹿皮〔二〕，笔床茶灶，共谈二三日许。而为青山笼罩，一岁不再出。出遇好风活水，又复归。以此与四方名豪，竟若河汉。

然门下人龙文虎，未尝不缠绵胸中也。公车言，语语透彻禅真，可推倒一世。若有韵之语，掀翻窠臼，直抒性灵。夫诗文能自为主者，未有不鞭策时流，接先辈者也。

拙序粗得门下神情，而以岁暮困文逋，仓卒报命，所恃门下有五丁之斧耳〔三〕。

注释

〔一〕沈雨若：即沈春泽，字雨若，江苏常熟人。诸生。钱谦益《列朝诗集小传》称其才情焕发，能诗，善草书画竹，为吴下名士。与竟陵钟惺交往密切，天启二年曾为之刊刻《隐秀轩集》。

〔二〕豹囊：即豹皮囊，用以藏墨，可以防潮。鹿皮：即鹿皮冠，隐士所戴。

〔三〕五丁：古代神话传说中的五个大力士。《水经注·沔水》："秦惠王欲伐蜀，而不知道。作五石牛，以金置尾下，言能屎金。蜀王负力，令五丁引之，成道。"又《庄子·徐无鬼》：庄子送葬，过惠子之墓，顾谓从者曰："郢人垩慢其鼻端若蝇翼，使匠石斫之。匠石运斤成风，听而斫之，尽垩而鼻不伤，郢人立不失容。宋元君闻之，召匠石曰：'尝试为寡人为之。'匠石曰：'臣则尝能斫之。虽然，臣之质死久矣。自夫子之死也，吾无以为质矣，吾无与言之矣。'"因有斧正之典。

点评

应沈氏之邀为其文集作序。

与袁使君石公〔一〕

台下正气干霄，清风透胆。某介在邻壤，即耳热之，又心仪之矣，每欲一通姓名。念迩来游士好谒，动称临邛，其究不能卓王孙家僮五百，何论客也〔二〕？以此团焦土剉，闭影不前。而不意以赝集之事，仰烦明公霹雳手处分。

得叔熙书〔三〕，且感且涕。李卓老以笔舌杀身〔四〕，可为殷鉴。明公爱我，所全实多。千秋悬寄身后，七尺近关目前。若使赝书日炽，则歌谣章奏，皆可乱行域中。士大夫语言文字之祸，方自此始。明公此举，极中吴下膏肓〔五〕，非止为不肖一洗瑕垢也。

注释

〔一〕袁石公：即袁宏道，字中郎，号石公，湖北公安人。万历二十年进士，二十三年任吴县知县，二十五年获准解官，后任礼部主事、稽勋郎中、国子博士等职。

〔二〕“临邛”句：见《史记·司马相如列传》所载相如与卓文君故事。

〔三〕叔熙：即朱本治，字叔熙，号咏白，上海人。万历四十一年进士，官刑部主事，永平副使。

〔四〕李卓老：即李贽，字宏甫，号卓吾，福建泉州人。嘉靖三十一年举人，累官至云南姚安知府，后弃官讲学，以言行犯忌，下狱，自刎死。

〔五〕膏肓：古代医学以心尖脂肪为膏，心脏与膈膜之间为肓。《左传·成公十年》：“疾不可为也，在肓之上，膏之下。攻之不可，达之不及，药不至焉，不可为也。”后因以指严重的疾病。

点评

眉公挂名的《宝颜堂秘笈》丛书曾收录了袁宏道的《觞政》《瓶史》，其中《瓶史》更以《陈眉公重订瓶史》之名梓行。从信中看，似乎中郎对这套书颇为不悦。书中有“李卓老以笔舌杀身”一语，李贽卒于万历三十年，故此书应作于万历三十年后。

答闵康侯[一]

久屏渔樵，心妍迹丑。然每当长松限日，细涧流花，濯足科头[二]，未尝不思与康侯共之。古称神交，端非虚语。允兆已矣[三]，生不入室，死乃登堂，四壁空帏，阴风欲战，一步一顾，使人凄然。本欲回棹访丈，而偶遇洞庭友人，饱啖卢橘，遂至洞泄而返。远惭千里之驾，俯愧十日之期[四]。怅然。

比读手教，且有新创别墅，恨不为丈扫灌，作吾家於陵翁[五]。若微吟清咏，黼黻松桂，弟之愿也。适疟鬼横甚，神理霍霍，俟召还魂魄，粗复故吾，便当贾勇以命子墨[六]。

新诗高迈奇秀，珠声玉价，无以过之，疟鬼当从此遁矣[七]。

注释

〔一〕闵康侯：即闵元衢，字康侯，号欧余，少为乌程县诸生，后入太学，无意仕途，终岁勤考据，证古今，著作等身。

〔二〕科头：不戴冠帽，裸露头髻。

〔三〕允兆：即吴梦旸，字允兆，归安（今浙江湖州）人。《列朝诗集小传》丁集下《茅太学维》："万历间，苕之称诗者，臧懋循晋叔、吴稼避翁晋、吴梦旸允兆，而孝若与之抗行为四子。”

〔四〕十日之期：《史记·范雎蔡泽列传》：“（秦昭王）乃详为好书遗平原君曰：‘寡人闻君之高义，愿与君为布衣之友。君幸过寡人，寡人愿与君为十日之饮。’”后因以“十日饮”比喻朋友连日欢聚。

〔五〕於陵翁：《史记·邹阳列传》：“是以孙叔敖三去相而不悔，於陵子仲辞三公为人灌园。”唐司马贞《史记索隐》云：“《孟子》云陈仲子，齐陈氏之族。兄为齐卿，仲子以为不义，乃适楚，居于於陵，自谓於陵子仲。楚王聘以为相，子仲遂夫妻相与逃，为人灌园。”

〔六〕子墨：借指文章、文辞。扬雄《长杨赋序》：“聊因笔墨之成文章，故借翰林以为主人，子墨为客卿以风。”

〔七〕“疟鬼”句：胡仔《苕溪渔隐丛话》前集卷十一引《西清诗话》云：“子美自负其诗，郑虔妻病虐，过之，云：‘当诵余诗，疟鬼自避。’”

点评

眉公屡言患疟，此处以杜诗喻闵康侯之新诗。读之，疟疾当霍然而愈也。

答夏畦子

先生有道长者，衣冠眉发，飒飒皆古意。度竹溪桃源中人物，不过如此。

夜堂烧烛，披素相视，山癯之姿〔一〕，一味本色。若非吴儿栽培声名，高峻庭宇者。不谓先生冷眼得标格之外，至以昆仑老宿见拟〔二〕。此老与弟素交，淳行幽怀，盖刘遗民、周续之流辈〔三〕。弟何敢望万一也？

弟生平无意作文苑主盟，而有意作隐逸添注〔四〕，其他非所敢言。知先生爱我，故博轩渠一笑耳〔五〕。

注释

〔一〕山癯：清瘦之貌。陆游《贺张参政修史启》："镇抚四夷，位居台鼎，而有山泽清臞之容。"

〔二〕昆仑老宿：即指王叔承，参《复王昆仑》注〔一〕。

〔三〕刘遗民：原名程之，字仲思，彭城（今徐州）人。善解《老子》《庄子》，尤好佛理，曾任宜昌、柴桑二县令。因不苟同时俗，隐于庐山，入远公莲社。周续之：字道祖，雁门广武人，入庐山，事慧远。二人与陶渊明共称"浔阳三隐"。

〔四〕添注：添入注拟。注拟，一种登录姓名，拟定官职，以备委用的册籍。添入注拟，即等候委用之意。

〔五〕轩渠：欢悦貌、笑貌。

点评

山癯之姿，是眉公一味标榜的，且以此称许他人，盖以隐逸之人自居也。

答沈徵梅

不肖年来正如入夏反舌鸟〔一〕，几于才尽。五丈至，手书先之仆，仆不及报，又辱刺舟相访于青荻白烟之间，泽厚矣。

往谈贤书，指未尝不为徵梅先生首屈〔二〕。今芙蓉赤精，坐啸匣底〔三〕，使人不复以文行为长。太史公久卧田间，殆类于右军誓墓矣〔四〕。

今世往往以口语碎人，海鸥墉隼，一矢混下，况太史身居妒妇之津者耶〔五〕？鲈脍可餐〔六〕，鸡肋何物〔七〕？丈夫故自有千秋耳。

二扇漫为涂抹，吾丈须蒙面忍愧而置之。

注释

〔一〕反舌鸟：鸟名，又名乌鸫。《礼记·月令》“（仲夏之月）反舌无声。”汉郑玄注：“反舌，百舌鸟。”

〔二〕首屈：即首屈一指，表示第一。

〔三〕坐啸匣底：晋王嘉《拾遗记·颛顼》：“（颛顼）有曳影之剑，腾空而舒，若四方有兵，此剑则飞起指其方，则克伐。未用之时，常于匣里，如龙虎之吟。”本指剑的神通，后常比喻人虽在野，而名声远闻于外。

〔四〕誓墓：指去官归隐。《晋书·王羲之传》：“时骠骑将军王述少有名誉，与羲之齐名，而羲之甚轻之，由是情好不协……述后检察会稽郡，辩其刑政，主者疲于简对。羲之深耻之，遂称病去郡，于父母墓前自誓。”

〔五〕妒妇之津：唐段成式《酉阳杂俎·诺皋记上》载：晋人刘伯玉妻子段氏善妒，伯玉爱《洛神赋》，因赞洛神之美，曰：“娶妇得如此，吾无憾矣。”段氏遂投水自尽，后果为水神。此地因称妒妇之津，地在山东临济。妒妇，此喻嫉贤妒能之小人。

〔六〕鲈脍：思乡赋归之典。《世说新语·识鉴》：“张季鹰辟齐王东曹掾，在洛见秋风起，因思吴中菰菜羹、鲈鱼脍，曰：‘人生贵得适意尔，何能羁宦数千里以要名爵！’遂命驾便归。俄而齐王败，时人皆谓为见机。”

〔七〕鸡肋：《三国志·魏书·武帝纪》：“备因险拒守。”裴松之注引晋司马彪《九州春秋》：“时王欲还，出令曰：‘鸡肋。’官属不知所谓。主簿杨修便自严装，人惊问修：‘何以知之？’修曰：‘夫鸡肋，弃之如可惜，食之无所得，以比汉中，知王欲还也。’”

点评

沈氏邀眉公书写扇面，故有此往还。

上绳武翁〔一〕

吾师慷慨直肠，故是台省中名臣。近又委蛇曲折，刚柔协济，所谓何用不臧也〔二〕。

别来知德威清肃，不胜欣慰。吕祖云："能行三百善者，谓之地仙。"〔三〕吾师舌端笔端，无限司命〔四〕，即使日行一善事，一年之间，可了地仙功行矣。况稍举一念而可活数百人者乎？望之，望之。

新令极明简廉能，足为地方砥柱，想吾师所乐闻者。外书画二事，乞转致肃之司马〔五〕。

注释

〔一〕绳武翁：即何三畏，字士抑，号绳武，华亭人。万历十年举人，万历三十三年前后任绍兴府推官。

〔二〕何用不臧：犹言无往而不利。《诗经·邶风·雄雉》："不忮不求，何用不臧。"

〔三〕吕祖：即吕洞宾，道教八仙之一。地仙：道家修炼品位的等级，有鬼仙、人仙、地仙、神仙和天仙五等。

〔四〕司命：掌管生命的神。《庄子·至乐》："吾使司命复生子形，为子骨肉肌肤。"晋葛洪《抱朴子·金丹》："服之百日，肌骨强坚；千日，司命削去死籍，与天地相毕，日月相望。"

〔五〕肃之：即张汝霖，字肃之，号雨若，山阴（今浙江绍兴）人，万历二十三年进士，授清江令，调广昌，升兵部主事，万历三十四年，典试山东，因所取士有篇章不具者，被劾，落职归里。万历四十二年起复，累官至广西参议。

点评

陈梦莲《眉公府君年谱》谓，陈继儒十六岁入城受业于何三畏。此书致授业师，亦不忘将家乡情形告知。此新任知县盖为熊剑化，万历三十二年到任。此书约作于万历三十三年何三畏任绍兴推官期间。

答张雨若司马〔一〕

秋得远札，风谊蔼然。及读《山东录》〔二〕，识透秦图〔三〕，力扛夏鼎〔四〕，玉冠珠弁。山泽芒鞋人见之，只有逊匿耳。吾丈以贞姬居妒妇津，以真人居傀儡场，未审何处画眉着眼。

弟十年来，故吾犹在。每驾仁丈赠鹿〔五〕，与黄犊骖乘，梅花松影中，儿童拍手随其后，往往笑而堕地，颇类吾家鸱夷子〔六〕。以此逍遥太平，高天下地，皆打乖窝〔七〕。兄谓弟乐不乐也。兹因陆君策北行〔八〕，附此以博喷饭。

注释

〔一〕张雨若：即张汝霖，见本卷《上绳武翁》注〔五〕。

〔二〕《山东录》：指万历三十四年《山东乡试录》，张汝霖为此次乡试主考。按惯例，主考与副主考分别为试录作前序和后序。

〔三〕秦图：《史记·刺客列传》载荆轲将藏着匕首的地图献于秦王，“秦王发图，图穷而匕首见”。此处指识力超群，地图未展时即已透见匕首。

〔四〕夏鼎：即禹鼎，相传夏禹铸九鼎以象九州。

〔五〕麋公：据张岱《陶庵梦忆》载，万历三十三年，张汝霖赠眉公大角鹿，眉公遂有“麋公”之号。

〔六〕吾家鸱夷子：《史记·越王勾践世家》载，范蠡扁舟遨游五湖，自号鸱夷子。“吾家”，当指与眉公同姓的人，疑即“扶摇子”之误。按，陈抟，字图南，号扶摇子，赐号“希夷先生”。邵伯温《闻见前录》卷七：“华山隐士陈抟……常乘白骡，从恶少年数百，欲入汴州。中途闻艺祖登极，大笑坠骡，曰：‘天下于是定矣。’遂入华山为道士。”

〔七〕打乖：指善于机变。宋罗大经《鹤林玉露》卷四：“（张子房）得老氏不敢为天下先之术，故不伤手，善于打乖。”

〔八〕陆君策：即陆万言，字君策，华亭人。万历中举于乡，书画并擅。

点评

《明史》卷二三〇：“兵部主事张汝霖，大学士朱赓婿也。典试山东，所取士有篇章不具者。若霖疏劾之，停其俸。”张汝霖曾赠眉公梅花鹿一只，眉公跨之，更显隐士风流。眉公于此差堪与陈抟跨骡相媲美。作于万历三十四年末。

答李本宁先生〔一〕

曩老先生杖国之年〔二〕，欲拟一言奉祝，而绘天图海，安所措思？以此逡巡，不敢作《六合赋》耳〔三〕。

若不肖，蟪蛄春秋，何足当当世第一大人先生〔四〕？丽至六言，侈至十二首，字字皆神龙颔下珠〔五〕，亦字字不肖颡上泚也〔六〕。不惟传诵不已，贻示子孙，即幸而挂名尊集中，千秋以下，羡慕不肖为何如人，可谓真不朽矣。

先此溯风〔七〕，百顿以谢。

注释

〔一〕李本宁：即李维桢，见本卷《与李本宁先生》注〔一〕。

〔二〕杖国之年：指七十岁。《礼记·王制》："五十杖于家，六十杖于乡，七十杖于国，八十杖于朝。"

〔三〕《六合赋》：典出《北史》卷八十一，刘昼制一赋，以"六合"为名，自谓绝伦。此谓李氏道德文章如天地六合之大，故不敢献咏。

〔四〕大人先生：刘伶《酒德颂》："有大人先生以天地为一朝，万期为须臾，日月为扃牖，八荒为庭衢。"

〔五〕神龙颔下珠：比喻珍贵而难得的宝物。《庄子·列御寇》："夫千金之珠，必在九重之渊，而骊龙颔下。"

〔六〕颡上泚：表示心中惭愧、惶恐。《孟子·滕文公上》："其颡有泚，睨而不视。”赵岐注：“颡，额也。泚，汗出泚泚然也。”

〔七〕溯风：对着风。《诗经·大雅·桑柔》：“如彼溯风，亦孔之僾。”《毛传》：“溯，向。”

点评

万历四十四年，正值李维桢七十大寿，眉公并没有祝寿之言进献。不意李公反有寿言祝眉公。此书盖为此而作。作于万历四十五年，眉公六十寿诞之际。

与陈君

不佞年近五十，壮心半耗，仅仅学孙登草衣〔一〕、袁闳土室〔二〕，作无闷汉耳〔三〕。饮冰陈先生，何所嗜而翰惠先之，无乃采听之过乎？

渡江以南，多佳山水、名士，若公与五泄〔四〕，尤仆所急。正以何师甫为司理〔五〕，雅宜相成，不敢纷纷逐游客辙。张司马所赠异鹿尚无恙，明年当控之湖上。足下挹我于空青疏翠中，拥膝拍肩，共谈千古可也。

注释

〔一〕孙登草衣：《晋书·隐逸列传》：“孙登，字公和，汲郡共人也。无家属，于郡北山为土窟居之。夏则编草为裳，冬则被发自覆。好读《易》，抚一弦琴，见者皆亲乐之。”

〔二〕袁闳土室：《后汉书·袁闳传》：“延熹末，党事将作，（袁）闳遂散发绝世，欲投迹深林。以母老不宜远遁，乃筑土室，四周于庭，不为户，自牖纳饮食而已。”

〔三〕无闷：《周易·乾卦》：“不成乎名，遁世无闷。”孔颖达疏：“谓逃遁避世，虽逢无道，心无所闷。”

〔四〕五泄：浙江诸暨的名胜。当地人称瀑布为泄，一水折为五级，所以叫五泄。

〔五〕何师：指何三畏，时任绍兴推官。

点评

陈君未详何人，大概绍兴一官吏。其函书先达，眉公复之，亦寻常客套话。作于万历三十四年。

与伯闇贺公〔一〕

吾丈有道心傲骨，此出岂博一官者？今果归矣。

清平一疏〔二〕，不特忠厚正直，而部院台省，与南都之计典，皆从此结局。吾丈功盖不浅，但恐名等泰山，终不能稳卧东山耳〔三〕。即欲躬诣奉候，会儿曹辈试事相牵。久当就谈，一快心目。

明年弟亦买舟西湖中，作无名渔父，不令烟霞板荡。丈能从我游乎？一笑。

注释

〔一〕贺伯闇：即贺灿然，字伯闇，浙江秀水人。万历二十三年进士，吏部员外郎。

〔二〕清平一疏：《万历野获编》卷十二："乙巳大计，主察者为署部少宰杨正庵、左都御史温一齐为政，疏上旨出，切责当事者不公，而留台当谪者数人，其所注意则仅钱给事，及御史张似渠等三四人而已。举朝相视不敢发。而听补郎中刘楚盘、主事庞尧封特疏纠沈四明破坏典制、庇奸欺君诸不法，俱得旨谴罢。最后浙人贺吏部道星（灿然）继上清平之疏，请亟下考察降谪诸臣，以完大典，亟罢主察徇私之臣，以明公道。徇私则指温三原也，贺故与四明厚善，故斥温之私，以著沈之公。时四明在告不入阁，得旨贺亦罢为编氓。"

〔三〕东山：指隐居或游憩之地。《晋书·谢安传》载，谢安早年曾辞官隐居会稽之东山，经朝廷屡次征聘，方从东山复出，官至司徒要职，成为东晋重臣。

点评

邓之诚《桑园读书记》据《万历野获编》卷二十五云：伍袁粹家居无聊，著一书《林居漫录》，皆谈时事，其间偏执处亦间有之。其中谈到贺灿然的《清平一疏》，谓迎合时相。贺好名，见之不胜愤懑，作《漫录评正》，尽摈其说。而于己之书，则尽夸公正，能动上听，有功于国等等。伍愤其饰非，又作《驳漫录评正》纠之，其词转峻。贺不能堪，又作《驳〈驳漫录评正〉》，其语已近于巷口。伍又作《漫录三评驳正》，援引指正，详明深刻。贺此时已老多病，见此恚哭呕血，不复能措一词，未几下世。评曰："大约二人皆好名，皆无聊，贺之褊衷，尤甚于伍。”作于万历三十三年。

答冯大参文所〔一〕

得报后，日与友人迟候归信。因伏几叹曰，清风百世，直道三黜〔二〕，固也。怜才如春风，拂面便消；忌才如严霜，一寒透骨。信哉。

玄宰度冯先生脂车峭帆〔三〕，行必接淅〔四〕。某独曰：“先生嵚崎磊落人也，且以一官为桑下宿〔五〕，以一路佳山水为篱下物〔六〕，紧绊芒鞋，未知所至，度必不遂返里门。”今果然矣。

注释

〔一〕冯文所：即冯时可，字符成，号文所，华亭人。隆庆五年进士，曾任广东按察司佥事、云南布政使参议、湖广布政司参政、贵州布政司参政，与邢侗、王穉登、李维桢、董其昌被誉为晚明文学“中兴五子”。

〔二〕三黜：被三次罢免职务，宦途不利。《论语·微子》：“柳下惠为士师，三黜。人曰：‘子未可以去乎？’曰：‘直道而事人，焉往而不三黜？’”

〔三〕脂车：油涂车轴，以利运转。借指驾车出行。峭帆：耸立的船帆，亦借指驾船。

〔四〕接淅：捧着已经淘湿的米，喻匆忙。《孟子·万章下》:"孔子之去齐，接淅而行。"

〔五〕桑下宿:《后汉书·襄楷传》曰:"浮屠不三宿桑下，不欲久生思爱，精之至也。"唐李贤注曰:"言浮屠之人，寄桑下者，不经三宿，便即移去，示无爱恋之心也。"

〔六〕篱下物:犹篱壁间物、家园所产之物。刘义庆《世说新语·排调》:"桓玄素轻桓崖，崖在京下有好桃，玄连就求之，遂不得佳者。玄与殷仲文书，以为嗤笑，曰:'德之休明，肃慎贡其楛矢。如其不尔，篱壁间物，亦不可得也。'"

点评

万历四十五年，冯时可从湖广参政降为贵州参议。此书盖作于此时。

答朱先生〔一〕

雨歇，欲放洞庭之棹，适接长笺，如快风走云。先生胸次，何其浩浩落落也。

知天之说，一时狂谈，不意与知命尊旨正合。然知天之说，士大夫有安身立命者皆能之。独以知天为知人作用，较是目前要着耳。

弟尝谓:"临事而惧，好谋而成。"此"成"字正指行藏而言。行不成其行，藏不成其藏，为不谋故也、不惧故也。尧舜之兢兢业业，而谋者有十六相〔二〕。孔子之恂恂，而谋者有七十子〔三〕，则行藏之局成矣。先生高卧风尘，正是此意。世间胆大脚忙之流，岂能测真人之万一哉？

时方龙战，非特飞见难，即潜亦不易〔四〕。徐文贞相公云〔五〕，雨时便住，晴时出难。道人谋不胜天，请以为先生谋惧知命之助。

偶藏丁南羽先生布袋佛〔六〕、玄宰书老坡赞，适在行笥，奉寄供养。一盏明月岕〔七〕，对憨和尚大笑，尚觉世界犹宽也。

注释

〔一〕朱先生：即朱国桢，字文宁，号平涵，浙江吴兴（今湖州）人。万历十七年进士，累官国子监祭酒，内阁首辅。

〔二〕十六相：舜向尧举荐的十六个贤臣。《左传·文公十八年》："是以尧崩而天下如一，同心戴舜，以为天子，以其举十六相，去四凶也。"

〔三〕七十子：《史记·孔子世家》记载："孔子以诗、书、礼、乐教，弟子盖三千焉，身通六艺者七十有二人。"

〔四〕龙战：本谓阴阳二气交战，后遂以喻群雄争夺天下。《周易·坤卦》："上六，龙战于野，其血玄黄。"《周易·乾卦》："初九：潜龙勿用。九二：见龙在田，利见大人。九三：君子终日乾乾，夕惕若，厉，无咎。九四：或跃在渊，无咎。九五：飞龙在天，利见大人。"

〔五〕徐文贞相公：即徐阶，字子升，号少湖，一号存斋，华亭人。嘉靖朝后期至隆庆朝初年任内阁首辅。卒谥文贞。

〔六〕丁南羽：即丁云鹏，字南羽，号圣华居士，安徽休宁人。晚明知名画家。

〔七〕明月岕：湖州顾渚山的一条山谷，此指产于此地的名茶。

点评

“雨时便住，晴时出难，人谋不胜天故也。”此书作于朱国桢万历三十七年退隐之时。

与康季修〔一〕

秀州一别，兄如雪鸿无迹〔二〕，弟若栅鹤孤踪，皆落落成苍然老人矣。屡见海内交游，诵康先生谊甚高，文词扛鼎，气表笼霄。丞相扫门〔三〕，将军纳履〔四〕，大丈夫亦足自豪。岂向灶下妇、辕下驹，局脊半生也。

昔年里中交知，兄所解衣推食者，俄且刻眉剺面，秋叶浮云，无复岁寒交道矣。脱身去之，出为上客，返为文人，此曹且当负弩而迎，仍前就兄槽枥栈豆耳。

人生五十，宁堪游堪病？茶铛酒罂，归与孟修共作竹床夜话〔五〕，何如？第未省兄三径之资〔六〕，能伴双履否？恐兄大笑，以吾为不知痛痒也。

弟五十矣，近况详《金粟冢跋》中〔七〕。当今宰相公卿，且无完肤，何论处士？弟无复世念，世亦不念吾矣。九峰之中，考室者四，恨不使吾兄见之。松花饭、荷叶酒，尚能醉兄也。

注释

〔一〕康季修：华亭人，眉公之友人。余俟考。

〔二〕雪鸿无迹：喻行踪无定。苏轼《和子由渑池怀旧》："人生到处知何似，应似飞鸿踏雪泥。泥上偶然留指爪，鸿飞那复计东西。"

〔三〕扫门：见《史记·齐悼惠王世家》。魏勃少时，欲求见齐相曹参，因身份卑微无法实现。于是就为常常在黎明时为曹参的门客打扫门庭。后因门客的引见得以拜见曹参，走上仕途。

〔四〕纳履：见《史记·留侯世家》。张良为黄石公纳履，黄石公送他《太公兵法》。后来辅佐刘邦成就帝业。

〔五〕孟修：康孟修，华亭人，季修之兄。

〔六〕三径：见本卷《柬米子华》注〔三〕。

〔七〕金粟冢：元末文人顾瑛，家业豪富，筑有玉山草堂，广集名士诗人，游宴聚会。于其祖茔处为身后修造生圹，名曰金粟冢。天下纷乱，遂尽散家财，削发为在家僧，自称金粟道人。

点评

眉公知天命之年，效法顾阿瑛，筑圹山中，以示无复世念。作于万历三十五年。

答闵康侯[一]

读手札。甚矣，康侯之知我也！昨一疏，弟已付之邯郸老人梦中[二]，不谓尚勤贤者商量卜度。夫瞰高忌盈，天道也。吹瑕索瘢，人道也。若使逗入此网，无论天人交责，即对妻子勘魂梦，其能安乎？

仆五十矣，去年白石山已营埋骨之坎。乐天、司空图，吾师也[三]。此事已毕，便当付寿夭于度外，复问悬门腐鼠之得失哉[四]？甚矣，康侯之知我也！

适与儿子了禽、尚之累[五]，造次奉报，不及多为笔谈。

注释

〔一〕闵康侯：见本卷《答闵康侯》注〔一〕。

〔二〕邯郸老人梦：即黄粱美梦。沈既济《枕中记》载：卢生在邯郸客店中遇道士吕翁，用其所授瓷枕，睡梦中历数十年富贵荣华。及醒，店主炊黄粱未熟。

〔三〕"乐天"句：白居易尝为自己作《醉吟先生墓志铭》，云："其生也浮云然，其死也委蜕然。来何因，去何缘？吾性不动，吾形屡迁。已焉已焉！吾安往而不可，又何足厌恋乎其间？"《新唐书·司空图传》："图本居中修山王官谷，有先人田，遂隐不出。作亭观素室，悉图唐兴节士文人，名亭曰休休。因自目为耐辱居士。其言诡激不常，以免当时祸灾云。豫为冢棺，遇胜日，引客坐圹中赋诗。”

〔四〕悬门腐鼠：《盐铁论·毁学第十八》：“今人主张官立朝以治民，疏爵分禄以褒贤，而曰悬门腐鼠，何辞之鄙背而悖于所闻也。”

〔五〕禽、尚：即禽庆、尚长二位高士。尚长，亦即向长，字子平，河内人，隐居读《易》，男女嫁娶既毕，遂肆意与同好禽庆，俱游名山，不知所终。禽庆，字子夏，北海人，王莽时儒生，弃官不仕，与同好周游天下。陶渊明作《尚长禽庆赞》褒奖之。禽尚之累，盖指儿女婚嫁之事。

点评

顾阿瑛四十九岁营金粟冢，眉公亦欲效之。作于万历三十六年。

与冯文所大参〔一〕

宗侄驰驱顿挫，步步羊肠，非台下赐之邮符〔二〕，且僵仆道途，作旅瘗久矣〔三〕。信使一至，老亲幼妇，破涕为笑。然始终得生还者，尚仗明公嘘槁之力也〔四〕。

伏接手教，气谊斐亹，辞旨丰娴，即此一札，不肖亦得挂名大集中，千古而下，拟于拜床握麈之末，岂直子云之侯芭〔五〕、仲宣之中郎而已哉〔六〕？

端州岩壑瑰异，彩笔所及，又增名山记一段奇话。弇州至齐楚而止，不若明公驰万里之途，破五丁之斧〔七〕，能使烟霞献奇，草木争贲。恨未得捧剑执匜以相从耳。

注释

〔一〕冯文所：见本卷《答冯文所大参》注〔一〕。

〔二〕邮符：发给往来人员，准许其在驿站食宿及使用车马的凭证。

〔三〕旅瘗：犹旅葬，死在旅途之中，葬于他乡。

〔四〕嘘槁：使枯萎的草木复活，比喻使困境中的人得到拯救。

〔五〕侯芭：见本卷《复郭青螺先生》注〔一一〕。

〔六〕仲宣之中郎：仲宣即王粲，中郎即蔡邕。此指蔡邕看重王粲之事。《三国志·魏书·王粲传》："王粲字仲宣，左中郎将蔡邕见而奇之。时邕才学显著，贵重朝廷，常车骑填巷，宾客盈座。闻粲在门，倒屣迎之。邕曰：'此王公孙也，有异才，吾不如也。吾家书籍文章，尽当与之。'"

〔七〕五丁之斧：见本卷《复沈雨若》注〔三〕"五丁"之故事。

点评

除了奉送冰俸之外，赐之邮符，此做官朋友资助眉公及其亲属之又一途径也。万历三十七年，冯时可由广东按察司佥事升为云南布政司右参议。此书盖作于广东按察司任上。

与庄赤雉比部[一]

往德祖归，奉手札，布衣之谊蔼然。嗣后，欲遣相候，念山泽谈话，正如蔬笋，不堪作绮筵供养耳。台下名世文章、笼霄气谊，小憩南曹[二]，作六月息[三]。彼中不知见几异人，得几异书[四]？

仆五十矣，负锸营藏，已无复朋从之思[五]。蔗境弥甘[六]，槐宫已觉[七]，但多文字缘未除，更欲闭门谢客，收召浮气，付之霜降水落之乡，不知何以教我？

注释

〔一〕庄赤雉：即庄毓庆，字赤雉，福建惠安人。万历二十九年进士，任松江教授，南国子助教，升户部主事，后转郎中，四十四年出仕松江知府。

〔二〕南曹：明代留都南京的各部官员。

〔三〕六月息：短暂的休息。见《庄子·逍遥游》："鹏之徙于南冥也，水击三千里，抟扶摇而上者九万里，去以六月息者也。"

〔四〕异人异书：见本卷《复林贞伯》注〔三〕。

〔五〕朋从：即同类相从。见《周易·咸卦》："憧憧往来，朋从尔思。"

〔六〕蔗境弥甘：见《世说新语·排调》："顾长康啖甘蔗，先食尾。问所以，云渐至佳境。"

〔七〕槐宫：李公佐《南柯太守传》记广陵淳于棼梦游大槐安国，被招为驸马，拜南柯太守，享尽荣华富贵。梦觉，乃知所游为宅南大槐下一蚁穴。后以此比喻富贵权势之虚幻无常。

点评

知天命之年，眉公再次宣称无复朋从之思。然人在江湖，身不由己，能如愿乎？万历三十五年作。

答李少参

某蝼伏林泽间，惟孙登草衣、袁闳土室〔一〕，差了半生。即明公为千秋循吏、文苑中第一流人物，不敢逡巡求见。交远游大，某实耻之，古人耻之。

友人张博士归，忽承云天之翰，何从得此国士遇也？年已知命，无复世怀，台下乃以经世许之。正如土龙致雨〔二〕、木鸢御风〔三〕，只增具眼人破颜微笑耳〔四〕。

以门公建节括苍，问津名山，完厓山龙湫公案，亦是快事。第居恒陶舆不百里，管榻不十年〔五〕，紧绊芒鞋，横拖拄杖，未审胜缘当在何日。

注释

〔一〕“孙登草衣”两句：见本卷《与陈君》注〔一〕、注〔二〕。

〔二〕土龙：祈雨的工具。《淮南子·说山训》：“圣人用物，若用朱丝约刍狗，若为土龙以求雨。”

〔三〕木鸢：木制的鸢，可以飞。《韩非子·外储说左上》：“墨子为木鸢，三年而成，蜚一日而败。”

〔四〕具眼：具有辨识力，高明的见识。

〔五〕管榻：犹管宁之榻，此泛指木榻。皇甫谧《高士传·管宁》载：“（管宁）常坐一木榻上，积五十五年未尝箕踞，榻上当膝皆穿。”

点评

眉公自称无复世缘，而有人偏偏以经世之才许之。这注定了他逃脱不了世网。也许他并不想真的逃出世网。万历三十五年后作。

与熊邑侯〔一〕

台下宰邑四年，以饮冰之清，泻如矢之直〔二〕，履屐得任，重门洞开。兹闻被召，皆攀车絷马，愿留使君。政如啖乳小儿，去咫尺则弥号，遇饥俭则投入怀抱中，可怜也。

往者，千旌贲临，礼出郑重，直指一疏，端发明公。又为多方描写，宛转嘘护。某未尝有求于明公，而明公施恩于不报，此皆古人事也。虞翻曰："天下有一人知己，死且无憾。"〔三〕某今日非感死，即愧死。未省国士一腔血，洒在何地耳。

自分五十年来，不能敕断家事，纵游名山。又不能隐迹夷门〔四〕，寄居梁庑〔五〕。好奇画策，前愧鲁连〔六〕；望庐及门，后惭王烈〔七〕，直人间妄庸男子而已。而台下必欲邀以陈吴之故事。某尝有云，宁为减塑之狂狷，无为增塑之中行〔八〕。宁拙讲学，无为学讲。率简任真，永保元吉，于愿足矣。故忌盈瞰高，天道也；吹瑕索瘢，人道也。非实盗名，天人所厌。若复游大人交，远张声价，摄齐束带，敌体明公，无论对妻子，勘梦魂，即琴台双鹤，且舐衣三嗅而去矣。坚守硁硁，不谒不谢。及今日而上下之交，两无愧憾。第台下上辞当路，下调郎君，心事如猬蝶，而捐俸垂情至此，岂所谓径同枯木朽株者耶？

兹行也，台下必且为名给谏。时事日敝，时局日新，区区鄙怀，俟前旌首途，当舞棹旗亭山色间，竹冠松麈，一吐百尺楼上语也〔九〕。

注释

〔一〕熊邑侯：即熊剑化，字际华，号神阿，江西丰城人。万历二十九年进士，初为增城令，三十二年任华亭知县，三十六年征召入京，旋病故。

〔二〕如矢之直：像箭一样直。《诗经·小雅·大东》：“周道如砥，其直如矢。”

〔三〕虞翻之语：《三国志·吴志·虞翻传》裴松之注引《翻别传》曰：“自恨疏节，骨体不媚，犯上获罪，当长没海隅，生无可与语，死以青蝇为吊客，使天下一人知己者，足以不恨。”

〔四〕夷门：指城门。《史记·魏公子列传》：“魏有隐士曰侯嬴，年七十，家贫，为大梁夷门监者。”

〔五〕梁庑：《后汉书·梁鸿传》载东汉高士梁鸿与妻子孟光隐于齐鲁之间，后到吴地，寄居在皋伯通家的庑下，为人赁舂。

〔六〕鲁连：指鲁仲连，战国齐人，有计谋，常周游各国，排难解纷。秦军围赵都邯郸，鲁连以利害进说赵魏大臣，劝阻尊秦为帝，曾说：“彼即肆然称帝，连有蹈东海而死耳！”齐王打算给予官位，他便逃到海上。详见《史记·鲁仲连邹阳列传》。

〔七〕王烈：三国时高士。《三国志·魏书·王烈传》：“王烈者，字彦方，于时名闻在原、宁之右。辞公孙度长史，商贾自秽。太祖命为丞相掾、征事，未至，卒于海表。”

〔八〕减塑、增塑：陶工制陶的技法。董其昌《画旨》云：“夏圭师李唐，更加简率，如塑工所谓减塑者，其意欲尽去模拟蹊径，而若灭若没，寓二米墨戏于笔端，他人破觚为圆，此则琢圆为觚耳。”

〔九〕百尺楼：犹高楼。《三国志·魏书·陈登传》：“汜曰：‘昔遭乱过下邳，见元龙。元龙无客主之意，久不相与语，自上大床卧，使客卧下床。’备曰：‘……君求田问舍，言无可采，是元龙所讳也。何缘当与君语？如小人，欲卧百尺楼上，卧君于地，何但上下床之间邪？'"

点评

熊剑化奉调入京，从信中给谏一语看，是要做六科给事中的官职。此信作于万历三十六年。

与韩使君〔一〕

接台札，耳目心思两穷之语，不胜叹服。台下留情民事如此，苟有一得，而不以告者，非夫也。

夫役原非细事，昔东坡与司马温公，反复专论役法〔二〕。盖小民安，则大户安。刑清讼简，而上官之梦寐亦安。今里排之役〔三〕，以合县计，以十年计，其关系利害非浅也。田粮派于各甲，则少而易办。并于一甲，则多而易侵。且均绝均荒，贴田贴米，里排可以少苏矣。

私拟易知单呈览，细数核之旧册，总数填之新单。图书有田号〔四〕，里排有实征，决无敢毫发以逃神鉴也。

注释

〔一〕韩使君：即韩原善，字继之，号鹏南，直隶卢龙（今河北卢龙）人。万历三十五年进士，三十六年为青浦令。

三十八年，以青浦令调长洲。有政声，青浦为立遗爱祠碑。

〔二〕役法：劳役之法。

〔三〕里排：明代赋役法，以一百一十户为一里，推丁粮多者十户为长。余百户为十甲，甲凡十人。每年轮流由里长一人、甲首一人，催征租税。凡十年一周，曰排年。某一年轮值充当的里长，称“里排”。清初仍之。

〔四〕图书：犹图籍也，指疆域版图与户籍等簿册。

点评

此书与知县韩原善讨论役法，提供咨询。眉公精于世务，留意灾情，远非一般隐士可比。作于万历三十六年，韩原善初到任，盖有所咨询也。

上荆石王相公〔一〕乞救荒

近来天变异常，淫雨累月，自五月端午前，至今六月既望，大浸稽天矣。询之父老，言水潦之苦，有甚于旱。而今岁之水，有甚于嘉靖四十三年辛酉之时。何者？苏松偏处东南，地势卑下，号为泽国。旱尚可医，水则难疗。姑无论田事，即如旱魃之年，屋庐不至塌毁，圩岸不必增修，杂作经营，可以易米而食，薙草伐木，可以代薪而炊。今则通市如河，出门即雨，邻里不相往来，水火几至断绝。披蓑戴笠，倍添衣食奔走之劳。忍湿受饥，渐酿疾病死亡之祸。此水之害所以甚于旱也。

辛酉以前，催科尚缓，风俗尚俭，民户尚实，水势尚杀。今则朝廷之会计，无年不增；闾阎之侈靡，无处不盛；百姓之财力，无日不消；风雨之恶声，无刻不闹，此今日之水有加于嘉靖四十三年之时也。

且此雨在七八月间，则稻谷渐实，可以系舟楫而拾残禾。此雨在三四月间，则秧苗未莳，可以留工本而救余喘。今不先不后，适值其时。即使天色渐晴，而苗根已腐矣。即欲播谷复种，而时气又非矣。所恃者花豆，花豆化为朽枝矣；所恃者瓜菜，瓜菜没于草莽矣。独有堤岸一事，男女老幼，以其日夜合并之力，或可恃为侥幸数日之谋。而淫雨不休，泥土易败，筑于此，溃于彼矣。成于尺，败于丈矣。况西北大风，不时起发，太湖苕霅之水，滔滔东下，顷刻之间，顿至没踵，则尚安有毫发之望哉？

京师财赋，仰给东南，苏松小民，全仗耕织。如使旱潦节调，风雨时适，则百姓犹得偷其耒耜桔槔之暇，以从事于丝枲杼轴之间。今水变如此，举家之中，非出戽田水，则守筑河堤，赤足垢体，惟恐不及，尚有余暇及纺绩乎？纺绩无暇，尚安从易薪米乎？薪米无所出，能坐而待死乎？死期将至，弱者不为丐，强者不为盗乎？

盗贼四散，有司不三尺乎〔二〕？三尺相约，则进退皆死地耳。又安所他顾乎？此言之可惧可惊者也。

为今之计，圣君贤相以蠲租为第二义，而以赈贷为第一策，则嗷嗷枵腹之徒、哀哀露处之众，或可少恃以无恐，而勉强支吾，以俟朝廷现年破格之恩例耳。今先生手握调燮之权〔三〕，耳熟桑梓之变，必至卧不贴席，食不知味，岂有以天下为一家〔四〕，而不以苏松为同室者哉？今两台具疏请题，其恩赐在圣君，而其调停委曲，则在阁下。若少缓时日，圣诞长封在迩，地方灾异疏不得上。如待圣诞开届而后发旨，则会计已定，民心愈急，恐非百万生灵所以千里而号于父母者也。

某近投影乡村，目击斯苦，故无忘忌讳，为先生陈之。幸急图，所以上挽天变，而下救民穷者。

注释

〔一〕王荆石：即王锡爵，见本卷《上王相公》注〔一〕。

〔二〕三尺：指法律。《史记·酷吏列传》："周曰：三尺安出哉？"裴骃《集解》引《汉书音义》："以三尺竹简书法律也。"

〔三〕调燮：犹言调和阴阳。古谓宰相能调和阴阳，治理国事，故以称宰相。

〔四〕天下为一家：《礼记·礼运》："故圣人耐以天下为一家，以中国为一人者，非忘之也。"

点评

此信思路清晰，层层推进，说理兼情，王锡爵读之，能不心动？松江一带在万历间曾有数次发大水，一在万历十六年，一在万历三十六年，一在万历四十年。书中称王锡爵"今先生手握调燮之权"，即王氏在内阁任宰辅之时，故此书谈论的水灾应是万历十六年的水灾。

上徐中丞〔一〕乞救荒

读书山中，守分不敢轻谒。经月积雨，水没秧苗，不独为生灵苦，而先为司农苦；不暇为司农苦，而先为师台苦。师台当上下交迫之时，在饥民不能使之枵腹而饱，在主计又不能与之空口而争，千难万难，何可言喻？但水灾实状，已核见闻，而道路喧传，又满朝听。报灾之疏，非止百姓望之，即京师士大夫亦望之矣。不审师台有荒疏见示否。

向年吴中不熟，全恃湖广、江西。今一闻吴下水报，彼处先已遏籴。此贩商之所以空返，而米价之所以日踊也。米踊，则富者闭廪，只待价昂；贫者望门，无从借贷。田主不肯出资本，以急救佃户，佃户亦不肯出死力，以车救田水。目前有民穷盗起之祸患，冬间又有以荒作熟之钱粮，将来更不知费老师几斗心血耳。

恳乞师台，行文江西、湖广及淮扬抚按，遏籴之禁一弛，则吴越之米自贱。此通融救饥，目前至急第一先手也。师台既有荒疏，又有邻省通籴文书，鬼神执簿而奏上帝，非太师母福寿之一助哉？但疾痛困苦之词，描写得十分着忙，仅博得庙堂五分动听，况今视十六年实有甚矣〔二〕。师台限田，所以救未然；报荒，所以救已然。想今日台慈必先有吁天之请，决不使昔人专美于前也。谨洒涕以闻。

注释

〔一〕徐中丞：即徐民式，字用敬，号俭吾，福建浦城人。万历八年进士，授松江府推官。后改任南京户部江西司主事，升为山西司郎中，出任安庆府知府，擢南京光禄寺少卿，历通政司参议转太仆寺少卿，万历三十七年十一月，升都察院右佥都御史、巡抚江南。

〔二〕十六年：指万历十六年，该年松江一带发生大水灾。

点评

万历八年，徐民式到松江做推官时，陈继儒已是秀才。二人在这期间也许有过文字之交，故眉公以师视之。此书期望徐氏上救荒之疏，并行文邻省万勿遏籴，则苏松米价自降。眉公一副救世热肠，隐然现矣。此书盖作于万历三十七年末。

答沈仲容〔一〕

客岁辱《诗考》命序，缘县大夫以赈哺二事，日日数薪较米，作灶上老妪耳。六月避暑避客，得从读《诗考》，渺若河汉，细若茧丝，乃敢操笔而叙之。

世有儒宗如仲容先生，若使掌难者按经诘问，不知夺几十席〔二〕。又若论经定配，异日孔庙廊庑下，亦当虚一席待公。昔人谓《易》在蜀中〔三〕，今《诗》在浙中矣。

小序惟先生以删《诗》之手裁之。

注释

〔一〕沈仲容：即沈万钶，字仲容，浙江嘉善人。万历丁酉举人，官知县。著有《诗经类考》三十卷。

〔二〕夺席：指超过他人。《后汉书·戴凭传》："帝令群臣能说经者更相难诘，义有不通，辄夺其席以益通者，凭遂重坐五十余席。"

〔三〕《易》在蜀中：指蜀中《易》学发达。《宋史·谯定传附袁滋》：程伊川曰："《易》学在蜀中，盍往求之？"

点评

眉公以隐士身份出山，协助官府，救济灾民。其著《煮粥条议》

云："万历三十七年岁饥，巡抚都御史周孔教檄知府张九德、华亭知县聂绍昌、青浦知县韩原善，分往乡村作粥，以济饥民，皆取给署丞顾正心济荒米，使乡士夫好义者监视之。乡市煮粥凡十八处。"所谓"数薪较米，灶上老妪"，盖非虚谈。作于万历三十八年。

与尤郡丞〔一〕

明公解郡时，适王缑山遗书为诀〔二〕，比五日，遂成古人矣。河梁之役，不及追送榜人，老稚涕思，真不啻神君慈母。而不肖硁硁自将，乃蒙国士之盼。惟有痛自洗濯，留男子面目以见明公耳。

春夏哺赈二事，分派各乡。某承委天马山〔三〕，凡四十五日，每日二千余人，米必洁白，粥必带归，男女老弱，各自为队，不喧不乱。粥完之日，每人赈米二斗，其远不及哺者，总四千七百余人。心力虽耗，幸不得罪于人鬼。大约以台下光州之法，仿而行之，乃知仁言利溥非虚语也〔四〕。

二麦登场〔五〕，布亦长价，田野颇有生机。所愁朝士如棋，辘轳劫不已〔六〕。杞忧嫠恤，可奈何哉？

注释

〔一〕尤郡丞：即尤大任，字符约，湖北江陵人。万历十六年举于乡，曾知光州，万历三十四年任松江同知。

〔二〕缑山：即王衡，字辰玉，号缑山，王锡爵之子。卒于万历三十七年。

〔三〕天马山：万历三十七年，眉公被官府委派于天马山一带赈济灾民。

〔四〕仁言利溥：指有德行的人说的话有很大的益处。《左传·昭公三年》："仁人之言，其利博哉。晏子一言而齐侯省刑。"

〔五〕二麦：即大麦和小麦。宋代以后，江南地区开始出现麦稻复种，麦类的种植逐渐普遍。

〔六〕辘轳劫：指连环之劫。王鏊《震泽长语·仙释》："一增一减，共一千六百八十万年，名一辘轳劫。凡二十辘轳劫，共三万三千六百万年，为一成劫。"

点评

王衡卒于万历三十七年，此信即作于此年。此年眉公被委派在天马山，煮粥以赈济灾民。

答韩使君〔一〕

青邑目前有二事，水田无稻者，亩数不多。若造册抽勘，则征比之荒熟易明。公正报役者，土棍甚众。若先示不用，则沿乡之索诈可绝。此皆父老隐忧，敢附以请。

注释

〔一〕韩使君：即青浦知县韩原善，见本卷《与韩使君》注〔一〕。

点评

答韩知县咨询。作于万历三十七年。

与韩鹏南使君

目前青浦水灾，尚在可救。救之之法，有最紧二事。虽有大朋车，不修圩岸，无益也；虽修圩岸，不坝小港，无益也。今或救或不救，或筑或不筑，盖为无塘长督率之耳〔一〕。伏乞出示各鄙塘长，以字圩之大小，分人数之多寡，鸣锣鼓舞，倡率本圩。若待赴县求佥水牌，则已晚。其中更有偷力不到，众劳独逸，或唱言即车救无益者，即系败群玩法之民，并示呈名擒治。

五月为瘟月，乞清一狱之系囚，以辟疫气；五月为耕月，乞停一月之放告，以便救灾。至于征比限期，或量免一二限。盖里排方事督率，而水乡又非船不行，一面田中修救，一面城中申理，实难实苦。恳乞仁台，转禀道院，行牌被水之处，清狱、停告、免限，三者施行，而胼手胝足之民，庶得救死于万一矣。古有捍大灾，恤大患，社而稷之者〔二〕，非明公哉？

目当大浸，耳听车声，一声一泪，不觉饶舌。惟明公图之。

注释

〔一〕塘长：古代地方上负责水利建设之乡绅。万历《青浦县志》云："国初，建设有乡有保有区有鄙有甲，以相统摄。以里长、老人主一里之事。以粮长督一区之赋，而粮长之中有收有解。以塘长修疏河道，而塘长之中有总塘长，有塘长，制甚设也。"

〔二〕社而稷之：社，土神；稷，谷神。社稷亦指国家。《庄子·庚桑楚》："（庚桑子）庶几其圣人乎！子胡不相与尸而祝之，社而稷之乎？"

点评

此书内容仍为与知县韩原善讨论救灾事项，眉公的善心，更恩及狱囚。作于万历三十七年。

上聂使君〔一〕

雨晴水涨，父老皆云百年来未有，今秧禾已绝救矣。

巨浸无门，万民如坐水牢中。水退之后，聚而求食，尚多隐忧。正如小儿痘症，又不知几变也。

抚台移金，理应速发。五千事小，疑人事大，士大夫亦不复前议矣，惟断而行之。至赈饥一事，一面处置银米，遣赈地方；一面留至冬间冻馁相逼之时，煮糜平粜，尚可接济三两月。若前去后空，不能凑手，又无计可遣耳。

抢掠四起，并望转谕各属，以坚事处之。防微杜渐之中，寓弹压安静之意。倘小民无知，拒伤一二，题目既大，抚辑更难。昔人谓救荒定变，如虎衔子，轻则子堕，重则子死，真今日事也。

明公为四郡指南，当路倚如左右手，焦劳万端，故敢具区区布闻。

注释

〔一〕聂使君：即聂绍昌，字绳之，四川富顺人。万历三十五年进士，三十六年接替熊剑化出任华亭知县。

点评

此书依旧讨论的是救灾之事。华亭县为松江府首县，聂绍昌为华亭知县，故称其为四郡指南。作于万历三十七年。

与朱公平涵〔一〕

往承入京时，特辱手书，温绵美细，惠深挟纩，曾附札于心弦兄奉谢，未省曾到否。

世界如棋〔二〕，此是常语，但满盘辘轳劫何时事了〔三〕？移嗔转怒，至及局外袖手旁观之人，则先生与陶石老是也〔四〕。可叹。乃知孙登笑而不言，叔夜闷然而返〔五〕,非出世法,是深于处世法耳。不风之波、开眼之梦，皆能增进道心。况以门下读《易》高人，知命君子当之？为贾生哭〔六〕，为接舆歌〔七〕，两者安所取焉？

弟空山无事，松风竹月，不解负人。近者，代分哺赈之劳，觉今年救荒外无功业，利济外无学问。陈郡侯以包龙图而兼范、富活人之政〔八〕，恨不一识之。门下助之为德于乡，尤胜士大夫言战于庙堂也。

深秋月白，或拏舟索晤，芦花烟水间，共作信风人，先生其许我否？

注释

〔一〕朱公平涵：即朱国桢，见本卷《与朱先生》注〔一〕。

〔二〕世界如棋：指世事如棋局变幻莫测。

〔三〕镳铲劫：见本卷《与尤郡丞》注〔六〕。

〔四〕陶石老：即陶望龄，字周望，号石篑，会稽（今浙江绍兴）人。万历十七年会试第一、殿试第三，授翰林编修，后升国子监祭酒。

〔五〕叔夜：即嵇康。事见《三国志·魏书·王粲传附嵇康》裴松之注引孙盛《晋阳秋》云："康见孙登，登对之长啸，逾时不言。康辞还，曰：'先生竟无言乎？'登曰：'惜哉！'"

〔六〕贾生：即贾谊。事见《汉书·贾谊传》载谊《治安策》云："臣窃惟事势，可为痛哭者一，可为流涕者二，可为长叹息者六。"

〔七〕接舆：楚国之高士。见孔子，竟不言而别。《论语·微子》："楚狂接舆歌而过孔子曰：'凤兮凤兮！何德之衰？往者不可谏，来者犹可追。已而，已而！今之从政者殆而！'孔子下，欲与之言。趋而辟之，不得与之言。"

〔八〕陈郡侯：即陈幼学，字志行，江苏无锡人。万历十七年进士。万历三十六年江南大水，陈幼学任湖州知府，洞察民隐，大修荻塘，朱国桢撰《修东塘记》以志。包龙图：指宋代名臣包拯。范、富：指宋代名臣范仲淹和富弼。

点评

万历三十六年，湖、苏一带大水。时朱国桢退隐于乡，曾致书巡抚，力请救荒。作于万历三十七年。

答蔡晴符学宪〔一〕

明公在郡四载，不敢私通一牍，离郡不半年，连得赐书三函，又以冰俸远饷。古人下榻孺子〔二〕，倒履逢掖者曾得此遇否〔三〕？

东南大浸稽天，雨晴三月，而水进不止，此坐吴淞未开，圩岸未筑耳。吴淞者，北则为娄江之下流，南则为黄浦之上流。吴淞既塞，如乾卦三连中少一画，娄、黄两头不尽泄之，水不得不走入内地，散衍平田，合万民俱坐水牢中。秋风渐劲，饥寒并迫，乞贷无门，流亡无地，非盗则莩，可胜寒心。

台台临别时，惓惓以吴淞未开为忧，今言已验。救荒典役，无如此策。朝廷若有赈典，留四分之一，而又兼以顾氏之三万，太仓、嘉定、昆山、华上之协济。真所谓兴百人之工，活百人之命；兴千人之工，活千人之命也。次第修圩，其功亦迩。惟明公留意，告之当路，及今不浚，则吴淞永无浚期矣，及今不筑，则圩岸永无筑期矣。

江右司文，胜他省万倍，不喜得门生，喜得人皆坚忍嗜欲，惯习忠义，名节有胎，学问有根。况以明公为之指南，跃金脱颖，又当何如？第讲学诸公，多重经而轻史。事外无理，则史外无经。惟明公率先倡之，使门墙之下，上者为麒麟凤凰，次亦不失为虎豹，是所望也。

注释

〔一〕蔡晴符：即蔡增誉，字宏耀，号晴符，福建晋江人。万历二十六年进士。万历三十二至三十六年接替许惟新任松江知府一职。

〔二〕下榻：放下床榻。《后汉书·陈蕃传》及《徐穉传》载，后汉陈蕃为乐安太守。郡人周璆，高洁之士。前后郡守招命莫肯至，唯蕃能致之。特为置一榻，去则悬之。后蕃为豫章太守，在郡不接宾客，唯徐穉来特设一榻，去则悬之。后遂谓礼遇宾客为“下榻”。

〔三〕倒履：急于出门，把鞋穿反了。喻热情迎客。《三国志·魏书·王粲传》：“（蔡邕）闻粲在门，倒屣迎之。粲至，年既幼弱，容状短小，一坐尽惊。”

点评

眉公指出大灾的原因在于吴淞未开、圩岸未筑。又揭示文人之流弊，重经轻史，虚文无为。岂不知事外无理，理在事中？蔡氏万历三十二年至三十六年任松江知府，后转江西提学副使。离郡半年，盖万历三十七年，即写信之时。

答戴悟轩使君

一命之士，苟存心于爱物，于物必有所济。兄拖水带泥，而心事如青天白日，比之口净而身秽者不同。大约无不可与人言〔一〕，便无不可与阎罗老子言也。

王公欲刊未刊之书，欲了未了之事。弟无书可刊，无事可了，直直捷捷，干干净净，乃是解脱奇男子。幸兄以此谢之。

兄柬中行三事，即就事中调御役夫，清楚钱粮。钱粮之散出，得实得时；役夫之调御，不争不苦。正如以此接众高僧则可，以奉承上官，而过于节省，严于催督，则不可。事到将完，越要加勤加慎加宽。敢以为百尺竿头之劝。

注释

〔一〕无不可与人言：《宋史·司马光传》载光自言："吾无过人者，但平生所为，未尝有不可对人言者。"欧阳修有联云："书有未尝经我读，事无不可对人言。"

点评

王公欲替眉公刊书，眉公婉谢之。兼答戴悟轩之咨询。

与戴悟轩

弟看一切薄俗，比三年前，又一光景。上闭口，次闭门。前者常熟、杭州，皆以书院相招，弟皆不敢赴会。非有异同，正为贤人君子相聚，一语之出，皆有关意。且缙绅多，布衣少，岂可厕足其间，以招攀援之诮？

偶于东佘山，洗石种竹，且愚夫妇生圹已筑久矣。一犍之外，不望他荣；一书之外，不望他事。但书坊所刻《秘笈》之类，皆伪以弟名冒之。念此曹病贫，贾不能救正，听其自行，多有极可笑可厌者。弟之不好名，此亦足以见其一斑矣。

点评

此书谈及刻书之事，《秘笈》之类，应该就是《宝颜堂秘笈》。据陈眉公自称，此书"皆伪以弟名冒之"，似乎与自己全无关系。然此丛书之主事者沈德先是与眉公颇为熟悉的朋友，丛书亦收录眉公著作多种。若说此丛书与眉公一点关系也没有，恐怕难以令人信服。丛书以眉公之名行世，眉公应该也是默许的，从中分取利润也未可知。作于万历三十五年后。

答费无学〔一〕

某山泽无所嗜好，好林涧之游。家贫不能买书，往往手自抄写。又无草堂资，日负锸披剔泉石，栉芜沐秽，履綦啮而迹之。今买一舟，转展避人，如老渔父耳。

门下年未四十，选述巨丽宏博，通及百卷，即杨用修、王弇州少年，度未能臻此，其必传无疑。第吾丈方攻公车言，何不少忍，以终燃藜视草之业〔二〕。隐括当代故实，裁成良史，使后世不恨二百年无子长、孟坚，非吾费先生而谁？

若槲笠荷衣、茅焦土窟，青山未尝拒人，人自拒青山耳。英雄回首即是神仙，麟阁拂衣何妨鸥鸟？愿足下三思焉。

注释

〔一〕费无学：即费元禄，字学卿，号无学，江西铅山人。有《甲秀园集》等。

〔二〕燃藜：指勤学。晋王嘉《拾遗记·后汉》载刘向校书天禄阁，专精覃思。夜有老人吹青藜杖端，燃火以照。视草：指古代词臣奉旨修正诏谕一类公文。

点评

费无学年少而热衷著述，然又放不下功名利禄。眉公劝其不妨稍忍，专攻举业。杨慎、王世贞尚且如此，何况他人？

又

《岩栖序》置之《文苑英华》中，不可复辨。其六朝初唐之最乎？《秘笈》非弟书，书贾赝托以行，中无二三真者。此曹贫，不忍督付丙丁，终当整顿，乞玄晏一言耳〔一〕。欲拱名贤而传，造次未能。会冬逼，志状颇多，了理如贫女夜绩〔二〕，殊损萧闲之趣。

注释

〔一〕玄晏：即皇甫谧，晋代文学家，曾为《三都赋》作序。

〔二〕了理：犹料理也。

点评

眉公再次说到《秘笈》，皆书贾冒名刊行，不愿追究。然亦不能追究，眉公难道没有从中获利？

与聂使君〔一〕

台台寿辰，不敢随乡绅同祝。兹以家藏《桃源图》少致鄙诚。一展卷，或不减河阳花色也〔二〕。

注释

〔一〕聂使君：即聂绍昌，见本卷《上聂使君》注〔一〕。

〔二〕河阳花色：白居易《白氏六帖》卷二十一："潘岳为河阳令，种桃李花。人号曰'河阳一县花'。"

点评

此致华亭知县聂绍昌也。眉公奉上家藏《桃源图》为其贺寿。作于万历三十七或三十八年。

复邹丈

承手谕，兵道处最为吃紧。近趣澹生兄〔一〕，再三解雪，乃知毫无成心。两公手书奉览，幸密示贤郎。惊弦中钩〔二〕，宜以为惧，不宜以此为喜也。择交二字，即风波不生，亦是儒者家常茶饭，若今日弥觉有味耳。

注释

〔一〕澹生：即王士骐，字冏伯，号澹生，王世贞长子。万历十七年进士。

〔二〕惊弦中钩：犹鸟惊弦，鱼中钩。

点评

盖邹氏之子与人有芥蒂，眉公为之调停而作，或与王锡爵“密揭”风波有关，俟考。

答赵公子〔一〕

古有遥闻声而相慕者，以为实语耳，今乃得之尊公与门下。门下不委序于通人，而委之仆，此舍芍药之和〔二〕，而以蔬笋馔客，将无为肉食者所咯咯否？幸门下更调而俎之。

注释

〔一〕赵公子：即赵维寰，字若无，号无声，浙江平湖人。万历二十八年顺天乡试第一,后七上公车不第。天启五年，出任海宁教谕，升南国子监丞，擢刑部主事。后罢归，闭门著书。

〔二〕芍药之和：喻美味。司马相如《子虚赋》：“勺药之和，具而后御之。”服虔注曰：“或以芍药调食也。”

点评

赵某求眉公作序，此盖寻常应酬文字。作于万历四十三年前。

与黄府幕

古谓凶年杀礼〔一〕，盖宾祭二事也。顷遭大荒，郡中家汰人侈，宾筵罗列，倍于曩时，不敢复论。独祭赛本郡城隍，刑牲焚楮，肃拜而退，其亦可以已矣。

近有俚俗所谓太保者，祭毕之后，复用筶卜神歆否，或祭此神而卜彼神，或一祭不准而卜再祭。贫民无识，罄赀借贷，名还宿愿，实则累穷。盖其弊有四：曰亵尊神，曰惑愚俗，曰妄费财，曰多杀生。此聪明正直者所决不喜也。

乞台下恳白府县公祖父母，大张告示，但许祭祀，不许锣鼓太保入庙，妄言祸福，别生支蔓，有此等项，地方报官惩治。不惟神明之庙貌尊严，而小民省一两日之费，以资荒年一二月之粮。此尤正直聪明者必喜也。其事若迂，其救荒甚实。惟台下能爽然与不佞相合耳。

注释

〔一〕凶年：犹荒年。杀礼：谓减省礼仪。《周礼·秋官·象胥》："凡礼宾客，国新杀礼，凶荒杀礼，札丧杀礼，祸灾杀礼，在野在外杀礼。"

点评

圣人以鬼神设教，本意在教化国民。若过于奢靡，则有违初衷，况且在灾荒之年？眉公致书黄府幕，望通过他提醒地方官员能够于祭祀一事，厉行节俭，以为救荒之一助。

与熊际华父母〔一〕

某每念台下国士之知，欲通尺一相候，如坐井底，无由自达。昨闻待诏者补曹郎几百，圣贤豪杰如台下，领袖省垣，必能以冷眼觑人，以热肠报国，以聪明正直，辅忠厚而行。为击泚笏不为击蛇笏〔二〕；为子房椎不为朱亥椎〔三〕。语至此，想明公必鼓颐一大笑也。

某无端被誉，亦无端被谗〔四〕，今已洞白矣。年来以扁舟载书，往来峰泖间，无论伧父，即家人罕得而迹。曾占绝句云："怕将名姓落人间，买得秋江芦荻湾。几度招寻寻不见，钓舟虽小即深山。"此不肖近况，非以林泽自骄，盖欲以此酬慰知己，小有安身立命处耳。

玄宰已请致，自今真为戏海鸥〔五〕。第怜才右文，亦是昌朝盛事。赵绾数称师申公〔六〕，将无在台下乎？

注释

〔一〕熊际华：即熊剑化，见本卷《与熊邑侯》注〔一〕。

〔二〕击泚笏：《旧唐书·段秀实传》载，唐德宗时，朱泚谋反，召段秀实议。秀实以笏击泚，大骂，被杀。击蛇笏：《宋史·孔道辅传》载："有蛇出天庆观真武殿中，一郡以为神，州将帅官属往奠拜之，欲上其事。道辅径前以笏击蛇，碎其首，观者初惊，后莫不叹服。"石介特撰《击蛇笏铭》以赞其正气。

〔三〕子房椎：《史记·留侯世家》载，秦灭韩，张良欲为韩复仇，以力士袖大铁椎狙击秦始皇于博浪沙，但只击中副车。朱亥椎：《史记·魏公子列传》所载信陵君窃符救赵，朱亥椎杀晋鄙事。

〔四〕被谗：万历三十五年，传言陈继儒为王锡爵起草密揭，力诋言官事。

〔五〕海鸥：见本卷《与唐抑所太史》注〔三〕。

〔六〕"赵绾"句：《史记·儒林列传》："绾、臧请天子，欲立明堂以朝诸侯，不能就其事，乃言师申公。于是天子使使束帛加璧，安车驷马迎申公，弟子二人乘轺传从。至，见天子。天子问治乱之事，申公时已八十余，老，对曰：'为治者不在多言，顾力行何如耳。'"

点评

此书“补曹郎”“领袖省垣”云云，何三畏为熊剑化作传时也说“属膺内征，簪花柱下”，说明熊氏入京做的是六科给事中或都察院御史之类的言官。“玄宰已请致”，盖指万历三十七年董其昌辞福建提学副使一事，即此书所作之时。

与陶石篑太史〔一〕

先生身居金马〔二〕，心类木鸡〔三〕，非宿劫洪炉中鼓铸得来，风雨名场，且迷于大麓矣〔四〕。

天怀师书经已竟，精血耗亡，粗留空壳。而又以口讷行方，戒珠之事，仰面向人，如上墙壁。不肖为之经营百端，皆以远方佛刹为谢。归橐萧然，飒若槁叶，可怜哉！

贤仲比肩而升〔五〕，经世则两苏〔六〕，出世则天亲、无着〔七〕。不肖不敢以世情贺，所喜两巨人日月丽天，光明非浅。禹穴一块土〔八〕，又将为洙泗、乾竺矣〔九〕。

注释

〔一〕陶石篑：即陶望龄，见本卷《与朱公平涵》注〔四〕。

〔二〕金马：指翰林居住之地。刘肃《大唐新语·匡赞》：“前汉有金马、石渠，后汉有兰台、东观。”皆朝廷藏书之地。

〔三〕木鸡：见《庄子·达生篇》，后以“木鸡”指修养深厚者。

〔四〕大麓：指山间密林。《尚书·舜典》：“纳于大麓，烈风雷雨弗迷。”

〔五〕贤仲：即陶奭龄，字公望，号石梁，望龄之弟，时人号为“二陶”。

〔六〕两苏：指苏轼、苏辙兄弟。

〔七〕天亲、无着：公元5世纪大乘佛教的著名论师，世称天亲、无着菩萨，本为兄弟。

〔八〕禹穴：相传为夏禹的葬地，在绍兴之会稽山。

〔九〕洙泗：即洙水与泗水，孔子曾在洙泗之间讲学。后指代孔子及儒家。乾竺：即天竺，古印度的别称，指代佛教。

点评

陶望龄托眉公戒珠之事，没有办妥。此即回复也。

复马仲良使君〔一〕

明公好士，倾天下客，仆道人也，一藤一衲，合老山薮中。春初承订看梅之约，尝语玄宰云：“吾家篱落间数百树梅花，尽堪倾白堕〔二〕，绊青骡，何必远游？”以此逡巡而止。今冉冉秋矣，空谷独坐，忽承手札，冰俸自天而下〔三〕，枯木朽株，何以得此于神交知己？自喜衡门之下〔四〕，病不及身，贱不执役。今明公又赠一万酒钱，便可作月余无求老人矣。

前得《桐雨斋集》于不磷所〔五〕，极新极险，此脉直从昌黎、子美溯源而来，鬼贺怪仝〔六〕，那所骖乘？高文襄筹边断国类李赞皇〔七〕，恩怨亦差近之。第赞皇过侈，不如文襄之丝素耳。明公为乡衮表章一叙，恢岸博大，客见先生之诗，未见先生之志也。

《琬琰录》〔八〕,弇州公排缵数十年,今明公捐俸刻之,一举而使弇州之目瞑。先达之骨肉、史官之手便，直河润故人不磷而已哉〔九〕？代为稽首以谢。

注释

〔一〕马仲良：即马之骏，字仲良，河南新野人。万历三十八年进士，户部主事，迁员外，万历四十一年任浒墅关主事。

〔二〕白堕：杨衒之《洛阳伽蓝记·法云寺》："河东人刘白堕善能酿酒。季夏六月，时暑赫晞，以罂贮酒，暴于日中。经一旬，其酒不动，饮之香美而醉，经月不醒。"后因用作美酒别称。

〔三〕冰俸：犹言清俸也。参《与陆公》注〔五〕"饮冰"。

〔四〕衡门：喻贫而贤者所居。《诗经·陈风·衡门》："衡门之下，可以栖迟。"

〔五〕《桐雨斋集》：马之骏的文集。不磷：朱谋垔《画史会要》载："邵坚，字不磷，吴县人。"是与眉公同时的一位画家。

〔六〕鬼贺怪仝：即指唐代诗人李贺和卢仝。

〔七〕高文襄：即高拱，字肃卿，河南新郑人。嘉靖二十年进士，内阁首辅，文渊阁大学生，筹边有略。卒谥文襄。李赞皇：即唐代名相李德裕，字文饶，赵郡赞皇人。

〔八〕《琬琰录》：明徐纮曾编辑《皇明名臣琬琰录》，王世贞（弇州）在其基础上又加以补辑。

〔九〕河润：谓恩泽及人，如河水之滋润土地。

点评

弇州后人，以仕宦、诗文书画名世者不少，也是江南的望族，何以其所编纂之书，反要他人捐资刊刻？作于万历四十一年。

与王逊之〔一〕

昨见两得温旨，君恩浩大，此亦地下之所喜也。风波之世，约束仆童，早完国赋，为保家第一。聪明，先之以孝；富贵，济之以宽。古人历有明训，此老侄所长，不待嘱矣。

注释

〔一〕王逊之：即王时敏，字逊之，号烟客，王衡之子、王锡爵之孙。

点评

眉公与王家为世交，此为肺腑之言，非寻常客套话。

复闵康侯〔一〕

某少狂，好谈击筑舞剑，荆卿隐娘之术〔二〕，因家贫多病不任侠。已舍少年场为大人游，则腰领须眉，不任媚妩。已读竺乾、柱下之书〔三〕，欲蹑影高山、讫命破钵，则不任食色约束。迟回偃仰，年届知非〔四〕，渐老渐实，惟有低首三村学究中，差觉无誉无咎耳。吾丈何所取而先施及之？

札中数言，即使冯敬通、刘孝标、王无功自叙自铭〔五〕，何以加此？世乃有知己写照如康侯哉？反覆著述，无师之智，深踵之息〔六〕，文人才子，皆拜下风。盖其原本于经术道德，而以九家辅之〔七〕，其必传何疑？顾不肖无能为康侯重轻，何如，何如？

红叶黄芦，或有舞棹逗霜月而至者，小人某也。此时可得叩彻云馆，作聚头磕膝话矣。

注释

〔一〕闵康侯：见本卷《答闵康侯》注〔一〕。

〔二〕荆卿：即荆轲。荆轲读书击剑，慷慨任侠，为燕太子丹击秦王，事败被杀。事见《史记·刺客列传》。隐娘：即聂隐娘，唐代女侠，事见唐传奇《聂隐娘》。

〔三〕竺乾：即天竺，指佛教。柱下：相传老子曾为周柱下史，后以"柱下"指老子。此处指道教。

〔四〕知非：指五十岁。《淮南子·原道训》："故蘧伯玉年五十，而知四十九年非。"

〔五〕冯敬通：即后汉冯衍，尝作《显志赋》自论生平。刘孝标：即刘峻，南朝梁人，尝作《自序》云："余自比冯敬通，而有同之者三、异之者四。"王无功：即王绩，隋唐之际诗人，嗜酒，能饮五斗，曾作自叙《五斗先生传》，并自撰墓志铭。

〔六〕深踵之息：指修养到家的人以踵呼吸。《庄子·大宗师》："古之真人，其寝不梦，其觉无忧，其食不甘，其息深深。真人之息以踵，众人之息以喉。"

〔七〕九家：不同流派的学术。《汉书·艺文志》："诸子十家，其可观者九家。"

点评

此书透露眉公早年好任侠，渐老渐实，始觉无誉无咎之有味。眉公年届知非，交待了此书的写作年代，即万历三十五年。

与萧象林使君〔一〕

雪翁归，缕述台下不去口。即临邛三朝相如〔二〕，太白千金散客，未若明公风流文雅，无所为而为也。非仙令义侠，断不能破常格至此。每闻弄珠楼胜韵〔三〕，恨不挟玄宰题诗楣柱间，传之艺林。

顷者东南水灾，七郡嗷嗷，万民汹汹。若欲尽数请蠲，大司农非大笑，即大哭矣。如何，如何？救荒之事，全赖振古豪杰。非心热不能救万民，而又贵从容；非胆大不能定乱民，而又贵坚重。当今豪杰，非侯而谁？

若欲俯采刍荛〔四〕，当录末议以进。

注释

〔一〕萧象林：即萧鸣甲，字象林，湖北汉阳人。万历三十二年进士，次年任平湖知县，后升户部主事。

〔二〕三朝相如：《史记·司马相如列传》载临邛令王吉与司马相如交往的故事。

〔三〕弄珠楼：浙江平湖名胜，嘉靖三十七年知县陈一谦构戏珠亭，年久失修，万历三十四年，知县萧鸣甲重构新楼，名曰弄珠楼。

〔四〕刍荛：指草野之人。《诗经·大雅·板》："先民有言，询于刍荛。"

点评

萧鸣甲重构弄珠楼，眉公曾为题写匾额。此书亦就救灾之事鼓励萧鸣甲，并愿随时提供咨询。作于万历三十六年。

与朱平翁〔一〕

孟璜归〔二〕，知吾丈津津糜之牙颊间。顷长须至，则琳琅灿然矣。《狂夫叙》，瑰异快爽，真百尺楼上语，又百尺竿头语。《信风记》烂熳曲折，法度血脉，无一非古人。人间粉黛雕刻者久矣，曾见此等文字否？

吾丈当今稷契〔三〕，却欲分玄真子钓竿〔四〕，恐为白鸥所妒。虽然，以此敕断家缘，推远俗氛，热肠付之泉石，冷眼付之朝市。俯仰典坟，保练心性，何必拥呵张弛在手乎？

弟知命之年，经营一墓，酹酒封圹，不哭而歌。自谓陶潜、司空去人非远。其他但追凉偃曝，高枕读书而已。松儿乃辱长者，施以五丁之斧，饰以七襄之锦〔五〕。孺子过望，喜浮大白〔六〕，感谢，感谢。

注释

〔一〕朱平翁：即朱国桢，见本卷《答朱先生》注〔一〕。

〔二〕孟璜：即项鼎铉，字孟璜，项元汴侄孙。万历二十九年进士。

〔三〕稷契：稷和契的并称，唐虞时代的贤臣。

〔四〕玄真子：《新唐书·隐逸传》载，张志和仕途蹭蹬，遂隐居不仕，自称“烟波钓徒”，著《玄真子》，因以为号。

此泛指归隐江湖之人。

〔五〕七襄：指织女所织精美的丝锦。《诗经·小雅·大东》：“跂彼织女，终日七襄，虽则七襄，不成报章。”

〔六〕浮大白：满饮一大杯酒。

点评

朱国桢于万历三十七年后退隐田园，此书即作于此间。

与项孝廉〔一〕

煮字耕研，以了残日。深山病道士，只堪与枯崖断壁作观。顾心未灰者，是中贤长者如兄耳。季雅开士〔二〕，舌颊皆莲花，今与吾丈联席壁观〔三〕，仆喜从虎皮之末〔四〕。顾春来雪霰侵袭，茧足不出户，未得望颜色，饱粲花之论。奈何？

注释

〔一〕项孝廉：疑即项梦原，字希宪，号玄海，浙江秀水人。万历十九年举人，后削籍，四十年再中举人，四十七年进士，仕至刑部郎中。富收藏，著《宋史偶识》。

〔二〕季雅：即郁季雅，眉公友人。

〔三〕壁观：指达摩向壁打坐。《五灯会元·东土祖师·初祖菩提达摩大师》：“（大师）寓止于嵩山少林寺，面壁而坐，终日默然，人莫测之，谓之壁观婆罗门。”

〔四〕虎皮：见本卷《与唐抑所太史》注〔四〕。

点评

秀水项氏诗礼传家，极富收藏，眉公与之多有交往。

与蔡郡侯〔一〕

某山泽之姿，蠖伏蛰隐，不敢求通于明公。遽辱干旌顾之，表宅旌庐，重以粟帛。即北海之于正平〔二〕，平原之于志和〔三〕，靡以加矣。自觉四年间，上下之交，两无愧憾，未省烈士一腔血，何日化报恩珠耳。台下重如山，润如河，父老皆能诵之。至于清畏人知、德施不报、笑颦必爱、屐履得宜，则某尝窃窥盛养焉〔四〕。

以台下莫可亲疏之品，入江右名节学问之乡，掩瑕存瑜，上可备楩梓豫楠，下亦不失竹头木屑〔五〕，知明公有具眼在。台下濒行，不能治装，闻抵官又复俭苦，焚玉锻金，造物未必无意，第吴人区区去后思，所谓“曷饮食之”，非虚语也。

《文正集序》呈览〔六〕。某妄谓中行不得，流而为乡愿；乡愿不已，流而为鄙夫。反覆《范文正传》，真狂真狷也。

故以此命序，惟台台教之。

注释

〔一〕蔡郡侯：即蔡增誉，见本卷《答蔡晴符学宪》注〔一〕。

〔二〕北海：即孔融。正平：即祢衡。孔融与祢衡相知事，见《后汉书·祢衡传》。

〔三〕平原：指颜真卿，他曾为平原太守，被称为颜平原。真卿在湖州时，曾与张志和交游颇厚。张没后，为撰《浪迹先生玄真子张志和墓铭》。

〔四〕盛养：培育。《尚书大传》卷四："武王死，成王幼，周公盛养成王。"

〔五〕楩梓豫楠：指各种珍贵的木材。《墨子·公输》："荆有长松、文梓、楩、枏、豫章。"竹头木屑：《世说新语·政事》载，陶侃作荆州时，令手下集木屑、竹头，后皆派上用场。

〔六〕《文正集序》：万历三十六年，毛一鹭刊刻《范文正公集》，请知府蔡增誉作序。蔡又请眉公代笔。

点评

万历三十六年，蔡增誉卸任松江知府，转任江西提学副使。此书追述蔡晴符四年之知遇，兼有送别之意。眉公还操刀替蔡增誉作《范文正公集序》。

与聂韩二使君〔一〕

天降时雨，花稻勃然，田妇农夫，舍桔槔而就纱布，摘瓜茄而易薪米，又增一番活泼生机，皆仁台子民之真心所感造也。

昨见里排一谕，新者少，旧者多。主户承役，客户贴田，又且举行均田均甲之制，此父老求之百年而不可得者。幸甚，快甚。夫糙粮白银，官囤代里排之苦者半矣。今每鄙除官甲囤户外，剩田若干，十甲均派。现年里排在官比较，其九甲在乡分催。若派数钱粮不足，现年得呈某甲，某甲得呈名下欠户。此至公至平、至简至易之法。

第其间更有民隐二种：一曰均积年荒田，一曰均无户绝田。鄙中有积年荒田，必十甲分之，不忍一甲独累赔粮，所以均其害也。有无户绝田，亦十甲分之，不许一甲占作己产，所以均其利也。里排利害切身，不攻击而自举。朝暮惯熟，不履亩而自明。得台下先期示众，听官甲囤户外，凡余田荒绝在鄙者，不追已往，只在现前，各自查出，各自派明，不过数日，而报册燎然若指诸掌矣。盖均荒均绝者，正均田均甲之精神，而以绝田之利，偿荒田之害者，又役米外之津贴也。

千载一时，幸遇慈父母，救荒之妙，惟台下；定役之妙，惟台下。岂直利溥亿兆，百世且指南焉？

注释

〔一〕聂、韩：指华亭知县聂绍昌和青浦知县韩原善。

点评

此书还是谈救灾之事。一个隐士，经常向地方官员提出施政建议，也常有官员向他问政咨询，说明他确实有着超出一般读书人的见识，对民瘼民情、社会事务有着透彻的了解。同时，也说明他有一颗救人救世的热心，并非高蹈遗世、不食人间烟火的隐君子。万历三十七年作。

与钱懋谷〔一〕

懋谷先生，自束发已知之〔二〕，不独今日也。往岁病剧中，远辱损书币，以尊公诗选命序。比时捶床而呼，扪壁而行，无暇问笔砚事。今神革甫还，敢勒一言以献。李广射虎〔三〕，饮羽没石，智者惊喜是石，愚者怅恨非虎。尊公之序，不属之通人，而属之山衣田冠者流，先生得无虚发一矢耶？

注释

〔一〕钱懋谷：即钱蘅，字懋谷，浙江海盐人。光绪《嘉兴府志·隐逸》有传。

〔二〕束发：男孩成童时束发为髻，因用为指代成童，一般在十五岁。

〔三〕李广射虎:《史记·李将军列传》:“广出猎,见草中石,以为虎而射之，中石没镞，视之，石也。因更复射，终不能入石矣。”

点评

盖钱氏请眉公为其父诗选撰序，故有此往还也。

复乌程闵康侯〔一〕

冬来奇寒，冻齿相磕，拥裘炙火，无处生活。文逋交迫，甚于责进。因思古人冬余之乐〔二〕，只虚语耳。使者至，坚冰在须，发信惶恐，即时呵冻作序，差不辱命。门下著述，精而可传，仆得附名千秋，但沙砾居前，恐为金玉之累。

仆老矣，销声遁影，愿作空山扫叶不可得，栖栖人间如惊雀拱鼠，足下乃以平易许之。仆非不能奇，顾奇者，畸也，独往独来之谓也。若耦于父子夫妇兄弟朋友，耦则二矣，二则能奇乎？天地圣贤寓一于二，寓奇于耦，观于《易》，而理灿然矣。

弁阳老人周公谨，有《志雅堂杂抄》，有《癸辛志》，松雪翁尝画《鹊华秋色》一卷赠之。鹊华，齐鲁之山，故公谨有《齐东野语》〔三〕。承教并附以请。

注释

〔一〕闵康侯：见本卷《答闵康侯》注〔一〕。

〔二〕冬余：《三国志·魏志·王肃传》："明帝时大司农弘农董遇等，亦历注经传，颇传于世。"裴松之注引三国魏鱼豢《魏略》："遇言：'（读书）当以三余。'或问三余之意。遇言：'冬者岁之余，夜者日之余，阴雨者时之余也。'"后以"三余"泛指空闲时间。

〔三〕周公谨：即周密，字公谨，晚年号弁阳老人，宋元之际遗民。著作有《武林旧事》《癸辛杂识》《志雅堂杂抄》《齐东野语》等。公谨祖籍济南，靖康间，其曾祖南渡，遂寄籍江南。其父尝曰："我虽居吴，心未尝一饭不在齐也。"公谨自号"华不注山人"，华不注，即济南附近之山，盖不忘乃翁之志也。赵孟頫尝画《鹊华秋色》一卷赠之。鹊华，即鹊山和华不注山。松雪盖借此以慰其故国之思。

点评

眉公自谓非不能奇，盖不为也。寓奇于平易之中，正眉公其人也。

卷之二

与张肃之司马〔一〕

二月有鬟僧持居士书至，刺促索报。比时二孙皆病疹，俄作下殇。十年学道，未能洗拭哭孙之泪。已读居士《开山缘起》，不觉呀然笑曰：刘处士鬻二女以毕雁宕之役，髯张欲卖姬以开炉峰险道〔二〕，何其无儿女情也？吾过矣，吾过矣。

虽然，此山去尊郡仅九里，造物闷之数千年，始落居士手。近代勿论，即王、谢诸公，最负游癖，竟从靸鞋下失之〔三〕。今日仗居士扫陈洗腐，出恶道险，真堪作开山祖师。顾弟所以重居士者，点缀亭台，安立名字，无一点脂粉气，亦无一点烟火气。若他园位置榜额，非攒眉，则掩口欲哕耳。

自来好事之家，辇石凿池者，岁用众以百数计，畚锸如云，邪许如雷，然而石不暇黔，木不及拱，或转眼易他氏，或弹指而化为乌有先生者，多矣。盖园有三难，曰难成，曰难修，曰难守。复有四易，曰易费，曰易俗，曰易荒，曰易夺。以此三难，召此四易，总不如就山开山为佳。若因泽潴泉，因岩架屋，因势剪剔，因境品题，山骨不斫，山木不刊，山花不贫，山居不丽，山兽不争，山贼不贪，如是可以止矣，不朽矣。则吾张居士九里山是也〔四〕。

弟五十时，经营东佘，穿坎作圹，为容棺之墟。旁有余山，杂布松竹，下有瘠田，粗设厨匾，但恨山水窘缩，赀力廉削，无能如居士重辟混沌，别置峨眉。以此读缘疏，及顾江宁诸诗，只有叹羡。俟居士宦成归里，弟当揞笻入山，率同志创开山居士祠于天阙之上。因正祭器，敕山僧摘寒泉茶，折元章梅，采越王兰，以供居士，而檄髯张配食其旁。其游客狼藉花枝者，掷之鸥虎轩外，与山君共之〔五〕。刑花者服上刑，张居士甫为司寇，亦添此条例否？一笑。

来教记叙诗，须亲见此山面目而后为之。是邪非邪，未暇于纱笼中写照也。

注释

〔一〕张肃之：即张汝霖，见卷一《上绳武翁》注〔五〕。

〔二〕髯张：即张汝森，字众之，貌伟多髯，称之曰髯张。张岱族祖。

〔三〕靸鞋：陶宗仪《辍耕录》卷十八载："西浙之人，以草为履而无跟，名曰靸鞋。"

〔四〕张居士九里山：事见张岱《五异人传·张汝森传》。

〔五〕山君：老虎。旧以虎为山兽之长，故称。

点评

山水之乐，士大夫多好之。叠石辟园，士大夫亦多好之。作于眉公二孙夭折后，盖万历四十四年前后。

与汪泉州〔一〕

台下借重名郡，友人缕缕述仁政不去口。口碑在道，则荐剡在朝矣〔二〕。

贵治先达思弦李公〔三〕，向守云间，解郡之日，父老闭城相留，至获谴以死，而人无悔心。陆文定四十年不入公庭〔四〕，庭见太守，又大雨泥淖中，送之西郊，士林传为奇事。

闻其家赤贫，伊子守分，几于若敖负薪矣〔五〕。幸台下念此廉吏后，一慰存之。若指李公矫者，非仇则妄庸人耳。

注释

〔一〕汪泉州：即汪道亨，字汝立，号云阳，安徽怀宁人。万历十一年进士，二十年由户部郎中出知泉州，二十三年离任。

〔二〕荐剡：指推荐人的文书。

〔三〕思弦李公：即李多见，字子行，号思弦，福建莆田人。万历二年进士，万历二十年出任松江知府，次年初即解任。

〔四〕陆文定：即陆树声，见卷一《与陆公》注〔一〕。

〔五〕负薪：《史记·滑稽列传》载孙叔敖为楚相，尽忠为廉以治楚，楚王得以霸。死后，其子无立锥之地，贫困负薪以自饮食。优孟着孙叔敖衣冠以喻楚王，使周给之。

点评

李多见曾任松江知府，颇有政声。其后人生活拮据，眉公致书为之说项，愿地方一慰存之。此亦可见眉公忠厚处。此书作于万历二十一年。

复邹愚谷学宪〔一〕

次公夜光之璧，不出家笥，越四百里而问玉工，不肖岂能复加雕琢哉？读公车文，心精而绮笔，胆奇而大，不肖已识长者之家风矣。自省何人，敢当北面？请叙兄弟之礼，而敬献刍荛以别。

大抵吾辈胸中，落骚雅二字，则读书定不深心。落意气二字，则交游定不得力。盖骚雅既成新欢，则举业淡矣。意气若落故套，则德性浮矣。日前惟有端居遵养，熟翻古史，兼阅新报，洗发洞达，肆力于场事，作少年科第，经世大儒，是所愿耳。

若千秋不朽之业，门下文苑衣钵自在。古宿有云，佛法不怕烂却也〔二〕。

注释

〔一〕邹愚谷：即邹迪光，字彦吉，号愚谷，无锡人。万历二年进士，授工部主事，官湖广提学副使，万历十七年罢归。

〔二〕“佛法”句：语出《指月录》卷之二十五：“未几愚移翠岩，师纳疏罢，复过翠岩求指示。岩曰：‘汝不念乍住屋壁疏漏，又寒雪，宜为众乞炭。’师亦奉命。事罢，复造丈室。岩曰：‘佛法不怕烂却，堂司阙人，今以烦汝。’师受之不乐，恨岩不去心地。坐后架桶箍忽散，自架堕落。师忽然开悟，顿见岩用处。”

点评

此盖邹迪光为其次子求师于眉公，眉公予以婉拒。信中鼓励邹氏子专心科举，做一经世大儒。

柬项东鳌父母〔一〕

台下暂返东山，朝常如沸，乃知《诤臣论》、金人箴〔二〕，当参而用之。中涓方取精于鹬蚌，而言路犹角胜于蛮触〔三〕，非得台下真君子者，以正直辅忠厚，以中立当雷同，滔滔东逝之波，孰挽之哉？

某伏蝼寒蝉，与世耗转逊。且昔年佩服闇然之训〔四〕，辄欲自放于松麋蘋鸥之末，以是感恩负知如台下，未遑通咫尺书。乃辱千里而勤以翰言，可谓黼黻烟霞，丹青泉石。某何人斯，辱此非分？倘得藉邀宠灵，齑盐麦饭〔五〕，不至作无义男子，便可酬报万一鞭策之私。至于拂芸简，登兰台，非特拙劣所不敢闻，抑且北山猿鹤之所嘲也〔六〕。

献岁竹窗，试香啜墨，宛如对冰壶。使者仓皇，敬报空函，只有惭色。

注释

〔一〕项东鳌：即项应祥，字汝和，号东鳌，浙江遂昌人。万历八年进士，万历十八年至二十年任华亭知县。同年升户科给事中，后转礼科，再升通政司右通政，万历三十六年巡抚应天。

〔二〕《诤臣论》：韩愈作。金人箴：《孔子家语·观周》："孔子观周，遂入太祖后稷三庙，庙堂右阶之前有金人焉，三缄其口，而铭其背曰：'古之慎言人也。'"

〔三〕蛮触：指为小事而争斗者。《庄子·则阳》："有国于蜗之左角者，曰触氏；有国于蜗之右角者，曰蛮氏。时相与争地而战，伏尸数万，逐北，旬有五日而后反。"

〔四〕闇然：《礼记·中庸》："故君子之道，闇然而日章；小人之道，的然而日亡。"郑玄注："言君子深远难知，小人浅近易知。"

〔五〕齑盐：腌菜和盐。喻清贫的生活。麦饭：《急就章》

卷二："饼饵麦饭甘豆羹。"颜师古注曰："麦饭，磨麦合皮而炊之也。"

〔六〕北山猿鹤：语见孔稚圭《北山移文》。

点评

项应祥曾为眉公家乡父母官，大概欲举荐眉公，眉公辞谢之，故有"北山猿鹤"之语。此书应作于项氏做言官期间的短暂归隐，万历二十五年前后。

与韩长洲〔一〕

十六日下春矣〔二〕，不宜诣门，冀得解衣，从绪风凉月间一谈耳。是夕宿舟次，即往吊顾泾阳于梁溪〔三〕。今且峭帆东归，俟八月秋爽，再卜良晤。尔时台下方典棘闱〔四〕，如何如何？

朱修能诗品〔五〕，深诣秀隽，极有书癖，图章故自余技。今从名公游，如李方叔得侍子瞻〔六〕，凡可借芬处，应不惜青莲舌也。

注释

〔一〕韩长洲：即韩原善，万历三十八年由青浦知县调繁长洲。

〔二〕下舂：谓日落之时。《淮南子·天文训》："(日)至于渊虞，是谓高舂。至于连石，是谓下舂。"高诱注："连石，西北山。言将欲冥，下象息舂，故曰下舂。"

〔三〕顾泾阳：即顾宪成，字叔时，号泾阳，江苏无锡人。万历八年进士，授户部主事，万历十五年，贬谪为桂阳州判官、处州推官。任吏部文选司郎中，万历二十二年，朝廷会同推荐选任内阁大学士，触怒了神宗，被削去官籍，革职回家。

〔四〕典棘闱：指韩原善万历四十年调充应天乡试房考。

〔五〕朱修能：即朱简，字修能，安徽休宁人。晚明知名印学家。他精研六书，尤精古篆，在印学理论上造诣很深，有《印品》《修能印谱》《印章要论》等著述传世。

〔六〕李方叔：即李廌，字方叔，苏门六君子之一。

点评

顾宪成卒于万历四十年，此信作于此年。

答邹公履〔一〕

今名士皆掇拾裙束，虽奇亦百衲衣，非若足下独运杼轴，首尾千尺锦也。关尹子云，贤愚心愈明，则交不睦。是非心愈明，则事不成〔二〕。此非独施之朋友，实家庭间混沌谱耳。

注释

〔一〕邹公履：即邹德基，字公履，邹迪光之子。国子生，善书画。

〔二〕“关尹子”句：出自《关尹子》：“利害心愈明，则亲不睦。贤愚心愈明，则友不交。是非心愈明，则事不成。好丑心愈明，则物不契。是以圣人浑之。”

点评

水至清则无鱼，人至察则无徒，古人恒言之。交友如此，家人之间亦如此，此眉公所谓混沌谱也。

复冯友

屏迹山泽，门外事皆付之洗耳掉臂中〔一〕。得教，始知有衣冠之斗，鄙人不敢与，亦不敢闻。此中黄鸟声甚佳，恨两君不一听之。伏枕初起，据案草复。

注释

〔一〕洗耳：见卷一《答俞公元济》注〔五〕。掉臂：甩动胳膊走开，表示不顾而去。

点评

衣冠之争，眉公不愿闻，更不愿掺和。

柬王季重使君[一]

使君神明，真父母也。义田一事，全赖四至刻图[二]，令士民信服。而当路亦得藉此以杜好事之口。独青溪一望巨浸，视三十六年仅留尺许。米价未昂，而薪价真如桂矣[三]。每为台台筹算出处，宜请养而迟补官。得雄以后[四]，相时而飞。今蝇声鸠眼，尚未宁贴。即太公健饭，催督上车，可以长跪请也。

不肖结夏太湖中洞庭，暑可避，而客不能避。即客可避，而僧不能避。即僧可避，而诗僧不能避。顷子桑上人远顾，云与台下外形内心之交，其诗亦清快遒爽。生平淡面钝口，不解向人乞缘，兹以王使君如西竺适军多鸟[五]，不惜定僧乞一羽一毛。然亦不敢望财施，惟以舌施耳。

不肖五十外人，日求减塑，而四方以增塑求之，如何，如何？幸有以教。

注释

〔一〕王季重：即王思任，字季重，号谑庵，又号遂东、稽山外史，山阴人。万历二十三年进士，曾知兴平、当涂，万历三十八年任青浦知县。后又任袁州推官、九江佥事。清兵破南京后，鲁王监国，以思任为礼部右侍郎，进尚书。顺治三年，绍兴为清兵所破，绝食而死。

〔二〕四至：旧指田地、住宅等四周的界限。

〔三〕薪价如桂：《战国策·楚策》："楚国之食贵于玉，薪贵于桂。"

〔四〕得雄：谓生男孩。晋王献之《阮新妇帖》："阮新妇免身，得雄，甚善！散骑殊常憙也。"

〔五〕适军多鸟：即释军多鸟。《摩诃僧衹律》卷六云：有比丘住于林中，其中颇多释军多鸟，终日鸣唤，扰人思维。遂请于佛。佛告之："汝欲此鸟一切不来耶？可于晨暮之时，从众鸟各乞一毛。"比丘从之，日日如此。众鸟恐长此以往，将不毛，遂他往。

点评

眉公建议王思任"宜请养而迟补官"，相时而动。万历四十一年，松江一带大水，即作书时。

答张太尊〔一〕

自娄东归，知台台勘灾登山，不能率先父老一致壶浆〔二〕，为之怅然。

秋风渐劲，饥寒相迫，未省部议何如。独念报荒之时，不得不以熟作荒。派荒之时，又不得不以熟补荒。以华亭概县论之，宜以东南之熟，补西北之荒。以松江概府论之，宜以上海之熟，补青浦之荒。此全仰仁人公论，以先声倡之耳。

台下捐羡金祠烈女，又捐羡金救饥民，表风劝俗，捍患恤灾，不独倡义，更以训廉，士民无不踊跃也。

注释

〔一〕张太尊：即张九德，字咸仲，号曙海，浙江慈溪人。万历二十九年进士，万历三十六至四十年出知松江府。

〔二〕壶浆：语出《孟子·梁惠王下》："箪食壶浆，以迎王师。"

点评

与知府探讨灾后救济事宜。作于万历三十七年。

答长洲胡使君〔一〕

某蛰伏，引硁硁之拙，窃从门生子弟间，读台台公车言。于子柔、玄宰间〔二〕，读长安赋。于练川、长洲士民间〔三〕，读训民歌。此两汉《文苑》《循吏》合而为一人者也。夫目今时局，以争殿之虎，而兼战野之龙；以雌黄之口，而洒玄黄之血。惟有郡邑长得孤行一意，鸣弦而治，为宓单父〔四〕；积功累行，为许旌阳〔五〕。公真其人哉？

向者，枉重草堂，兹又特颁冰俸，礼意稠叠，手书斐娓，恨纸衣土窟中人〔六〕，无能效短长于明公。而禽鸟报恩之珠〔七〕，烈士酬知之血，不敢自后于古人也。

注释

〔一〕胡使君：即胡士容，字仁常，广济（今湖北武穴）人。万历三十八年进士，次年授嘉定令，后调长洲。

〔二〕子柔：娄坚，字子柔，一字歇庵，嘉定人。精于诗文，以教书授徒为业。曾与陈继儒陪王衡读书支硎山房，万历四十四年贡于春官，不仕而归。《明史·文苑传》附载《归有光传》中，称其与唐时升、程嘉燧号“练川三老”。

〔三〕练川：即练祁河，在嘉定境内。

〔四〕“为宓单父”句：出自《吕氏春秋·察贤》：“宓子

贱治单父，弹鸣琴，身不下堂，而单父治。”

〔五〕许旌阳：即许逊，字敬之，乡举孝廉，于晋太康元年出任旌阳令，人称许旌阳，又称许真君。

〔六〕纸衣：纸制衣服，代指山居者。宋苏易简《文房四谱·纸谱》：“山居者常以纸为衣。”

〔七〕报恩之珠：干宝《搜神记》：“哙参，养母至孝。曾有玄鹤，为弋人所射，穷而归参。参收养，疗治其疮，愈而放之。后鹤夜到门外，参执烛视之，见鹤雌雄双至，各衔明珠，以报参焉。”

点评

万历四十三年六月文震孟《筑娄江石堤记》：“广济胡侯士容，自嘉定令移剧长洲。”修筑娄江石堤。作于万历四十二年前后。

与方公旦心〔一〕

台台为郡司农，不特官署如僧舍，即左右皆如退院僧。今又居此冷曹，人以为不炎不热，不肖正谓此梅干在冰雪中，俗眼未及见花香时候耳。

当今中行救世不得，狂亦救世不得，惟狷者是向上第一路人〔二〕。然狷之有所不为，尚置之贤知过中，则圣贤豪杰，喜静而不喜动，喜冷而不喜热，可知矣。台台以为何如？

注释

〔一〕方旦心：即方应明，字昭伯，又字晦伯，号旦心，河南光州（今河南潢川）人。万历三十二年进士，历知壶关、洪洞，三十八年迁松江郡丞，擢南京户部郎中，升宁波知府，擢兵备使者分巡嘉湖道，转浙江参政。

〔二〕“中行”句：《论语·子路》：“子曰：不得中行而与之，必也狂狷乎！狂者进取，狷者有所不为也。”何晏《集解》引包咸曰：“中行，行能得其中者，言不得中行则欲得狂狷者。狂者，进取于善道。狷者，守节无为。欲得此二人者，以时多进退，取其恒一。”

点评

方应明由松江同知擢升南京户部郎中，即所谓冷曹也，眉公作书慰之。作于万历四十一年。

与屠赤水使君〔一〕

久不奉清晖，令人五内蔀塞，安得雕云之笔、霏雪之谈，一淘沃之。

年来多病早衰，闭关埋影，如在井底中，不复闻长安事。独念时局未定，如越鸿楚虬〔二〕。先生慷慨满怀，经术贮胆，坐令神钩赤精，匣而待老〔三〕，可胜浩叹。虽然，青山之业、碧落之游，丈夫亦可以豪矣。

往闻太夫人仙游，情愫未申，至今愧死无地。独以百岁谢人间，比之西池南岳，亦复何远？敬附生刍，特向祠中礼一瓣香，遥致区区通家子弟姓名而已。若后时之罪，幸长者原而宥之。

注释

〔一〕屠赤水：即屠隆，字长卿，号赤水、鸿苞居士，浙江鄞县人。万历五年进士，任颍上知县，万历七年转为青浦令，十年迁吏部主事，后罢官乡居。博学多才，精通曲艺。

〔二〕越凫楚鳦：比喻认识不清，判断错误而各执一词。南朝齐张融《门论》云：“昔有鸿飞天道，积远难亮。越人以为凫，楚人以为鳦。人自楚越耳，鸿常一鸿乎？”

〔三〕神钩赤精，匣而待老：参见卷一《答沈征梅》注〔三〕。

点评

屠隆之母于万历二十四年十二月卒，享年九十八。此书作于万历二十五年。

又

前读《昙花记》，痛快处，令人解颐；凄惨处，令人堕泪。批判幽明，唤醒醉梦，二藏中语也〔一〕。

往闻载家乐过从吴门〔二〕，何不临下里，使俗儿一闻《霓裳》之调乎？若近有新声，亦望见示。懒病之人，得手一编，支颐绿阴中，便是十部清商也。

注释

〔一〕二藏：指佛藏和道藏。

〔二〕家乐：谓富豪家所蓄的歌妓。

点评

晚明士绅好蓄养家乐，屠隆亦有此好。

与许郡侯〔一〕

台下解郡时，河梁照影，两无愧色者。独有不肖儒耳，不意长安中，颠倒一至于此〔二〕，此于明公分毫无点〔三〕。夫以父子兄弟最亲，而同床不免异梦，以众生爱憎取舍各别故也。台下第付之梦中呓语而已。区区之私，每欲一渡江以谒明公。入则拜床下，相与理性命钓弋之旨〔四〕。出则从郎君腰弧腾骑，纵猎而返。相与击鲜压酒〔五〕，一吐胸中之愤，今尚未能也。

年来为先严卜葬，经营一块土，辛苦白头。回视昔年烟霄鸾鹤之志，转眼渐成老翁。第不敢作负义男子，以辱台下国士之知。青天皦日，实闻此言。

台下神明精魄，固自圣贤中豪杰，必不久置闲地。幸惟为国珍重。

注释

〔一〕许郡侯：即许维新，字周翰，号绳斋，山东聊城人。万历十七年进士，初授山西泽州知州，万历二十六年至三十二年任松江知府，累官至户部侍郎，以疾乞归。

〔二〕颠倒：《诗经·齐风·东方未明》："东方未明，颠倒衣裳，颠之倒之，自公召之。"此处眉公盖指自己作为隐士屡屡被荐举，而许知府作为豪杰之士却被置于闲曹，事情搞颠倒了。

〔三〕无点：没有斑点或污点。

〔四〕钓弋：《论语·述而》："子钓而不纲，弋不射宿。"

〔五〕压酒：米酒酿制将熟时，压榨取酒。

点评

为许知府送行也。作于万历三十二年。

复方旦心公祖[一]

病中得台札及《心问》，但未见《北运便民书叙》，以此为恨。

记得先达徐文贞公云，凡国家之事，随事而讲，真讲学也。随时而习，真时习也。譬如台下时任在漕，即向漕政中搜括其利害痛痒，毫发无遗憾，勒成一书。或告之当路，贻之后人，使百姓显受其赐，而国家阴受挽输之益。事功在此，学问亦在此。此思不出位之正脉也[二]。

天下而人人如台台，可谓上不愧天子，下不愧所学矣。

注释

〔一〕方旦心：即方应明，见本卷《与方公旦心》注〔一〕。又，公祖：王士禛《池北偶谈》："今乡官，称州县官曰父母，抚按司道府曰公祖，沿明世之旧也。"

〔二〕思不出位：不僭越，不考虑自己职权之外的事情。

点评

"随事而讲，真讲学也。随事而习，真时习也。"事功在此，学问亦在此。此"思不出位"之正脉。徐阶此一番话是眉公在二十一岁入泮时听闻的，终身奉为典则。作于万历四十年前后。

与李本宁先生〔一〕

往岁闻有归楚之信，几欲轻装独来，送别江浒。今喜客星炯炯，正缠吴会间〔二〕，使不肖后学辈，时礼一瓣香〔三〕，真灵山俨然未散也〔四〕。

大集出世，震动天壤，如士林六籍，贤劫二藏〔五〕，岂直夺五纬之光芒〔六〕，濯三江之涛采而已哉？凡有血气，莫不尊亲〔七〕，盛德大业，蔑以加矣。

《江孺人传》后数言，毕竟捩眼，别改上呈，以副尊谕。北面知己，义等在三〔八〕，幸勿姑息而贯之。享帚覆瓿〔九〕，取裁惟命。语次不觉主臣〔一〇〕。

注释

〔一〕李本宁：即李维桢，见卷一《与李本宁先生》注〔一〕。

〔二〕星缠：指列星环绕。吴会：吴郡和会稽郡，泛指吴地。客星：此处指李维桢。

〔三〕一瓣香：犹一炷香。佛教禅宗长老开堂讲道，烧至第三炷香时，长老即云这一瓣香敬献传授道法的某某法师。后以“一瓣香”指师承或仰慕某人。

〔四〕灵山：指灵鹫山，为释尊说《法华经》处。

〔五〕贤劫：指有释迦佛等千佛出世的现在劫。与过去庄严劫、未来星宿劫并称为三大劫，为佛教宏观的时间观念。

〔六〕五纬：金、木、水、火、土五星。

〔七〕尊亲：《礼记·中庸》："唯天下之至圣，为能聪明睿知足以有临也……凡有血气者，莫不尊亲。"郑玄注："尊亲，尊而亲之。"

〔八〕在三：为礼敬君、父、师的典故。语出《国语·晋语一》："民生于三，事之如一。父生之，师教之，君食之。非父不生，非食不长，非教不知，生之族也，故一事之，唯其所在，则致死焉。"韦昭注："三，君、父、师也。"

〔九〕享帚：语出《东观汉记·光武帝纪》："家有敝帚，享之千金。"比喻物虽微劣，而自视为宝。覆瓿：喻著作毫无价值或不被人重视。亦用以表示自谦。

〔一〇〕主臣：惶恐之意。《史记·陈丞相世家》："上曰：'苟各有主者，而君所主者何事也？'平谢曰：'主臣！陛下不知其驽下，使待罪宰相。'"裴骃《集解》："张晏曰：'若今人谢曰惶恐也。'"

点评

大集云云，指李维桢之《大泌山房集》，万历三十九年刊行。

复冯文所大参〔一〕

客秋，不肖出洞庭山，先生又将入洞庭湖。比时若使遂张楚帆，觉至人与人不异。闻游余杭、径山、两天目，登黄白二岳，又登九华。黄山，草昧初落，潘髯辈眼中〔二〕，不若九华秀绝，青莲多所品题，故是老耆宿耳。

先生爱赏五玉〔三〕，何减阿咸阿惠〔四〕，履綦所至，宾从如云。鱼有龙，鸟有凤，信哉。憨山，今之洪觉范也〔五〕。麈尾相难，使人流涎。不肖妄谓讲学之地，未免带情识，粘名位，侈口而谈，违心而应，涉世味饶，出世谛少。不若宗门老胡，无眼棒头，尚能撼诸君子十重步障〔六〕，与三十六州诸错耳〔七〕。

近者吴越之间，雌黄之口、玄黄之血，盖焦龙矣。先生去乡一步，便是上天百尺；去乡一日，便是避世百年。俟异日而后知鄙语之非谬也。

不肖迩来山中，除教子读书外，百事不暇料理。正洗手时，忽拜数千里冰俸，买鱼沽酒，便可作一月资粮，余则有常山长老生活具在。以此谢台下，并以此慰台下。

注释

〔一〕冯文所：即冯时可，见卷一《答冯文所大参》注〔一〕。

〔二〕潘髯：即潘之恒，字景升，号鸾啸生、冰华生，安徽歙县人，侨寓金陵。嘉靖间官至中书舍人。晚年，与黄山结下不解之缘，在黄山汤泉附近建有芑堂，广邀宾朋、名人游黄山，使黄山知名度大大提高。又于万历年间重编黄山志，取名“黄海”，随撰随刻，至去世未完稿。因为他须鬓如戟，所以别人又称他髯翁。

〔三〕五玉：指璜、璧、璋、圭和琮。

〔四〕阿咸：指傅咸，著有《玉赋》。阿惠：指谢惠连。

〔五〕憨山德清：字澄印，俗姓蔡，安徽全椒人。晚明高僧。洪觉范：宋高僧，撰有《石门文字禅》。

〔六〕十重步障：步障即屏风，此指重重阻隔。

〔七〕三十六州错：指重大的错误。相传尧时禹平水土，分天下为九州。秦统一中国，又分天下为三十六郡。又，《资治通鉴·唐昭宗天祐三年》："全忠留魏半岁，罗绍威供亿，所杀牛羊豕近七十万，资粮称是，所赂遗又近百万。比去，蓄积为之一空。绍威虽去其逼，而魏兵自是衰弱。绍威悔之，谓人曰：合六州四十三县铁，不能为此错也！"胡三省注："错，鑢也，铸为之。又释错为误。罗以杀牙兵之误，取铸错为喻。"

点评

明末讲学盛行，眉公对此的看法却不太积极。所谓侈口而谈，违心而应，于世道人心有甚益处？

复顾泾阳先生〔一〕

先生之学，非特见之名节文章，实见之朝野精严之践履。如龙文五采，其外也；能霖雨天下，其实也。故不肖以龙德奉祝，非敢阿私，乃逡巡退让，而赐之远札，勖以交儆。仰悉大君子接引之意，真使人感不去怀。

读《当下绎》〔二〕，痛快直捷，而以史公之说终焉。本体工夫，一齐合下，即镜本明，就镜施药。乃知以虚空为镜，以不染为药者，终落无罪福、无圣凡、无忌惮之知见。甚矣，先生之真有造于世教也。

承念及辰玉遗集〔三〕，言之伤惋。初太原公得召旨〔四〕，弟书谓辰玉云，人以为锦上花，仆以为雪上霜耳。今殁后一着果如此。弟之心事，惟冏伯兄知之。可叹。

注释

〔一〕顾泾阳：即顾宪成，见本卷《与韩长洲》注〔三〕。

〔二〕《当下绎》：顾宪成作，一卷。《明史·艺文志》著录，《四库全书》收录。

〔三〕辰玉：即王衡，字辰玉，王锡爵之子。冏伯即王世贞之子王士骐。

〔四〕"太原公"句：太原公指王锡爵。万历三十五年，朝廷再次召王锡爵还朝，因密揭一事作罢。

点评

眉公大概赞成《当下绎》对李卓吾的批评。卓吾以当下自然指点后学，说人都是现成的圣人，才学便多了。又对忠孝节义加以否定，闻有忠孝节义之人，就说是做出来的，本体原无此。万历三十五年后作。

与张丈

吾兄远行，弟适在山中，不及奉赆。吾兄不骄不谄，而贤主人不忮不求，自是两相得也。新官如入暗室，久而自明，但笔底留人，甚于刀上剑头。上念鬼神，下念子孙，则生路宽矣。所赖夏公长者，当无事相祝。

闻所治甚荒，觅得救荒诸书，奉备采择，或当路咨询，或饥民仰望，智无百虑，愚有一得。活得一人，则一人阴德也；行得一事，则一事药方也。乞细细批阅，与彼处地方可行者，标出以示夏公。案牍送迎之烦，不暇遍览。精神线索，则友人事，亦方便事。有便，一劝按君停讼恤狱，缓旧甲征，皆救荒大义。

点评

张某盖为夏姓官员之幕宾，眉公古道热肠，一一为之指点。此一篇直可作幕宾指南看。

与徐鲁人使君〔一〕

初谒明公，如见鲁仲连、李太白，使人不敢谈尘俗事。既闻新政，如程不识之兵[二]、李光弼之将[三]，刁斗不哗，旌旗改色，英雄意表，自是非常。

昨者驾至山中，投以新诗，萝月松风，竟不及握麈相对。清谈清课，皆从山水中两失之，将无造物者小为嘲弄，抑更续后缘也。父母孔迩[四]，快睹有期。正恐非时入室，不独低头澹子[五]，明公庭鹤，亦将笑人。如何？

注释

〔一〕徐鲁人：即徐日久，字鲁人，浙江衢州人。万历三十八年进士，次年任上海知县，留心边事，撰有《五边典则》二十四卷。

〔二〕程不识之兵：《史记·李将军列传》："程不识故与李广俱以边太守将军屯。及出击胡，而广行无部伍行陈，就善水草屯，舍止，人人自便，不击刁斗以自卫，莫府省约文书籍事，然亦远斥候，未尝遇害。程不识正部曲行伍营陈、击刁斗，士吏治军簿至明，军不得休息，然亦未尝遇害。"

〔三〕李光弼之将：《资治通鉴》卷二二一："光弼治军严整，始至，号令一施，士卒、壁垒、旌旗、精采皆变。"

〔四〕父母孔迩：《诗经·周南·汝坟》："鲂鱼赪尾，王室如毁。虽则如毁，父母孔迩。"此处父母指父母官徐日久。

〔五〕澹子：指孔子弟子澹台灭明。《论语·雍也》："有澹台灭明者，行不由径。非公事，未尝至于偃之室也。"

点评

徐知县拜访眉公而不遇，眉公修书谢之。然非关公事，虽欲回访，则怕澹台灭明嘲之也。其实，眉公并不愿意屡入公门。盖作于万历三十九年。

上方二府〔一〕

别后两奉札觃，即报谢，想已奏记室矣。

北运仰仗仁覆，体恤调停，如良医之救沉疴、慈父之护爱子。虽由清恕，实出经纶。谢玄履屐各得其任〔二〕，孔明灶井皆应尺绳〔三〕。今观台台而知古人之非远也。

抚台感服奇节，特欲激扬，而松父老欲筑祠淮上，尸祝台下。但恐北朝空席，并州无复有瞻衮之期〔四〕。若不肖盼望福星，又以日为岁矣。

注释

〔一〕方二府：即方旦心，详见本卷《与方公旦心》注〔一〕。二府：即贰府，州府长官之副手。

〔二〕"谢玄"句：出自《晋书·谢玄传》："吾尝与玄共在桓公府，见其使才，虽履屐间，亦得其任。"

〔三〕"孔明"句：出自《三国志·诸葛亮传》裴松之注引《袁子》曰："亮率数万之众，其所兴造，若数十万之功，是其奇者也。所至营垒、井灶、圊溷、藩篱、障塞，皆应绳墨。”

〔四〕“并州”句：《后汉书·郭伋传》：“建武十一年，郭伋为并州牧。始至行部，到西河美稷，有童儿数百，各骑竹马，道次迎拜。伋问：‘儿曹何自远来？’对曰：‘闻使君到，喜，故来奉迎。’伋辞谢之。及事讫，诸儿复送至郭外，问：‘使君何日当还？’伋谓别驾从事，计日告之。行部既还，先期一日，伋为违信于诸儿，遂止于野亭，须期乃入。”

点评

郭伋的故事，眉公在尺牍中多次提及，可见他也很欣赏这种官吏与民众互信互爱的关系。方应明是一位能吏、廉吏，当亦不愧并州故事。作于万历四十年后。

与王复之

仆老矣，一生素志，已付刘伶锸边〔一〕，此岂复有世念？年来病冗坌集，不能低首受书，蠹老萤干，乞作曝背翁足矣〔二〕。而婚娶未毕，时入城市。客来迹者，又复以著述相期。所谓今之隐几，非古之隐几也〔三〕。

吾丈文虎人龙，北斗以南一人耳〔四〕。公车之暇〔五〕，专为眉山礼一瓣香，博览宏肆，若使子瞻见之，且当把臂四学士中。仆何人斯，而当北面之礼？折心洒汗，恨不穴地以避也。

士大夫正有二事。太上出世，以孝弟为根本；其次救世，以举业为阶梯。吾丈公车言陆离精密，语语皆逐贫。请屏他籍，一意为之。《阴符》云，绝利一源，用师百倍〔六〕，敢以为名贤知己之献。

谨奉玄宰真迹，草堂云气不散也。

注释

〔一〕刘伶锸：《晋书·刘伶传》：“（伶）常乘鹿车，携一壶酒，使人荷锸而随之。谓曰：‘死便埋我。’”

〔二〕曝背翁：以背向日取暖。唐李颀《野老曝背》诗：“百岁老翁不种田，惟知曝背乐残年。”

〔三〕隐几：靠着几案。《庄子·齐物论》：“南郭子綦隐几而坐，仰天而嘘，嗒焉似丧其耦。颜成子游立侍乎前。曰：‘何居乎？形固可使如槁木，而心固可如死灰乎？今之隐几者，非昔之隐几者也？’”

〔四〕“北斗”句：出自《新唐书·狄仁杰传》：“狄公之贤，北斗之南，一人而已。”

〔五〕公车：汉代以公家车马递送应征的人，后因以“公车”为举人应试的代称。

〔六〕“阴符”句：出自《黄帝阴符经》：“瞽者善听，聋者善视。绝利一源，用师百倍。三反昼夜，用师万倍。”

点评

王某欲拜眉公为师，眉公婉拒之，并鼓励王某认真备考，博取功名。作于万历四十四年前。

与张五鹿太守〔一〕

黄谷老自海上入松，缕述台台三让避热之意，相与叹服久之。而浒墅冰檗之声〔二〕，至今犹腾道路。即黄公有耳，宁不心折也。

近丹阳王公有新政〔三〕，为东南所称。凡衙官不许轻监一人，轻枷一人，禀命正堂，有票方许。台台若发行合属，即他郡且将师而效之矣。其阴功可胜道哉？

曹州学正刘允绳，孝廉中麟凤也。不独制举擅场，即古文词皆可选入木天〔四〕，亦曾奏艺于大匠之门否？

注释

〔一〕张五鹿：即张铨，字平仲，自称五鹿居士，河北大名人。万历三十二年进士，历任平阳府推官，户部主事，万历四十年任浒墅关主事，后任兖州知府，四十五年升山东副使。著有《五鹿山房诗集》。

〔二〕冰檗：喻寒苦而有操守。

〔三〕丹阳王公：即丹阳知县王志道。王志道，字而弘，号东里，福建漳州人。万历四十一年进士，任丹阳知县。天启元年擢礼科给事中，二年，改兵科。时有三案之议，志道雅不与东林合疏，三年，以父老病，乞归。后起复，累官至左副都御史，崇祯六年，削职回乡。

〔四〕木天：高大宽敞的木结构建筑，指代秘书阁或翰林院。

点评

眉公可谓宅心仁厚，极力推荐丹阳王志道新政，不许轻监一人，轻枷一人。此书作于张氏兖州知府任上，万历四十二年前后。

与赵凡夫〔一〕

我祖为人灌园，不若仆得幸于赵先生。若使稻衣谷弁，日从寒山中饭犊扫叶，贵于王公多矣。

吾友王丈，善写古佛卢陵伽〔二〕。屠长卿赠以诗云："得钱散与贫儿去，只是焚香礼上清。"就其品韵，居然人外。幸分梧阴一片地，小为燕温，何如？

注释

〔一〕赵凡夫：即赵宧光，字凡夫，太仓人。一生不仕，隐于寒山。著有《说文长笺》，又重编《万首唐人绝句》刊行。

〔二〕卢陵伽：即卢楞伽，《宣和画谱》卷二："卢楞伽，长安人。学画于吴道玄，但才力有所未及。……乾元初，尝于大圣慈寺画行道僧，颜真卿为之题名，时号二绝。”

点评

赵凡夫是一位不凡之人，早已勘破世情，与妻子隐居深山，读书赋诗，自得其乐。与眉公可谓志同道合。

答沈继山〔一〕

昔尧夫有言，善人未合，不敢急合〔二〕，故明公为青史中第一人物，至今日而始拜德门之床，纳孺子之履者，以此。非敢山泽自骄也。

伏承享以上客，倡以名篇，即无短序，诗中已描绘尽矣。至于纪律森严，性情隽永，又浣花翁余事耳〔三〕。非久，与叔祥商略〔四〕，以酬来教。

注释

〔一〕沈继山：即沈思孝，字继山，一字纯父，嘉兴人。隆庆二年进士，历任刑部主事、太常寺少卿、顺天府尹等职。后又任南京光禄卿，升右佥都御史，巡抚陕西、宁夏。再任大理卿，右都御史，协理军机大事。万历二十四年，病重归乡。卒赠太子少保。

〔二〕“昔尧夫有言”三句：语出邵雍《无名君传》：“见贵人未尝曲奉，见不善人未尝急去。见善人未知之也，未尝急合。”

〔三〕浣花翁：亦称浣花叟，指唐诗人杜甫。因杜宅位于浣花溪畔，故称。

〔四〕叔祥：即姚士粦，字叔祥，海盐人。曾入沈思孝幕府，著有《见只编》等书。

点评

善人未知，不敢急合，有道之言也。盖作于万历二十四年后，沈氏已退隐故园。

答熊公子

往闻大父母之讣，友人陆伯生同不肖设位于郡城之南禅寺〔一〕，率同志奠，敬焚一瓣香于位前。乡绅士民，如丧考妣，非独为知己哭，实为一县哭也。

忽承枉札远寄，读之黯然。初擢台选，海内方仗以为言路指南，国是士风，关系匪浅。尊公之清，天下所知，独其涣群触邪之念〔二〕，百不试一。虽朝廷无福，未尽其用，然生不愧三光〔三〕，死不怕阎罗老子矣。况诸昆仲读书清谨，恪守家风，未了之事，后人补之。乞示行实，当为大父母作传，以阐幽潜。邑有志，国有史，皆不可无此第一流人物也。

但门下家贫道远，资斧甚艰，或遣一介持来，即可报命。且仆出入无时，两不相值，千里驾，委之草莽耳。

注释

〔一〕陆伯生：即陆应旸，字伯生，嘉兴人。少补县学生，已而被斥，绝意仕进。著作《笏溪草堂集》，另编著《太平山房诗选》《唐诗选》等。

〔二〕涣群：解散小团体。《周易·涣卦》："涣其群，元吉。"触邪：谓辨触奸邪。古代传说中有神羊，名獬豸，能辨邪触不正者。

〔三〕三光：谓日、月、星也。班固《白虎通·封公侯》："天有三光日月星，地有三形高下平。"

点评

此熊公子即原华亭知县熊剑化之子。熊剑化去世，其子来书邀约眉公作碑传之文。熊剑化生前曾为眉公作《陈征君行略》，眉公必不负知己也。作于万历三十七年后。

答赵同知

王公不下士久，不意干旌之重，纡访委巷中。追忆老侯生，使人愧死。今征车前迈，行李萧然，谁谓近世无范莱芜〔一〕？但无当路道眼人，格外物色之耳。

承委四箑四笺，遵命塞白〔二〕。某守硁硁匹夫之介，不敢通辇下书。见东里公，烦致相忆。

注释

〔一〕范莱芜：指范冉，字史云。汉桓帝时，为莱芜长，故称。范冉穷居自若，闾里歌之曰："甑中生尘范史云，釜中生鱼范莱芜。"

〔二〕塞白：敷衍应付。

点评

赵同知与王志道颇有渊源。考卷之三《与东里》云："郡丞赵公席不暇暖，门可张罗。弟尝为闽无党人而多廉吏，信哉。"据此，二人应为福建同乡。又卷之三《答赵二府》，眉公自注："时升宗人府经历。"又《(崇祯）松江府志》载天启间松江同知有赵从谊者，惜无科名、籍贯之记载。综合言之，此赵同知即为赵从谊，福建漳浦人，万历十三年举人，历官松江同知、宗人府经历。作于天启元年后。

答钱受之太史〔一〕

自吾兄天蜚〔二〕，辄有索书求见者，弟坚谢之。山泽老人，不当通辇下之信，非分当尔，即懒性亦尔尔也。赖兄眼中有照胆镜〔三〕，手中有降魔杵〔四〕，然多一事不如少一事，多一客不如少一客耳。

承谕读书无暇，此时岂能终日终夜钻破故纸堆中〔五〕？尝记得少谒徐文贞公，云学而时习之何义，对以不辍。文贞云，如国家有荒事，即就荒时查考荒事。如有兵事，即就兵时查考兵事。如有大礼大狱，亦然。此真所谓时习也〔六〕。至今佩服此言，受用不尽。

又有因文见道者，如送赠河南抚按，河南何事最急。如送陕西抚按，陕西何事最急。即此类推，自然研究得切、考据得真。正如夏买葛，冬买裘，毕竟比平时买裘买葛不同。

若国轴之变幻、家乡之纷挐，且端坐冷眼观之。侠客之不如英雄者，侠客动而英雄静也。英雄之不如圣贤者，英雄险而圣贤稳也。若置身静稳中，即鬼神造化奈何不得，况目前余子哉？

注释

〔一〕钱受之：即钱谦益，字受之，号牧斋，晚号蒙叟、东涧老人，常熟人。万历三十八年进士，授编修。崇祯元年任礼部侍郎，翰林侍读学士，后被革职。南明弘光朝，为礼部尚书。仕清以后为礼部侍郎管秘书院事，充《明史》馆副总裁。

〔二〕天蜚：即天飞。语出《周易·乾卦》：“飞龙在天，利见大人。”后以“天飞”喻升居高位，贵显得志。

〔三〕照胆镜：葛洪《西京杂记》卷三：“有方镜，广四尺，高五尺九寸，表里洞明。人宜来照之，影则倒见，以手扪心而来，即见肠胃五脏，历然无碍。人有疾病在内，掩心而照之，则知病之所在。女子有邪心，则胆张心动。秦始皇常以照宫人，胆张心动者则杀之。”

〔四〕降魔杵：佛教法器，佛寺中金刚塑像手执之杵。

〔五〕钻破故纸堆：《五灯会元》卷第四“古灵神赞禅师”条云：“本师一日在窗下看经，蜂子投窗纸求出。师睹之曰：‘百年钻故纸，何日出头时？’”

〔六〕“时习”句：眉公二十一岁考中秀才，谒见徐阶时所听闻的一段话。参见眉公《年谱》。

点评

眉公交往的当代人物之中，王世贞、王锡爵是翘楚。然其更为佩服的人，似乎是徐阶。眉公所引徐阶语，自己也是时常践履的，深合王学知行合一之旨。作于钱牧斋初入翰林之时，约万历三十九年前后。

与许翁绳斋〔一〕

已知赍俸入都，又逾年而得尚玺之命，为之逌然以喜。不喜明公初践九列，实喜朝廷得正人力尚未晚。

目前朝局，一似劫棋方始。冷眼旁观，以厚薄定心地，以躁静定人品，以吉凶定事业，惟明公与陆思�耳。

某迩来十九在山，山上有生藏，山下有篱落沟池。负锸种果，抱水灌花蔬。子弟有书声，客至有瓶罍嘈嘈酒声，但夜不能读细字，伏腊有责逋者。三余之乐〔二〕，惟雨声差胜，余不足为明公道也。

注释

〔一〕许绳斋：即许维新，见本卷《与许郡侯》注〔一〕。

〔二〕三余之乐：见卷一《复乌程闵康侯》注〔二〕。

点评

眉公对时局的判断，是“一似劫棋方始”。万历四十年许维新起为河东兵备道，擢尚宝寺卿。作于万历四十一年。

又

读钟君传及手札，明公心事洒然。且文中毫窍眉眼，飒飒欲动。明公不独吏迹品行，事事第一，即文苑诸名流，谁能争席？

点评

赞美许氏文笔生动，可与文苑名流争胜。作于万历四十一年。

答包仪父〔一〕

四月二十四日得手书，盖周伯孔使者捧至〔二〕，伯孔以病中道反，赖此疾，不至疲于津梁。五千里风波，莫看作易事。如此举止，老弟何不阻之？读其时文诗赋，真天下奇才，仆劝其舍此而就举业，为老亲开笑颜，为朝廷出死力可也。

闻湘潭水灾重叠，何以救之？饥民中亦有强民，真盗中亦有枉盗，更望大慈以济大悲，大悲以济大勇。如劝借一事，可一不可再，可暂不可久。言至此，吾弟心胆碎，须眉白矣。饥民用威难，而用恩亦难。威过则詈，恩过则骄。骄则挟官府之命，以要厚积之家。不可遏，又不可继，势必三尺从事，则詈者与骄者俱起，此处又当一斟酌也。

注释

〔一〕包仪父：即包鸿逵，字仪父，浙江秀水人。万历三十七年浙江乡试第一，次年进士及第，三十九年至四十五年任湘潭知县。

〔二〕周伯孔：即周圣楷，字伯孔，湘潭人。圣楷少负才名，但屡试不第，四十岁时犹为贡生。从此绝意科举，专心著述。

点评

包仪父初入仕途，眉公一一为指点迷津。救灾之事，眉公亦曾亲力亲为，想必有一番心得也。作于万历三十九年。

与包仪甫

闻吾弟由浙入楚，度可钱塘江头一送。今知取道京口，路遥天热，不能握谈，怅何可言。弟出礼义公族，又加以数年道养，不扶而植，不雕而镂〔一〕，无烦三祝矣。

闻彼中士大夫难处，惟不亲不疏，乃处法也；闻钱粮多逋，不缓不急，乃征法也。使客若多，则打报人要远，远则可以逸待劳。地方若奢，则筐篚饮宴要辞，辞则可以返奢为俭。告示不当早出，左右始终以严，示必当机，则事简矣。严不骂詈，则人服矣。

至于随从诸人，防检宜密，而衣食宜宽。上司之词讼宜先，而自己之词讼宜后。上司虚心请教，士子弗拜门生。牌票限期必销，则不至妄行勾摄。囹圄不时清刷，则不至狱底沉冤。祈水旱夜宿于庙，劝农桑亲至穷乡。

商贾使之情通，同僚收之善养。假公济私者，民情也。节外生枝者，投状也。已上种种，皆弟所长，但无倦耳。

注释

〔一〕不扶而直,不雕而镂:不经过外力的干预,自然如此。语出《后汉书·徐穉传》。

点评

可谓谆谆教导,想见交情不浅。据陈梦莲《眉公府君年谱》载,万历二十三年，包鸿逵曾师事眉公。作于万历三十九年。

答吴司理〔一〕

台台清真简静，事事古人，诸缝掖不敢轻投一趾，轻贽一文。盖士风之正，实从明公指南始。

某蛰藏草野，忽飞台札，捧读环回，愧汗浃下。尝念古之隐者,非避迹夷门〔二〕,则寄居梁庑。今不猖不狂，有腼面目。故扁舟裹衲，投太湖山中者，百日矣。

复岭千寻，怒涛百变，松深竹冷，阒寂无人。粗以澡雪悔尤，退藏浮气。台台比之徐南州〔三〕，则俯不敢置对矣。

注释

〔一〕吴司理：即吴之甲，字符秉，号兹勉，江西临川人。万历三十八年进士，授松江推官，万历四十四年，华亭知县缺任，署理华亭县事。累官至福建参政、两浙督学。

〔二〕夷门：见卷一《与熊邑侯》注〔四〕。

〔三〕徐南州：即徐穉，东汉高士。详见《后汉书·徐穉传》。

点评

“复岭千寻”四句，大有移情作用。

又

某尝谓，上下之交，截然有等级。凿垣而逃者，类于近名。分庭抗礼者，似于越分。此皆非鄙儒所以事明公者也。

承台札下颁，不胜悚汗。通番之禁，一疏于操台，夫复何议？但久客潜归，则炮矢俱发，掠货沉舟，谁敢登岸？窃谓此曹奉禁以后，宜严其出海之防。奉禁以前，宜开其还家之路。沿海则张挂告示，浙直广闽，则通行文书。将来思归之众，与不逞之徒，决不至勾夷起衅，而海防可以万全矣。不然，如《实录》所载朱纨故事〔一〕，良可寒心。

惟台台明见万里之外者，敢以此阴德事相告，不识可闻之道院否。

注释

〔一〕朱纨故事：嘉靖二十六年至二十八年，浙江巡抚朱纨厉行海禁，因得不到当地士绅的理解配合，最终失败，自杀身亡。以是人不敢言海禁，以致东南沿海倭寇泛滥。

点评

讨论海禁事宜。眉公主张网开一面，对犯禁者不应太过严厉，给其生路，则可息事宁人，海防亦可万全。

答张高士

昨承早顾，适睡甘未起，不免带吾家希夷余习〔一〕。长者不督过之，又以长歌见赠，奖许过情，汗且浃踵。溯风奏之，即松涛瀑雪，亦当避此金石声也。

夕阳曳杖，来听黄鹂。请手斟悟道泉，酌茗以谢。

注释

〔一〕希夷：陈抟，号希夷先生，民间历来有陈抟一觉八百年的传说。

点评

有人来访，高卧不起，盖不想见也。来者犹不悟，又赠以长诗，务使眉公回复。此高士想必不高。

答朱平涵先生

前者太原未薨时，射隼之夫〔一〕，几中海鸥。仰闻长者调护百端，薇蕨无恙。远惟机氾学恭之训〔二〕，近佩名公囊括之什〔三〕。业已穿圹山中，考室桑下，一瓢一衲，数与山僧逸民往来陵泽间矣。

画道全身是盲，为屡侍玄宰盘礴〔四〕，小为墨戏，何至敢应名公之求？先生圣贤豪杰中人也，社稷之担，旦暮相迫，宁遽容乡祭酒而已乎？

注释

〔一〕射隼：喻待机歼敌。《周易·系辞下》：“《易》曰：‘公用射隼于高墉之上，获之，无不利。’子曰：‘隼者，禽也。弓矢者，器也。射之者，人也。君子藏器于身，待时而动。何不利之有？’”

〔二〕机氾学恭：典出刘向《说苑·敬慎》：“鲁有恭士，名曰机氾，行年七十，其恭益甚。……君子好恭以成其名，小人学恭以除其刑。”

〔三〕囊括：犹言括囊，见卷一《答俞公元济》注〔六〕。

〔四〕盘礴：又作“般礴”，本谓箕坐，后指恣意作画。《庄子·田子方》：“宋元君将画图，众史皆至，受揖而立，舐笔和墨，在外者半。有一史后至者，儃儃然不趋，受揖不立，因之舍。公使人视之，则解衣般礴裸。君曰：‘可矣，是真画者也。’”

点评

传眉公万历三十五年为王锡爵草疏力诋言官事，遭人攻讦。朱国桢为之调护。天启四年，朱国桢引退，作于此时。

与耿使君〔一〕

台下治绩则远高卓鲁〔二〕，谈《易》则洞入羲周〔三〕，真本朝第一人物也。即在千里外，且尝负笈相从，而逡巡不前者，未尝境内见熊父母，讵敢越境见耿使君？然布衣道义之爱，隐约流露于闻声遥慕之间。雎鸮相视〔四〕，桃李无言〔五〕，其意味更缠绵深远也。

东南莫大于水灾，西北莫大于建虏〔六〕。蓄艾徙薪〔七〕，独有起废一着〔八〕，而患得患失者，又恐为异论赤帜〔九〕。忠贤袖手，坐视沦胥，可叹，可恨。社稷重担行及明公，幸深图之。

注释

〔一〕耿使君：即耿橘，字庭怀，河北献县人。军户世袭第六代冠带总旗官，万历二十九年进士，初授尉氏知县，万历三十二年任常熟知县，颇有政声，后为监察御史，兵部主事。

〔二〕卓鲁：汉卓茂、鲁恭的并称。均以循吏见称，后因以指贤能的官吏。

〔三〕羲周：即伏羲氏和周文王。《易经》的成书过程被班固概括为“人更三圣，世历三古”，三圣即伏羲氏、周文王和孔子。

〔四〕雌鸮：唐刘肃《片玉集序》：“是知雌霓之诵方脱诸口，而见谓知音。”宋王楙《野客丛书·雌霓》云：“沈约制《郊居赋》，其间曰：‘驾雌霓之连蜷，泛大江之悠永。’出示王筠。筠读雌霓为雌鸮。约喜谓曰：‘霓字惟恐人读作平声。’司马温公谓非霓字不可读为平声也，盖约赋协侧声故尔。”后因以雌霓为创作时精研声律之典。此处作知音之用。

〔五〕桃李无言：《史记·李将军列传》：“谚曰：桃李不言，下自成蹊。此言虽小，可以喻大也。”

〔六〕建虏：建州之虏，指后金势力。

〔七〕蓄艾：长期积累以备不时之需。《孟子·离娄上》：“今之欲王者，犹七年之病，求三年之艾也。”徙薪：搬开柴火。本谓预防火灾，后喻防患于未然。

〔八〕起废：重新建树、恢复已被废置的事和物。

〔九〕异论赤帜：《宋史·司马光传》载王安石评司马光曰：“光才岂能害政，但在高位，则异论之人倚以为重。韩信立汉赤帜，赵卒气夺。今用光，是与异论者立赤帜也。”

点评

耿橘文武双全，是一不可多得的能吏。大概耿橘邀眉公会面，眉公婉拒，说本县熊知县还没有拜会，怎好越境去常熟？此盖耿橘初到任时作，万历三十二年。

与吴怀野〔一〕

明公孝义揭于皦日，取与严于秋霜。不居间，不苟得，一铢一黍，尺尺寸寸，皆从惜福修德中来。此非独里族学校知之，即鬼神皆知之矣。今忽变产捐金，以佐国家缓急之用，岂龌龊小丈夫敢望万一哉？

近者吴公祖创改金山卫，州县、兵尊、抚按，业已凿凿允行矣。乃闻明公此议，曾倡于南中，博谋于识者，其为地方虑已久。今又闻即移八千金为建立公署之费，且欲挺身经理，亲为督造。则大姓不差科，小户不繁扰，差官不经手，诸役不破冒，一金可以当十金，八千金可以当八万金，而事可立办。何也？非吴司理首创，不能发此机。非抚道按临，不能决此机。非明公捐金，不能贯满此机。此天赐明公，以捍沿海之门户，又赐之各台，以成明公为范文正，不为小丈夫也。

夫助边，边塞，边也；边海，亦边也。与其献之朝廷，为太仓之稊米，不若用之桑梓，以为亿兆之金汤。事成之后，将吏军民，报德报功，特祠血食〔二〕，真名世大臣不朽之举动矣。

若夫择形度势，设官分土，此特出明公八面之余，如视诸掌。守土者自当式庐而请焉〔三〕，不佞非所敢与也。

注释

〔一〕吴怀野：即吴炯，字晋明，号怀野，华亭人。万历十七年进士，历任杭州推官，兵部主事，光禄寺丞，四十年任南京光禄寺少卿，未赴任。万历四十六年，朝廷筹措军饷，先后捐银三万两。

〔二〕血食：祭祀之肉类食品。《汉书·高帝纪下》："故粤王亡诸世奉粤祀，秦侵夺其地，使其社稷不得血食。"颜师古注："祭者尚血腥，故曰血食也。"

〔三〕式庐：犹式闾，引申为登门拜谒。

点评

此谈论金山卫之创改，可谓一有价值之史料。金山卫为吴之甲创改，吴怀野为之变产捐金，二者皆为有担当之人。

与庄郡侯〔一〕

“我躬不阅，遑恤我后。”〔二〕此古弃妇之诗。若父母爱子，则不然。虽当哀疚涕洟之中，抚摩赤子之念，决不忍顷刻忘。凡可以救其疾痛，去其呻吟者，非熟告之乳母，则缕陈之国医，今郡邑诸大夫是也。台台行矣，幸留意焉。

注释

〔一〕庄郡侯：即庄毓庆，福建惠安人。万历二十九年进士，万历四十四年接替张文炫任松江府知府一职，次年由张光缙接任。

〔二〕“我躬”句：出自《诗经·邶风·谷风》：“我躬不阅，遑恤我后。”意谓我身尚不能容，何况我去之后哉？

点评

为庄知府送行。眉公引《谷风》之诗，反其意而用之。希望庄知府离任之后，还能继续关心松江百姓。作于万历四十五年。

答吴司理〔一〕

台台审录狱囚，责必减半，传颂仁台者载途矣。今幸院道一时辐辏，若议得金山卫分县，则华、上、青可以造有形之福。通海商许归，则浙直闽广，可以消未形之祸，阴功盖不啻万万也。承谕三书，较是史料可刻。盖盐台前启云，切于国朝掌故为第一。

目下穷冬，更有寒审事件〔二〕，创自周、徐二抚台，而未必及于后日。虽行自一方，而未必及于天下诸郡，不知可如热审定例，两台特疏一请否。慈圣七十，将有大庆，乘此上请，度必朝发而夕下也。惟亟图之。

注释

〔一〕吴司理：即吴之甲，见本卷《答吴司理》注〔一〕。

〔二〕寒审：为使囚犯不因饥寒而死于狱中，对死罪以下罪犯，及时发遣，或减轻处置，以示恤刑爱民之意。此为明代特有的审判制度，只在太祖、成祖、神宗等朝偶行之，崇祯十年始成定制。

点评

关心金山卫的创改，可以造福地方。寒审，创自周、徐二巡抚，可补史料之缺。作于万历四十三年。

复钱公[一]

往玄宰闽还，仆逆之湖上，不意明公物色及之。硁硁小人，不敢摄齐束带[二]，抗同游客，仅一通姓名而去。客秋，杨侍御垂顾草堂，重以饩帛，未展报谒，尺书相约，因有栖霞之游。近惭明公，远惭僧明绍矣。

兹承书贶斐亹，敦于故交，知己实难，感动情听。仆老矣，塞耳闭口，以度居诸，师孔氏之循墙[三]，学彭篯之观井[四]。捧读诸刻，重以慨然。王筠云，未见七叶之中，名德重光，爵位相继，人人有集，如吾门者也[五]。其明公之谓矣。

注释

〔一〕钱公：即钱岱，见卷一《答钱秀峰使君》注〔一〕。

〔二〕摄齐：提起衣摆。古时官员升堂时谨防踩着衣摆，跌倒失态。表示恭敬有礼。

〔三〕孔氏之循墙：小心谨慎之意。《史记·孔子世家》："孔丘，圣人之后，灭于宋。其祖弗父何，始有宋而嗣让厉公。及正考父佐戴、武、宣公，三命兹益恭。故鼎铭云：'一命而偻，再命而伛，三命而俯，循墙而走，亦莫敢余侮。饘于是，粥于是，以糊余口。'其恭如是。吾闻圣人之后，虽不当世，必有达者。今孔丘年少好礼，其达者欤？"

〔四〕彭篯观井：彭篯即彭祖，宋苏轼《代滕甫论西夏书》："俗言彭祖观井，自系大木之上，以车轮覆井，而后敢观。"后用以比喻遇事谨慎小心。

〔五〕"王筠"句：《梁书·王筠传》载其《与诸儿书论家世集》云："史传称安平崔氏及汝南应氏，并累世有文才，所以范蔚宗云崔氏'世擅雕龙'。然不过父子两三世耳。非有七叶之中，名德重光，爵位相继，人人有集，如吾门世者也。"

点评

孔氏循墙，彭氏观井，犹末世卫生之哲言。参《答钱秀峰使君》，此钱公指钱秀峰。作于万历四十三年。

复李观澜

山中接教，知客宦清吉，橐中虽如槁叶，所遇陈太守，如龙图老子〔一〕，又如阎罗老子。足下亲侍左右，亦不枉此头上乌纱矣。

百凡更加小心，穷通有命，虽官卑职小，日行好事，道路有口，上天有眼，决不相赚也。若以贫为苦，即位至卿相，原无舒眉宽肚时。如兄素有达生之念者〔二〕，必能怃然一笑，有当于鄙言耳。

注释

〔一〕龙图老子：宋王辟之《渑水燕谈录·名臣》："范文正公以龙图阁直学士帅邠、延、泾、庆四郡，威德著闻，夷夏耸服，属户蕃部率称曰龙图老子。"

〔二〕达生：指参透人生、不受世事牵累的处世态度。《庄子·达生》："达生之情者，不务生之所无以为。"

点评

李某盖微末小吏，眉公此书盖鼓励语，亦安慰语。

复王而弘〔一〕

明公不求人知，而求天知，此味甚觉悠长。盖眉睫政事间，皆隐隐跃跃寓焉，久之人且知之矣。丹阳治状，载在万姓往来口碑，与曹丘生何与〔二〕？经云："民惟邦本，本固邦宁。"〔三〕故恤民之长，丰年未必见德，凶年则见之。本邑未必知恩，他邑则知之。

顷者，大则山东之抢劫，小则青浦之催科，民情大都可怜也。安得王父母百亿化身，分救百姓乎？茶亭乃脚踏实地功德，更得速赐料理。蚤一刻，一刻之甘露也。

注释

〔一〕王而弘：见本卷《与张五鹿太守》注〔三〕。

〔二〕曹丘生：汉代辩士，对季布的任侠义勇到处赞扬，季布因之享有盛名。见《史记·季布栾布列传》。

〔三〕"民惟邦本"句：出自《尚书·五子之歌》："皇祖有训，民可近不可下。民惟邦本，本固邦宁。"

点评

此一封回复书信，大概也是关乎具体的施政措施。茶亭之议，尤见眉公关心民生疾苦。约作于万历四十四年。

与沈天生〔一〕

包使至，知老伯已仙游矣，痛哉。一瓜三蒂，已摘其二〔二〕，赖兄仁孝，一身支撑，生死皆无憾。然兄生者待哺，死者待葬，千钧一线，万勿轻掷于哭泣中。弟以痛极，先遣儿子拜唁。度月尽稍强，即过慰兄，当悉分灸之痛也。

注释

〔一〕沈天生：即沈德先，字天生，浙江秀水人。万历三十七年举人，官至刑部主事。

〔二〕“一瓜”句：唐章怀太子李贤鉴于骨肉相残，作《黄台瓜辞》，令乐工歌之，冀天后闻之省悟，即生哀愍。辞云：“种瓜黄台下，瓜熟子离离。一摘使瓜好，再摘令瓜稀，三摘犹尚可，四摘抱蔓归。”后以瓜喻兄弟。

点评

沈德先是眉公出版事业的一位合伙人，此书慰其父丧之痛。约作于万历三十九年。

答萧象林〔一〕

扇头兰花，宛然子昂、子固家风〔二〕，云山外重进此三昧，恨雪老人不及见之。

大暑，未敢谒谢，当舞棹旗亭间，相送片饷。雪鸿之迹，复晤何期？读第二牍，不觉黯然矣。

注释

〔一〕萧象林：见卷一《与萧象林使君》注〔一〕。

〔二〕子昂、子固：指赵孟頫、赵孟坚兄弟。

点评

赠送眉公扇面，书此致谢。作于萧氏平湖知县任上。

复王公

某蝬伏东海之曲，如在陶穴墐户中，不能从海内大人先生游，而窃于诵书知人事，始知有天台王中丞，此社稷臣也。已矣，不可复作矣。思中丞不得，犹幸有明公圣贤为目、豪杰为胆者在，第无从一听风霆之谈耳〔一〕。

昨者，藉手记叙，此酸书生语，何足畅武侯、汾阳将略耶〔二〕？异日建牙东南〔三〕，明公亦许其衣褐见否？

戴簿不修尺幅。往者死，无敢收其尸。彼独衣狐裘夜行，舁而瘗之土墙间。今舆还径山，其肉身龛而不腐，皆戴生力也。明公于吏事外，曾物色否？

注释

〔一〕风霆：狂风暴雷，喻气势大。

〔二〕武侯：即诸葛亮。汾阳：即郭子仪。

〔三〕建牙：古谓出师前树立军旗。

点评

王氏出官宦世家，眉公借复信推荐戴某。

答徐景文〔一〕

往者授经琅琊时，承见访，和气抟掬，如摄春风中，不复知御史公八面霜威矣。烦承札贶，重以图记见属。窃叹寻乐公昔以伏雌出赘〔二〕，今化而为三凤齐鸣，六龙下食，大贤之名德远矣。

奉命勒记一通呈览，非敢貂续都南濠，但愿蝇附徐南州耳〔三〕。目下初冻，十指如悬槌棰，而又苦拙书疥壁，乞更付之侍史，何如？

注释

〔一〕徐景文：即徐元正，字景文，太仓人，万历十四年进士，历任长芦巡盐御史，尚宝司少卿，太仆寺少卿。

〔二〕寻乐公：即徐朴，晚年自号寻乐老人，徐景文之曾祖，卒后，都穆为撰《徐寻乐墓表》。

〔三〕徐南州：指徐稺。春秋时徐子失国后，宗族南迁，故徐姓有南州之称。

点评

徐氏请眉公作传记之类，故有此往还也。

复周伯孔〔一〕

其屏伏山薮，单复负杖〔二〕，如田叟海樵。须发皤然，又类十九年海上子卿矣〔三〕。老疾将至，不恨不见名山，恨不见天下名士。忽使者五千里授书，读《刻风篇》，此公车中逐食文也。读《秦淮竹枝词》，则刘白低首；读《三陵外集》，则江陆捧心；读《花雪赋》，则宋玉复生，子建未死；已又读《花源诗》，为仙为隐，为秦为晋，吾不得而相焉。每得数语，如洞中流出数片落花，沿流穷源，朱霞青嶂，杳不知其所之。不意晚年复作老渔，游入伯孔集中。嘻，岂其梦耶？

包湘潭清真贞立〔四〕，不妄许人，而书来独为伯孔推毂不置，即伯孔不为阳鲚〔五〕，而县大夫以垂虹之线，欲钓天下豪士，舍伯孔谁两邪？

扇头投赠，泚颡汗背，北面之礼，尤不敢承。若公不弃，请返一瓣香，作神交兄弟可也。绢素涂抹，幸勿挤壁，使楚材远笑吴俗，幸幸。

注释

〔一〕周伯孔：即周圣楷，见本卷《答包仪父》注〔二〕。

〔二〕单复：单衣或复衣，亦指更换单衣或复衣。

〔三〕子卿：苏武，字子卿，汉武帝时为郎。天汉元年，以中郎将持节出使匈奴，被扣留。在北海边牧羊，历尽艰辛，留居匈奴十九年，持节不屈。

〔四〕包湘潭：即包鸿逵，见本卷《答包仪父》注〔一〕。

〔五〕阳鲚：亦作“阳乔”或“阳桥”，鱼名。明杨慎《阳鲚》：“阳乔，鱼名，不钓而来，喻士之不招而至者也。”

点评

周某欲拜眉公为师，眉公婉拒之。作于万历四十年后。

与刘丈

弟书中不能作蠹鱼，山中不能作麋鹿，而行游天下名山大川，如鹍鹏之怒飞，又不如刘先生。仰惭碧落，俯愧白髭。然向往明公，却又如火中爆豆，不能按捺耳。

吾丈隐而名噪，贫而奇侠，愿终公车言，为经世豪杰。豪杰非刘先生，又谁为忠孝指南也？弟每与王季重订渡江之游，访王谢遗踪与刘先生草庐，未审何时得果此缘。篱下懒夫，惟有浩叹而已。

点评

此刘丈应是浙东人，是与眉公一类人物，行游天下，隐迹名山。

然眉公又鼓动其为经世豪杰，想必其亦有经世之愿也。

答沈幼安〔一〕

久不晤言，知兄闭关谢客，作董生发愤〔二〕，不知花开花落，此吉祥消息也。仆老矣，怕生客，爱异书，而剥啄未除，懊恼日积。且思拔花去草，以求静逸，不识得此闲福否？花瘦笋肥，斗庵与石翁何不拨棹也。

注释

〔一〕沈幼安：浙江归安人，出身世家望族，其父沈儆炌曾任华亭县学教谕。

〔二〕董生发愤：《汉书·董仲舒传》："董仲舒，广川人也。少治《春秋》，孝景时为博士。下帷讲诵，弟子传以久次相授业，或莫见其面。盖三年不窥园，其精如此。进退容止，非礼不行，学士皆师尊之。"

点评

怕生客，懒于交际也。爱异书，增广见闻也。此眉公晚年心态之一端。

与赵当世〔一〕

海岳庵事〔二〕，玄宰赞叹不容口，即刻书像赞，及神位对额，此真可以不朽矣。大约以苏米二像刻石装壁中，其下并列东坡、元章，而以元晖旁祀配享〔三〕。净名斋，堂额也。海岳庵，门额也。梁昭明、刘义庆，皆王孙中才子，宜并祀北固山上，皆读书京口，见《镇江志》中。幸兄主张速成之。

注释

〔一〕赵当世：即赵昌期，字当世，号青岩，浙江慈溪人。万历三十八年进士，任婺源知县，寻调丹阳。

〔二〕海岳庵：在北固山西麓，为米芾所建，曾邀苏轼来游此地。毁于明末。

〔三〕元晖：即米友仁，字元晖，米芾的长子。

点评

赵昌期任丹阳知县时重修海岳庵，此书为此而作。作于万历四十二年。

复陈州尊〔一〕

明公尚书第一人而不入木天，卓异第一人而不入铨地，凡有识者皆为不平。虽然，某尝有云，美酒速饮而无味，积薪在高而先焚。有道者当不以此置怀抱中矣。

向守硁硁之节，虽时称娄江客卿，而不敢望见颜色。今台旌过郡，又以山居穴处失迎，何麋鹿之无缘也。冰俸特颁，出自梦寐，但行李匆匆，而念及至此。明公于冷人热做，忙时闲做，贤者固不可测邪？

注释

〔一〕陈州尊：指陈如松，字白南，福建同安人。万历四十年顺天举人，授萧山、河源知县，后知太仓州。有《莲山堂文集》传世。

点评

冷人热做，忙时闲做，岂是容易？钱谦益《初学集》卷八十四《书笑道人自叙后》：“今世文烦吏敝，独太仓州太守同安陈君清静寡欲，苏醒氓庶，有古人之风。”约作于天启初年。

与顾冲庵先生〔一〕

不肖仰止先生，山谷所谓如慕古人也。乃勤手札，真有饥渴下士之诚，蒲团上肠冷如冰，不觉为感知热中矣。长江限南北，非丈夫语，仆不敢以江水谢先生。第营葬先慈，匍匐草莽，明月之期，愿言异日。

俞君悬弧男子〔二〕，仆闭门钝汉，先生乃欲比肩而见之，得无以飞瀑望止水乎？誓墓颇坚，入林未密，即白犬黄犊，往往舐衣恶其骨臭，何所施面目，而谒司马门也？虽然，三寸尚在〔三〕，当望见颜色，以毕终身之愿。不能卜平原十日饮〔四〕，领至人一夕话耳。

注释

〔一〕顾冲庵：见卷一《复王昆仑》注〔六〕。

〔二〕悬弧：古称生男为悬弧。语本《礼记·内则》："子生，男子设弧于门左，女子设帨于门右。"又有尚武之意。唐韦应物《始建射侯》诗："男子本悬弧，有志在四方。"

〔三〕三寸：舌也。

〔四〕十日饮：见卷一《答闵康侯》注〔四〕。

点评

顾养谦邀眉公会面，眉公以营葬其先慈为辞，说改天吧。由此可见，“翩然一只云间鹤，飞来飞去宰相衙”，殆非写实。作于万历二十四年后。

与吴先生

往娄江时，弟以寓公，而吴先生为客卿，萧寺论心〔一〕，高楼把酒，不意得此天涯同志。江干一别，黯然销魂矣〔二〕。嗣后忽得长笺，娓娓数百言。高谊薄云，远诚透石，捧次何啻面承？欲觅一便邮，而赤鳞白雁，杳然无踪。兹遇故人刘宇成，乃知以尊公小仙之故，曾与定交，敢附数行以候兴居。

往者，读南宫书，首查吴先生姓名不可得，为之惘惘累日。此朝廷不得正人之力，非吾丈数奇也〔三〕。然造化有负于公，而公无负于造化，万里抟风，即六月息旧鲲鹏耳。

弟年来十九在山，小结茅蕉，杂莳花竹，袁闳土室，茅容草蔬，时与山朋溪友共之。独苦文逋相责，不能作熟睡汉，以此相愧。仆老矣，吴先生经纶满腹，幸惜精养气，以待宇宙担子。目今时尚可为，在君子调其已甚之行，小人则化其未形之毒。太尉之袒无左右〔四〕，武侯之秤无重轻〔五〕，天下从此太平矣。丈其冷眼热肠图之。

太仓沈司韶二子皆入庠，吴长卿名震元者，已中乡榜。此皆江干送别人，并以奉慰，知必乐闻也。

注释

〔一〕萧寺：即佛寺。

〔二〕黯然销魂：心情非常消沉。江淹《别赋》："黯然销魂者，惟别而已矣。"

〔三〕数奇：命运不好。

〔四〕袒左右：表示对某一势力的拥护。《史记·吕太后本纪》载，汉吕后死，太尉周勃入北军。"行令军中曰：'为吕氏右袒，为刘氏左袒。军皆左袒。'"周勃遂率兵尽杀吕党。

〔五〕武侯之秤：《北堂书钞》卷三十七引诸葛亮曰："我心如秤，不能为人作轻重。"

点评

"目今时尚可为，在君子调其已甚之行，小人则化其未形之毒。"这是眉公为时局开出的药方。药是好药，但无人服用，奈何？

答印泉施君〔一〕

士固有同床异梦，而千里同心者，印泉先生之谓也。

汉槎丈至，得手札，未省菰芦中人〔二〕，何以受知于长者。今年近六十，不见生客，不与俗事，课儿弄孙，左弦右诵，逃虚而不能逃人，又不能逃文逋。胸中湛然如青云白石，而不免杂以黄埃，乃知安身立命，大非容易。

翁考室深山，多寿藤伟木，坐管幼安之榻〔三〕，漉陶元亮之巾〔四〕，所略逊古人者，仅青衫黄粱耳。世事不了如落叶，随扫随有。心事不了如春草，随拔随出。惟前思过去，后思未来，我复安在？而见在之我，亦复如之。

若著书之劳神，读书之障目，不足为有道语也。双龙有缘〔五〕，何日抵掌，非五百里贤人聚乎〔六〕？念之。

注释

〔一〕印泉：即施邦彦，字伯玉，号印泉，浙江定海人，有《点易斋文集》。

〔二〕菰芦：借指隐者所居之处。三国蜀诸葛亮《称殷礼》："东吴菰芦中，乃有奇伟如此人。"

〔三〕管幼安之榻：管幼安，即管宁。晋皇甫谧《高士传·管宁》载："（管宁）常坐一木榻上，积五十五年未尝箕踞，榻上当膝皆穿。"后用行事端正之典。

〔四〕漉巾：滤酒的布巾。泛指葛巾。《南史·陶潜》："郡将候潜，逢其酒熟，取头上葛巾漉酒，毕，还复着之。"

〔五〕双龙有缘：见卷一《与顾冲庵公子》注〔六〕。

〔六〕贤人聚：南朝宋刘敬叔《异苑》卷四："陈仲弓从诸子侄造荀季和父子，于时德星聚。太史奏：五百里内有贤人聚。"

点评

超然如眉公者，亦不免感叹逃虚不能逃人，胸中湛然若青云白石，尚杂以黄埃。可见，眉公依然是尘寰中人。约作于万历四十四年。

与王遂东使君〔一〕

四月入太湖洞庭，名山大川，长林丰草，蔑所不有。百日后出山，始知有人间。每当怒涛粘天，明月挂树，未尝不念明公。

明公顷者鱼服吴门，亦当峭帆一至。石门不可无诗若记，及重阳后，橘柚更佳耳。闻太公健啖，又已抱孙，明公万事足矣。侍养以后，方可做官。家食二年〔二〕，再商出处。行年四十，尚未有录诸生者，以此相较，台下何必于今日问腐鼠得失耶〔三〕？

某尝谓，临事而惧，好谋而成〔四〕。所成何事？盖行有行之事，非谋与惧不成；藏有藏之事，亦非谋与惧不成。台下在行藏之间，千万与识者议之。老夷门所以报恩者，止此矣。

注释

〔一〕王遂东：即王思任，见卷一《柬王季重使君》注〔一〕。

〔二〕家食：在家中吃饭，指退休在家。

〔三〕腐鼠：典出《庄子·秋水》："惠子相梁，庄子往见之。或谓惠子曰：庄子来，欲代子相。于是惠子恐，搜于国中三日三夜。庄子往见之，曰：南方有鸟，其名为鹓刍，子知之乎？夫鹓刍发于南海而飞于北海，非梧桐不止，非练实不食，非醴泉不饮。于是鸱得腐鼠，鹓刍过之，仰而视之曰：吓！今子欲以子之梁国而吓我耶？"

〔四〕"临事"句：出自《论语·述而》："必也临事而惧，好谋而成者也。"

点评

在前致王思任书中，眉公示意："宜请养而迟补官。得雄以后，相时而飞。"此处又说："侍养以后，方可做官。家食二年，再商出处。"力劝王思任不要急于出仕，盖对时局不乐观。作于万历四十一年。

与翁敏寰

弟之入山也，欲省交际以避喧，节宴会以惜福，此念与吾丈素心同之。山居虽狭，尚可静憩。若酷暑时，则借重指示一清凉界耳。

辱见招，不杀生，不严席[一]，为真率会乃可[二]。若礼意郑重，何苦渡风波而称褦襶客也[三]。少将不腆，以定缟纻之交。

注释

〔一〕严席：犹“专席”，指独坐一席。

〔二〕真率会：司马光罢政在洛，常与故老游集，相约酒不过五行，食不过五味，号“真率会”。

〔三〕褦襶：原指夏天遮日的凉笠，后指愚蠢无能，不懂事。

点评

眉公希望他人能够为己提供避暑之地。此可见山人的另一面，财力困乏，有时不得不打秋风。

与翁丈

昨见惟心上人，知翁有非意之愤。古圣贤当骨肉横逆，一味忍之又忍而已[一]。若一成讼，奔走暑月，天时不便也。往来风波，地利不便也。骨肉成仇，渐招外侮，人和不便也。不肖初相见，以学吃亏劝贤父子，交浅言深，实出道义，幸三思之。

注释

〔一〕忍之又忍：《史记·五帝本纪》载舜与父、异母兄弟横逆之事，舜皆以仁心忍让。又《旧唐书·孝友传·张公艺》载，唐郓州寿张人张公艺，九代同居。麟德中，高宗祀泰山，路过郓州，至其宅，问其由。公艺请纸笔，但书百余“忍”字。

点评

骨肉之争，他人何能调停？眉公以“学吃亏”遗赠，希望翁氏父子和好如初。此亦见眉公古道热肠。

与胡大参

往年避迹泖寺，青雀忽来，白鸥欲舞，竹林解带，既清且和，先生真振古之人豪也。比时冒风暑，不能追陪信宿〔一〕，上谈王霸，下商钓弋，匆匆挂帆，渺如河汉。

每读《环山记》，先生抚柯击石，洗盏濯缨，不知谁惠谁鱼〔二〕，谁庄谁蝶〔三〕。功名蚁战〔四〕，毁誉蜩鸣，博不得真人北窗一梦矣。

顷避暑东洞庭者二月余，长松限日，飞瀑如雷，卢橘杨梅，啖辄盈斗，恨不与先生共之。

注释

〔一〕信宿：连宿两夜。

〔二〕谁惠谁鱼：《庄子·秋水》："庄子与惠子游于濠梁之上。庄子曰：'鯈鱼出游从容，是鱼乐也。'惠子曰：'子非鱼，安知鱼之乐？'庄子曰：'子非我，安知我不知鱼之乐？'"

〔三〕谁庄谁蝶：《庄子·齐物论》："昔者庄周梦为胡蝶，栩栩然胡蝶也。自喻适志与，不知周也。俄然觉，则蘧蘧然周也。不知周之梦为胡蝶与，胡蝶之梦为周与？周与胡蝶，则必有分矣。此之谓物化。"

〔四〕功名蚁战：唐李公佐作《南柯太守传》，叙述淳于棼梦至槐安国，娶公主，封南柯太守，荣华富贵，显赫一时。后率师出征战败，公主亦死，遭国王疑忌，被遣归。醒后，在庭前槐树下掘得蚁穴，即梦中之槐安国。南柯郡为槐树南枝下另一蚁穴。后因以指空幻。

点评

万历四十一年，眉公避暑东洞庭，王逊之请为王锡爵删订藏稿。此书盖作于此时。

复沈纯父〔一〕

天且暑，此时示疾维摩〔二〕，正堪谢襶襶子耳。东归十九在山，负锸之暇，半为客所迹，如出柴子母鹿，滚滚草树中。仅撰数文，不足博笑。巨人在前，日畏日缩，非敢从也。

注释

〔一〕沈纯父：即沈思孝，字纯父，见本卷《答沈继山》注〔一〕。

〔二〕示疾：得道长者维摩诘身染疾病，众人前来探望，维摩诘趁此机缘，借病身开示大家。参见《维摩诘经》。

点评

眉公行履所及，客即随之。亦由文名太盛，索文者多也。

与张郡侯〔一〕

台台远近赈荒，老稚感涕。适接秋麦，又得时雨，瓜茄大熟，客舶日来，米价顿减，布价顿增，万姓顿生，莫可言喻。此皆台下夙夜焦劳，人事补天之所致也。

目前只有开河塘长一事，合郡最称劳苦。若差必归于正堂水衙，不敢私拨，而豪家之讨夫者息矣。役必主于本鄙，别区不得远调，而泥头之包揽者绝矣。盖泥头倩人具呈，开河动经数里，鄙民写远，挑浚包价，动及百金。塘长派之该年，该年敛之人户。今岁不已，而复明岁。此河不已，而复彼河。不过为泥头饱溪壑而已。今当编审里排之候，伏乞酌议，永立成规。百姓息肩，各鄙安堵，其功德真与救荒等也。

此系民隐至急〔二〕，敢附以请。

注释

〔一〕张郡侯：此牍在《陈眉公先生全集》题作“与张曙海郡侯”。张曙海即张九德，见本卷《答张太尊》注〔一〕。

〔二〕民隐：百姓的疾苦。

点评

此书系与知府探讨兴修水利之事。作于万历三十七年。

复李公开藻〔一〕

追忆己丑冬，与徐孟孺会葬泾阳父母，因谒台下于浒墅。今泾阳墓草已黄，而孟孺之木拱矣。弹指二十六年，朝野之誉诽菀枯〔二〕，几且百变，而明公当乡衮秉政之日，省侍丘园，海内望之，若鸟有凤，鱼有龙，此岂可以声音笑貌为哉？

某隐居教授，粗守故吾。曩五十时，即已穿坎，作容棺之墟。旁结茅蕉，杂以松樌，视司空图生圹则不足[三]，比之袁闳土室则有余矣。三子一补诸生，余习诸子。两孙小者孩乳，大者四岁，已解捉竿逐雀。薄田百亩余，糜粥酿酒，不愁罄耻，但苦学贫而多文逋，未若村童田老，黑甜白醉之为适也[四]。

吾曹山泽人，岂望他长，但日就简省平实，便是安身立命学问。故海内正人如明公，久不通尺书。今翰扇先之，僭叙其草野近状如此。

注释

〔一〕李开藻：字叔铉，开芳从弟，与开芳同登万历十一年进士，历官山西、山东、江西学政，太常寺少卿，闻父病危，即携眷归里。

〔二〕菀枯：指荣枯、荣辱。

〔三〕司空图生圹：生圹，生前预造的坟墓。《新唐书·司空图传》载司空图隐中条山之王官谷，预为生圹，春秋佳日，邀宾友游咏其间。

〔四〕黑甜：宋苏轼《发广州》诗："三杯软饱后，一枕黑甜余。"自注："俗谓睡为黑甜。"白醉：即酒醉。

点评

眉公家庭经济状况、三子两孙之情状，皆于此有所交代。作于万历四十三年。

答刘公

自揣拙钝，足了一生，不敢与名贤通一耗问。乃明公束帛缄素，忽飞幽岩之中，且以元君碑记见属，不胜赧疚。庄读雄文，金翅插云，玉龙舞雪。蝇鸣蛙奏，何以声为？

门下清标饮冰，直声如矢，海内屈指以颙望赐环之报〔一〕。嫩薇丰草，此不肖辈所私，明公安忍枕东山而钓北海？如元君二语，则隐然以宰官度世期之矣。白香山乐天行院〔二〕，苏端明紫府押衙〔三〕，鹤背马头，原不相碍。门下负异骨，秉素心，俟人间之残局少完，则天际之灵槎可驾。某虽不肖，愿顺风而请道焉。

注释

〔一〕赐环：旧时放逐之臣，遇赦召还。《荀子·大略》："绝人以玦，反绝以环。"杨倞注："古者臣有罪待放于境，三年不敢去，与之环则还，与之玦则绝，皆所以见意也。"

〔二〕乐天行院：《太平广记》卷四十八"神仙"类"白乐天"条引卢肇《逸史》："唐会昌元年，李师稷中丞为浙东观察使。有商客遭风飘荡，不知所止，月余至一大山。道士与语曰：'此蓬莱山也。既至，莫要看否？'遣左右引于宫内游观。至一院，扃锁甚严，因窥之。客问之，答曰：'此是白乐天院，乐天在中国未来耳。'"

〔三〕紫府押司：何薳《春渚纪闻》卷六"东坡事实"："莫蒙夜梦见苏东坡，问曰：'不知先生厌世仙去，今何所领而参从如是也？'答曰：'某今为紫府押衙。'"

点评

刘某亦退隐田园之官宦，请眉公作碑记。

答扬州郭公

琅琊报讣人归，知台台拊膺大恸，并录尊柬见示，真字字泪也。淡老云〔一〕："生死不负我者，郭扬州耳。"知言哉。

易箦之后〔二〕，家无余财，只此一种清白，非特不愧明公之师，抑亦不愧名父之子。若使揽辔登朝，其激浊扬清，当何如也？但吴中风俗薄恶，台台不惜牙颊于当路，护以金汤。目今罗雀之门，尤赖有昔日登龙之客耳〔三〕。

注释

〔一〕淡老：疑即王士骐，号淡生，王世贞之长子，万历十七年进士，万历三十一年因妖书案削籍回乡。

〔二〕易箦：指临终。箦，床席。《礼记·檀弓上》记曾子临终之际要求换箦，因为按古时礼制，箦只用于大夫，曾参未曾为大夫，不当用，所以临终时要曾元为之更换。

〔三〕龙门客：犹言贵客。宋刘义庆《世说新语·德行》载，李膺不妄交接，有被其容接者为登龙门。

点评

此扬州郭氏疑为王淡生之门生，此书作于淡生逝世之后。

谢陆文定公〔一〕

承手书二贴，精神酣健，见于笔端，即少年不能员整至此。非独可占寿征，且以窥公教德。谨什袭藏之，永以为宝。

注释

〔一〕陆树声：见卷一《与陆公》注〔一〕。

点评

颜之推曰："书疏尺牍，千里颜面。"岂止颜面，亦可占寿夭。

与庄禹门

兄行时，弟在娄江，不得一送。及春始知之，意常惘惘。兄干将之器，小试苴补，然数已前定，枯菀淹通〔一〕，付之造物小儿。惟留心于利物，所谓一命之士，皆有所济。兄仁者，自不待祝。眼前尽有无限好事，岂必三公九列哉？

兄简、淡、温三长皆备〔二〕，获上得民，不言可知。弟日坐深山，不异木石，兄勿念之。但彼此各留本来面目，异日相对耳。

注释

〔一〕枯菀：见本卷《复李公开藻》注〔二〕。

〔二〕简、淡、温：《中庸》第三十三章云："君子之道，淡而不厌，简而文，温而理。知远之近，知风之自，知微之显，可与入德矣。"

点评

"彼此各留本来面目，异日相对"，世人几人能如此？

复严天池[一]

探梅时，得睹道颜，真锦衣许由，火食神仙也。拟回棹一访林居，而兜子已入光福矣。田叔先生[二]，向往如天际，读《山林经济籍》，颇采鄙言，得无腥烟霞而涴泉石乎？

适冒寒拥卧，未命墨卿，当草数言以副远托。新诗描写如画，恨病中不及赓和，然已藉手作枚生发矣[三]。

注释

〔一〕严天池：名澄，字道澈，号天池，常熟人。曾任福建邵武府知府。严天池在琴艺上承继精华，合百家之长，形成了“清、微、淡、远”的琴曲风格，组建了明万历年间第一个琴社——琴川社，创立了虞山琴派，编订了《松弦馆琴谱》。

〔二〕田叔：即屠本畯，字田叔，又字豳叟，号汉陂，晚年自称憨先生、乖龙丈人等，浙江鄞县人。以门荫入仕。

〔三〕枚生发：指汉代枚乘的《七发》。赋中假设楚太子有病，吴客前去探望，通过一番问答，太子霍然病愈。

点评

信中提及屠本畯的《山林经济籍》一书，约于万历四十一年刊刻。

答王而弘使君[一]

《道枢》至[二]，捧读《善恶感应说》，此三教髓也。明公借官修行，亦复借官说法。若《解军议》，二百年未尝及之，发之自今日始。即部曹与台察未尝及之，发之自明公始。他郡邑未尝及之，发之自云阳始[三]。今由一方而通行天下，仁言利溥，岂不信哉？

某尝有云，出自己生死，是大豪杰。知他人劳苦，是真圣贤。今士大夫本分职业中，谁无善事可行，但不肯细心抽绎，亲身体贴。如此事未免当面挫过耳。若明公，诚所谓圣贤而豪杰者也。

江南驿递之苦，莫如丹阳、丹徒。高岸如山，上下牵挽，非黑夜僵卧死，则雨雪冻欲死，炎日渴欲死。若得十里置一僧庐，夏施茶，冬施姜汤，此目前第一方便事。明公倡之，而募地方之善信者助之，或间摘有罪者罚之，可以不日告成。比之修路筑堤，其功德万万倍也。

蒋君谓明公酒色财气俱无，可谓知言。然以德论，非以功论也。阴功二字，愿台下日积而月累之，为东诸侯立一榜样，可乎？

佳惠郑重，水晶罐以承甘露，沉水香以读异书，此神仙十赉中事也[四]。何福以消之？

注释

〔一〕王而弘：见本卷《与张五鹿太守》注〔三〕。

〔二〕《道枢》：宋代曾慥编集，道教类书，四十二卷，一百零八篇。书名取自《庄子·齐物论》："彼是莫得其偶，谓之道枢。"

〔三〕云阳：丹阳的古称。

〔四〕十赍：道教指便于修炼的十种赏赐。见南朝梁陶弘景《授陆敬游十赍文》。

点评

"借官修行，借官说法"，眉公数言之。也是眉公对于做官者的期待吧。王志道更是这一说法的践行者。眉公以隐士结交官绅，亦可谓"借官修行，借官说法"。只不过王使君之"官"是官职，而眉公之"官"是官吏。作于王志道丹阳知县任上。

与许郡侯〔一〕

陈子有入晋〔二〕，欲附八行，不果行。忽承冰俸，娓娓远札，发自药裹中，环回研味，意中恶那能有此？此非贾勇强授书也。

某知命外，蒜发龋齿〔三〕，衰相都见。每念五六十人，以饮食生元气，所得甚少。以元气化饮食，所伤甚多。

年来入山，量腹节口，止博得一活胜人。但未能纸衣铁杖，老不入城耳。

玄宰翰墨日贵亦日闲。章公觐三子清审贞立，能文章，又攻诗，二孙并作秀才，清白不负人如此。唐长公子犹布衣，钟封君贻书诀亲友而后坦化，亦由胸中尚有老农风味也。

去冬旱，今春夏木棉花至四十五文钱得斤许。田家终日洗手坚坐，如岁朝新妇，俗呼为少年荒。民间大袖尺八寸，腰间白练带至三尺余，甚有写诗画者。士民不揣良楛，试少却，舁神明投郡阁前，蜂屯蚁聚，数日乃已。山泽之癯，只合闭门面墙，不忍见此咄咄事。

琴川、东林招讲学〔四〕，谢不往。知者以为畏大人，不知者恐以为游大人也。今泾阳游岱矣。比教欲悉近耗，故附及之。

台台居家如管宁，居官如伯夷。至人所居，顽儒自别，岂必故乡方是邹鲁？愿明公勿复以薇蕨介怀。

玄宰云山，酷得米虎儿笔意〔五〕，奉供清玩。明公病后作书甚难，某病目报书又难，数千里欲觅续使又难。以此三难，并在少日，吴儿虽铁石人，宁免国士之涕？

注释

〔一〕许郡侯：即许维新，见卷二《与许郡侯》注〔一〕。

〔二〕陈子有：即陈所蕴，字子有，上海人。万历十七年进士，和许维新同榜。陈所蕴由河南参政乞归，起为山西按察使，不赴。后再起为南京太仆寺少卿。

〔三〕蒜发：壮年人的花白头发。亦泛指斑白的头发。

〔四〕琴川：常熟的别称，此盖指虞山书院。东林：指顾宪成等主持的东林书院，曾邀请眉公讲学，被婉拒。

〔五〕米虎儿：即米友仁，米芾之长子，黄庭坚曾戏称其为“虎儿”。父子俱善山水，号“米家山水”。

点评

晚明江浙民风奢靡，可见一斑。索要董其昌画作，亦常做送礼之物。许维新由松江知府升任山西河东兵备道，作于万历四十年。

复周丈

向承见访，恨不能信宿仰攀。名贤所委肖翁诗，旋附一律。顾此何足烦觋，姑付之百花中，作樱笋会耳。

久盼梦兰消息〔一〕。昔闻之陆文定公，男女止服健脾药。万物皆生于土，勿用热剂，恐伤元气。此言极正而有验者，敢以此效螽斯之祝〔二〕。

注释

〔一〕梦兰：指妇人怀孕。《左传·宣公三年》："郑文公有贱妾曰燕姞，梦天使与己兰，曰：'余为伯儵。余，而祖也。以是为而子。'以兰有国香，人服媚之如是。既而文公见之，与之兰而御之。辞曰：'妾不才，幸而有子。将不信，敢征兰乎？'公曰：'诺。'生穆公，名之曰兰。"

〔二〕螽斯：《诗经·周南·螽斯序》："螽斯，后妃子孙众多也，言若螽斯不妒忌，则子孙众多也。"后用为多子之典实。

点评

眉公提供的生男秘方，不知可信否？

与王季重使君

往刘仲熙渡江，曾作八行寄之〔一〕，度不作无情鱼雁也。明公将父弄雏，天以完福相赠，且约束莺花，平章风月，不复向长安场索骷髅热血〔二〕。拥书南面〔三〕，高卧北窗〔四〕，始知九万里之飞，不如六月之息也〔五〕。

明公青溪诸政，正有遗思，岘山片石〔六〕，不肖自当代为父老挥涕，不敢忘，不敢后。但以明公干霄限日之材，而与劳薪积薪同事〔七〕，世谁有剖血以明王先生者？言念及此，未尝不为真英雄堕泪也。

方今浙中强人意，然已开报复之门，不无隐忧。战胜而不与同贺，后日亦不与同吊，尺蠖潜龙，皆明公绰绰余也。屈伸宁在眉睫哉？

不肖山中筑一椽，半匝沟沼。驱率儿辈，芟草种药，一习坟史，此外惟闭户饱睡。东坡所谓，除见道人外，皆无益也〔八〕。

注释

〔一〕八行：后世信笺大多每页八行，因以称书信。《后汉书·窦章传》："更相推荐。"李贤注引汉马融《与窦伯向书》曰："孟陵奴来，赐书，见手迹，欢喜何量，见于面也。书虽两纸，纸八行，行七字。"

〔二〕长安骷髅：《汉书·酷吏·尹赏传》载长安歌云："安所求子死，长安少年场。生时谅不谨，枯骨后何葬？"

〔三〕拥书百城：喻藏书之富或嗜书之深。《魏书·逸士传·李谧》："丈夫拥书万卷，何假南面百城？"

〔四〕高卧北窗：陶渊明《与子俨等疏》："尝言五六月中北窗下卧，遇凉风暂至，自谓是羲皇上人。"

〔五〕六月息：见卷一《与庄赤雉比部》注〔三〕。

〔六〕岘山片石：《晋书·羊祜传》："襄阳百姓于岘山祜平生游憩之所，建碑立庙，岁时飨祭焉。望其碑者莫不流涕，杜预因名为堕泪碑。"

〔七〕劳薪：刘义庆《世说新语·术解》："荀勖尝在晋武帝坐上食笋进饭，谓在坐人曰：'此是劳薪炊也。'坐者未之信，密遣问之，实用故车脚。按，旧时木轮车的车脚吃力最大，使用数年后，析以为烧柴，故云。”又，积薪:《汉书·汲黯传》:“黯褊心，不能无少望，见上，言曰：‘陛下用群臣如积薪耳，后来者居上。’”后喻选用人才后来居上。

〔八〕“东坡”句：出自苏轼《龙虎铅汞论》:“不读书，不著文，且一时束起，以待异日。不游山水，除见道人外，不接客，不会饮。皆无益也。”

点评

从眉公致王思任数通书看来，二人可称至交，所言皆肺腑之语，非寻常之交可比。《年谱》谓眉公于万历四十三年结庵于堕驴坡下，为儿曹读书之所。

答翁生

贞复来，道弟比常识见甚进，举动更端，此真享福之器也。而祖以勤理财，而翁以静处俗，弟又加之以读书，则聪明日开，可以愧世间俗子弟。加以积善，则根基日厚，可以远意外杂祸机。如是而游山水，啸风月，真地仙也。但望操以小心，咨以益友，如松柏弥老弥耐风霜。此非独弟今日始，即贤祖父亦相与安享于无穷也。

仆山中苦客，三月一病，幸而无恙。若藏经到日，乞一报，当与玄宰共作记勒碑，以代寿文。目前筐篚，尚未敢溷致令祖，意盖有所待耳。闻藏阁，德门一力任完，好善如此，六十功德，胜于寻常佛事万万倍也。更闻宴会俱不杀生，尤为有见，幸推广此意而行之。

点评

眉公《年谱》载，万历四十一年，眉公隐居太湖之洞庭山莫厘峰，募翁氏请藏经建阁，以镇兹山。此翁生即翁氏之孙。

与李贯之〔一〕

存吾兄至，知丈耕读甚乐。古人非远，高士无奇，但一味真耳。弟镜霜苍苍，百无所苦，苦客，苦文逋，恨不入深山土室中，蒸藜斫木，作一无事道人。顾天弢未解〔二〕，远惭李公矣。

新结草堂三四椽于白石山，欲艺名花。性不喜赏灯，种牡丹，皆金屋红绡事也。闻兄有极红西府海棠，及奇梗海棠，能见惠否？人老树小，东坡翁见之〔三〕，不觉一笑，则有道可知也。但得土碓坚大，正月春和，生气与根叶相迎，今似可缓，久欲特访名贤，并了芍药缘，度在明年也。

注释

〔一〕李贯之：见卷一《答钱秀峰使君》注〔五〕。

〔二〕天弢：天然的束缚。《庄子·知北游》："解其天弢，堕其天帙，纷乎宛乎，魂魄将往，乃身从之，乃大归乎！"

〔三〕"东坡"句：苏轼与海棠颇有缘，有多篇诗文咏及海棠。元丰七年，苏轼曾于宜兴手植西府海棠，一时传为佳话。

点评

眉公不喜牡丹而爱海棠。作于天启五年，结茗帚庵于白石山。

答王而弘使君〔一〕

二殇无罪〔二〕，罪自祖作，乃承明公贻书远慰，感涕不可言。

吴中解军〔三〕，往往杂点里排，不知祖宗良有深意。如一都二都中出军犯，则差一都二都押解。一则为其平日不能训戒，一则为其临期不能首呈，以致酿成凶恶，贻累地方，此亦地方与有罪焉。故以本都人解本都军犯，盖面貌相熟，必无替身，投到之情，情意相通，亦无道路难为之弊。后有泼赖行凶，好讼好斗者，亦不肯互相容隐，以致赔费往来之烦，此解军中默寓保甲法也。

今贵治但点本都乎？抑点别都乎？若申为定例，通行各邑，则别都既省横差，而本都之父老，亦首肯心服矣。

注释

〔一〕王而弘：见本卷《与张五鹿太守》注〔三〕。

〔二〕二殇：指眉公两个孙子先后夭折。

〔三〕解军：解送人犯的军士。明沈德符《野获编补遗·兵部·解军》："解军一役，以本图里长充长解，先为娶妻，备赀装，事之如严父，防之如大敌。"

点评

王志道慰问眉公二孙之殇。眉公与之讨论解军之事，所言皆深通人情世故。作于王志道丹阳任上，约万历四十四年后。

与蔡郡侯〔一〕

向有一书谢复，不至作洪乔沉浮否〔二〕？当今朝绅如沸，士大夫宁为积薪，毋为劳薪〔三〕，宁高不着之棋，毋争必着之劫。留冷眼以觑人，蓄热肠以报国，其他无可言者。

江右有地师，时过云间，极称台下造士至公至明，又敏又确，士论推服，大恨得师之晚。松人为明公勒石去思，皆以碑文见委。某力辞不敢当，而征文甚坚。正如绘造化者难为工，但肉食者未必知，而知者乃在藿食人，无能重轻明公耳。

注释

〔一〕蔡增誉：见卷一《答蔡晴符学宪》注〔一〕。

〔二〕洪乔浮沉：刘义庆《世说新语·任诞》："殷洪乔作豫章郡，临去，都下人因附百许函书。既至石头，悉掷水中。因祝曰：'沉者自沉，浮者自浮，殷洪乔不能作致书邮。'"

〔三〕积薪劳薪：见本卷《与王季重使君》注〔七〕。

点评

冷眼观人，热肠报国，是眉公赠蔡增誉的箴言。作于万历三十七年。

复冯文所大参

七月初六日，山中忽接手书。捧次感叹，吾松士大夫风俗一变，非求田问舍〔一〕，牙侩登堂，则请托居间，吏胥入幕。谁念及枯木朽株，而勤施于数千里外者？惟台台一人而已。

人生知足，岂能作终岁计？但检料三十日，粗具生计，便可作一月无事道人。酷暑中正与田叟邻儿刈竹为竿，剥桐为拂，随阴转徙，钓鱼濯足以为乐，而明公之赐适至，岂复更问结夏赀粮哉？

近得本宁书，挹奖太过，而明公复有上品之目。虞翻知己〔二〕，某得其二。惟有集木履冰，以故吾还台下耳。某尝致书相知云，当今文苑耆旧，惟华亭云社及金陵而已。二三硕果中，具无限读书种子。何有右文之时，而使冯先生不登九列，将来后生辈得无抹杀五车十乘乎〔三〕？念之，念之。

注释

〔一〕求田问舍：《三国志·魏书·陈登传》："备曰：'君有国士之名，今天下大乱，帝主失所，望君忧国忘家，有救世之意。而君求田问舍，言无可采。'"

〔二〕虞翻知己：见卷一《与熊邑侯》注〔三〕。

〔三〕五车十乘：《庄子·天下》："惠施多方，其书五车。"后用以形容读书多，学问渊博。又，《晋书·张华传》："（张华）雅爱书籍，身死之日，家无余财，惟有文史溢于机箧。尝徙居，载书三十乘。秘书监挚虞撰定官书，皆资华之本以取正焉。"十乘亦指藏书多、学问博。

点评

冯时可又有馈赠，眉公便可作一月无事道人了。

与许仰亭〔一〕

某山冠田衣，不敢通京洛书，即父母孔迩〔二〕，而久疏讯候者，止于分也。台台清严，久负建牙吹角之望，异日衮衣自东，率先竹马奉迎江南。台下一顾布衣于蓬蒿间，使鸥鹭狎人，猿鹤款户，是所望耳。

《渔家图》一卷，海上烟波，宛然几案间，并附博笑。

注释

〔一〕许仰亭：即许汝魁，字符甫，号仰亭，江西湖口人。万历十四年进士，授浙江常山知县。万历十七年，调任上海知县，三年后，以母丧去职。服阕后又官上海县令。秩满，迁南京吏部主事，官至南通政使。

〔二〕父母孔迩：见本卷《与徐鲁人使君》注〔四〕。

点评

对于本地父母官，眉公似乎也不想谒见，“止于分也”。

答赵彦中

尊使至日，即闲仲挂帆之日〔一〕，心绪甚草草，赖澹生调停之。《世恩图》，两人正相度，此必几为子虚，而贤者搜得之。

得教果如料，弟两日为盐台报书，欲轻舟入山见访，山泽何堪此热闹，不得已入城，托一二相知辞之，以此未得作诗。

《鹤来馆会艺》，皆旃檀香。而台下以如来说法，自当揽山河都放光明，正付儿曹快读。非久小暇，勉构数言，为糠粃之导〔二〕。

近见齐君求文，极灵极尖，恨不使仁丈见之，今寄送览。闲仲亦为且骇且走，世固有真飞将军也。

注释

〔一〕闲仲：见卷一《与王闲仲》注〔一〕。

〔二〕糠粃之导：刘义庆《世说新语·排调》："簸之扬之，糠粃在前。"眉公谦称自己做的小序。

点评

向朋友推荐齐某极灵极尖之文。约作于万历四十四年后。

答崔盐台〔一〕

台谕列卿传，反复谛观，盖其中有幸不幸焉。或以墓志行状收，则全誉。或以野史采，则多訾。或以实录书，则誉诽半。如万安、张彩、焦芳之类〔二〕，其罪恶灼然耳目者，宜留原文以为世戒，此不必讳也。如杨公廷和、顾公鼎臣、王公忬之类〔三〕，子孙不能受，名臣不能堪，此为贤者讳也。此书刻自明公，则凡经关陕之先辈，尤当斟酌，此为亲者讳也。

其他讹字浮句，则正之。别有见闻，则增附之。一人而见数衙门者，则削去之。削去几已及半，仅可得三十册余而止矣。不惟便于浏览，而且省于刻费。此皆择三五同志，齐集一处，彼此换阅，而某又从中一一商略研勘，务使毫无遗憾，而后即安。此乃仰报台台委托之苦心耳。

注释

〔一〕崔盐台：此牍在《陈眉公先生全集》卷五十四题作“复崔抑庵盐台”。按，崔尔进，字渐逵，号抑庵，陕西长安人。万历三十二年进士，授长子知县，万历四十三年、四十四年间任浙江巡盐御史，累官至户部右侍郎。

〔二〕万安：字循吉，眉州（今四川眉山）人。正统十三年进士，改庶吉士，授编修。后献媚皇帝的宠妃出任内阁首辅。张彩：字尚质，号西麓。安定（今甘肃定西）人。弘治三年进士。初授吏部主事。得刘瑾赏识，正德三年以吏部左侍郎升礼部尚书，后加太子少保衔。焦芳：字孟阳，泌阳（今河南泌阳）人，天顺八年进士，累官内阁首辅。以阿附阉党刘瑾备受人指责。

〔三〕杨廷和：字介夫，号石斋，四川新都人。成化十四年进士，授翰林检讨，累官内阁首辅。嘉靖三年，因“大礼议”事件与世宗意不合，罢归故里。顾鼎臣：初名仝，字九和，号未斋，昆山人。弘治十八年状元，累官礼部尚书兼文渊阁大学士，入参机务。王忬：字民应，号思质，太仓人。嘉靖二十年进士，累官总督蓟辽、右都御史兼兵部左侍郎。以滦河战事失利，下狱论死。隆庆改元，其子王世贞、王世懋为父论冤，诏复故官。

点评

与崔氏谈修史的体例，以及需要注意的避讳问题。约作于万历四十四年。

答韩求仲太史〔一〕

往承鱼服入山，草木皆有清华之色，恨不能绊留道驾，又恨客众不能吐衷愫。然待言而尽者，亦非真相知也。

钝庵粗有头绪，幸勿式勿扩，树无位置，石无经营，草草数椽，落落万卷。不特坐者清凉，使入此斋者，不觉逗冰壶中，可以谢客，可以避世。想仁兄胸中已具睡铁二老人风味，不使泉石衣绣着粉饰黛耳。以仁兄之冲淡，凑朝论之不争，余无以祝大贤矣。

注释

〔一〕韩求仲：韩敬，字简与，一字求仲，号止修，又号钝庵，浙江归安人。万历三十八年进士第一，授翰林院编修，后避党争，称病回乡。

点评

与韩敬谈园林之修造，认为不可太多粉黛气息。约作于万历四十一年后。

答费无学〔一〕

细读家训，因传示同好，皆以为颜柳不吐之语〔二〕，岂必二藏经作济人宝筏哉？大抵圣贤能事天，故能回天；豪杰能事人，故能使人。以足下而欲北面仆，真田将军神道设教耳〔三〕，宁不愧死？

年来如古井之波、垂枯之柳，一切世念，皆已抹杀。避客峰泖，客迹之。转避家居，病迹之。男儿安身立命，实无地着脚。足下不贫不病，不俗不朽，亦足以抗颜人间矣。

注释

〔一〕费无学：见卷一《答费无学》注〔一〕。

〔二〕颜柳：颜之推《颜氏家训》，柳公绰之孙柳玭《柳氏叙训》。《资治通鉴》卷二九五称："柳氏自公绰以来，世以孝悌礼法为士大夫所宗。"

〔三〕田将军：民间传说中的戏神。

点评

费无学有家训呈示眉公，又欲拜眉公为师，眉公婉谢之。

与包心弦〔一〕

吾兄入深山，真如雪山修道时，不知更加何等精进矣。新作千万，寄数首见示。

近来文字只是灵之一字尽之。宁国有齐君求，新做三十篇文，真使人跃舞。大都不欲放胆于文〔二〕，且欲放胆于理。武林新刻张无垢《横浦集》〔三〕,不可不读也。何地无才，吾兄得二三奇门生否？就中极有才而贫者，幸为一提携之。世间惟有克己,可以养人服人,余无他法。

贤子廉明远布〔四〕，虽以累荒积逋，然宁负俸，不负饥民。其借单一纸,意亦甚佳。但恐米不足,而借者多,可奈何？或借而又借，可奈何？或荒而又荒，可奈何？

或前官立票，而后官不追，可奈何？或指名多米，而实廪中空虚，可奈何？思害则知利矣，幸兄便时一寄语之。

注释

〔一〕包心弦：即包世杰，包鸿逵之父。《檇李诗系》云："世杰，初名文熠，字袭明，号心弦，秀水人，万历壬午科，官知州。"

〔二〕放胆文：谢枋得《文章轨范》卷一至卷二题为"放胆文"，卷三至卷七题为"小心文"。

〔三〕张无垢：即张九成，字子韶，号无垢居士，著《横浦集》二十卷。

〔四〕贤子：指包鸿逵，字仪甫，湘潭知县，见本卷《答包仪父》注〔一〕。

点评

再次向友人提及齐某的文章，亦提醒包氏居官之道。约作于万历四十年后。

谢送英石

青刍白饭〔一〕，慢去贤者为歉。顷损米家石，病子欲跃，但不能具袍笏拜耳〔二〕。何时再顾，与石丈人同一话也。

注释

〔一〕青刍白饭：即新鲜的草料和白米饭。比喻主人待客周道。唐杜甫《入奏行赠西山检察使窦侍御》诗："为君沽酒满眼酤，与奴白饭马青刍。"

〔二〕叶梦得《石林燕语》卷十："（米芾）知无为军，初入川廨，见立石颇奇，喜曰：'此足以当吾拜。'遂命左右取袍笏拜之，每呼曰石丈。言事者闻而论之，朝廷亦传以为笑。"

点评

这是尺牍中少数几封没有题写收信人的书信，何以如此？

与王青溪〔一〕

疟后，苦欲买参。适接厚贶，正如病蜂以花为檀越耳〔二〕。台下赤诚步祷，又复念山泽之癯，惭愧感激，又百倍于平日矣。

刘生穷绝，其文妙在水中择乳，空外转身，不衫不履〔三〕，不入作家伎俩，真逐贫文也。

人心不润而燥，俱有炎上之意〔四〕，妙哉斯言。勿谓天高，地以上即天也；勿谓鬼远，人以外皆鬼也。台下亿万司命，如此血诚，不化为霖雨乎？

比闻停刑释囚，皆在热审前先行之。台下无虑帝且鞭策老龙矣〔五〕。别谕云，里胥车戽不暇，台下姑缓之。何如？

注释

〔一〕王青溪：即王寅揆，字秉阶，号仲华，又号念初，福建晋江人。万历四十一年进士，授青浦知县，后任扬州府教授。

〔二〕檀越：梵语音译，即施主。晋陶潜《搜神后记》卷二："晋大司马桓温，字符子，末年忽有一比丘尼，失其名，来自远方，投温为檀越。"

〔三〕不衫不履：衣着不整齐。形容性情洒脱，不拘小节。前蜀杜光庭《虬髯客传》："文静素奇其人，一旦闻有客善相，遽致使迎之。使回而至，不衫不履，裼裘而来，神气扬扬，貌与常异。"

〔四〕炎上：《尚书·洪范》："火曰炎上。"孔颖达疏引王肃曰："火之性，炎盛而升上。"

〔五〕鞭策老龙：《道法会元》所载民间祈雨法："牍候到，速依太一天章阳雷律令，不移时刻，下降坛场，宣灵显圣，轰雷闪电，鞭起懒龙，速登云阵，吐水致雨，大赐滂，连日倾盆，以为明验。"

点评

空外转身，不衫不履，对刘生文章的评价可谓高矣。作于万历四十一年后。

与萧公观复〔一〕

仆知先生久矣，不意今始见之。竹径款扉，柳阴争席，每当雄谈之处，明月停辉，浮云驻影。退而谓二三子弟，西湖靓媚，赖此英雄一洗粉泽，无不大笑以为知言。

迩来大雅道丧，游名大人者，如飞鸟投兔，面目可怜。某气谊男子，有求于先生，而无求于今世。念先生旅邸阒寂，特此相讯，非敢以俗态进也。

注释

〔一〕萧观复：即萧应宫，字观复，常熟人。万历二年进士，曾任刑部郎中、东昌知府，万历二十年任辽海道兵备，监军朝鲜。著《朝鲜征倭纪略》一卷。

点评

萧氏晚年暂退西湖，与眉公有一面之缘。作于万历三十四年。

与钱公机山〔一〕

司马温公云：“立心清恕，而体质稳重者，乃福德贵人也。”则吾丈之谓矣。“开卷有益，积善降祥”，此八字弟常以此自勉，并以此告知己。《国朝名臣言行录》及《宋朝名臣录》，当日置案头。以善养人，则自无异同；以豪杰自待，则自然同中有异。望之，望之。

表弟某押运漕船，此职业中之认真者。倘部粮交割时，或意外督责，例外杂费，仰祈鼎力。惟兄之清能感动人，惟兄之恕能体恤人，垂青推赤〔二〕，不特借爱于桑梓一线也。

昔徐文贞未当国时，每遇同乡亲友公事至京者，有求必应，有谋必忠。非独受者衔感，即故乡同官者，皆以此转薄为厚，化疏为亲，此中真有深味。

弟年来踪迹，半在泖桥间也。

注释

〔一〕钱机山：即钱龙锡，字稚文，号机山，华亭人。万历三十五年进士，由庶吉士授编修，迁少詹事。天启四年擢礼部右侍郎，协理詹事府。庄烈帝即位，拜礼部尚书兼东阁大学士，次年，加太子太保，文渊阁大学士。

〔二〕推赤：犹推心置腹。

点评

致书京中同乡，请其关照表弟某也。约作于万历三十九年。

答熊使君〔一〕

一年未得明公书，如久不就君平卜，不向庞德公语〔二〕。适接手札，喜而复叹，叹而复喜。叹者，长公三雏攫去。喜者，明公寸肠如铁耳。以宣尼而伯鱼夭，文王而二叔诛。二叔宜也，伯邑考何罪〔三〕？帝阍无虎豹行，当续《天问》问之。

虽然，明公尚平之累〔四〕，已去其四，庸何悲？异日立朝，笏击笔诛，无复纤毫儿女顾恋，当自此始。若竹成行，柳成阴，尚未是明公向上事也。

不肖心灰智讫，不愿得世名，并不愿得遁世名。收召游气，约束老骸。但朝习士风如弈争劫，弈非国手，劫复连环，奈何哉？

春夏官饩哺饥，不肖首事天马〔五〕，矢神誓众。哺者五十日，男女凡五万有奇。二麦登场，菜改肉色，此明公储粟以待后事者之明验也。

聂侯清静，惟画一是师〔六〕。不孳不盗，敢忘明德？

注释

〔一〕熊使君：即熊剑化，见卷一《与熊邑侯》注〔一〕。

〔二〕严君平：西汉早期道家学者，隐居成都市井中，以卜筮为业。庞德公：东汉末年名士、隐士。庞德公曾称诸葛亮为“卧龙”，庞统为“凤雏”，司马徽为“水镜”，被誉为知人。

〔三〕伯鱼：孔子之子鲤字伯鱼，早夭。二叔：即周武王之弟管叔、蔡叔，以谋反被诛。事见《史记·管蔡世家第五》。伯邑考：周文王长子，在殷作人质，后为纣王烹杀。

〔四〕尚平之累：指子女的婚事。《文选·谢灵运〈初去郡〉诗》：“毕娶类尚子，薄游似邴生。”李善注引嵇康《高士传》：“尚长，字子平，河内人。隐居不仕。为子嫁娶毕，敕家事断之：勿复相关，当如我死矣。”

〔五〕“天马”句：万历三十七年，眉公承委华亭天马山一带，煮粥赈灾。

〔六〕画一：一致。《史记·萧相国世家》：“萧何为法，顜若画一。”司马贞《索隐》：“小颜云：‘画一，言其法整齐也。’”

点评

熊剑化去任，聂绍昌继任，萧规曹随，大灾之后，更宜休养生息。作于万历三十七年。

卷之三

与钱抑之太史〔一〕

吾兄乡会二番，未满弟望，入对裒然，使古人吐气，但恨尊公不及见此。闻报之日，知兄必喜极而悲也。吾兄志在忠孝，不在温饱，此弟所素知。且赋性介洁，狷而不狂，朝野得一正人，所关非浅，弹冠相庆，又不独在兄矣。衙门官级元是雁叙而推，非蚁附而上。安分即是安命，做人即是做官，爱惜精神，潜求经济。

昔之择交在论邪正，今之定交在论吉凶。吉凶何在，心地之厚薄是也，举动之躁静是也。不受投靠易，不受门生难。立朝之脚硬易，处家之耳硬难。简通宾客易，禁绝荐书难。使门庭如冰易，使族如寒畯难。此须吾兄令弟、令叔递相约束捡括，使斗大武塘〔二〕，卓然有三麟三凤，为全浙人作榜样，乃不负数年前辛勤灯火之力也。

近来看得文史莫如《文苑英华》，诗莫如《诗纪》〔三〕，闲时一批阅之。盖为其厚实中有藻缋也。其余名相文集，希一留意。见仪甫，并望书此示之。

注释

〔一〕钱抑之：即钱士升，字抑之，嘉善人。万历四十四年殿试第一，授翰林院修撰。天启初，以终养乞归。崇祯元年起用为少詹事，掌南京翰林院，总裁《实录》。

〔二〕武塘：又名魏塘，嘉善县治所在地。

〔三〕《诗纪》：即《古诗纪》，共一百五十六卷，冯惟讷编。

点评

“安分即是安命，做人即是做官”，至理名言。钱士升初入仕途，这些不妨看作眉公对他的期望。眉公又提醒钱士升留意名相文集，其中文章经济俱在，祝愿之中，亦有讨好之意。作于万历四十四年。

复李九疑〔一〕

今长安不独战场，几于骷髅场矣。足下侍亲课子，亲高寿，子高科，皆可必也。取廉于世，自不得不取赢于造物耳。方生持古砚不能售，仆念其扶榇之孝，以三金与之。贫措大太迂阔矣。桂风泼香，即日奉贺以悉。

注释

〔一〕李日华，字君实，一字九疑，嘉兴人。万历二十年进士，授九江推官，南京礼部主事。后辞官归家奉养父母，里居二十余年。

点评

“取廉于世，自不得不取赢于造物”，可堪玩味。

复米公仲照〔一〕

先生身居辇毂，而避世类东方生〔二〕。书类旭素，画类董巨、类辋川，好石类襄阳翁〔三〕，而诗若文过之，此古人也。心口自语，何日得见米公，相与拂拭尊罍，调伏觚墨，作数日世外之谈。而老不出门，怯不渡江，计惟有衮衣自东，乃敢拥褐一见耳。

兹者忽堕远札，比于神交。石卷大奇，即造物狡狯，不能刻露至此。神仙有十赍文〔四〕，此天赍米先生也。草草数语，虽未尽描摹，石亦当不叫屈。承寄擘窠大书，及山水挂幅，悬之草堂，觉风霆纷来，日月重朗，非止吞尽目前诸子，即南宫笔法出现，未必有此快心也。传示子孙，永以为宝。

茗壶一具，出自名手。绒布一端，聊存缟纻之意。

注释

〔一〕米仲照：即米万钟，字仲诏、子愿，号友石。宋代书画家米芾后裔。万历二十三年进士，先后任永宁、铜梁、六合县令，后任户部主事，升员外，江西按察使，转任山东参政。魏忠贤珰患起，受诬获罪削籍。崇祯元年再被启用，为补太仆少卿，不久病故。

〔二〕东方生：即东方朔。《史记·滑稽列传》："如朔等，所谓避世于朝廷间者也。古之人，乃避世于深山中。"

〔三〕旭素：指张旭、怀素，唐代著名书法家。董巨：指董源、巨然，五代南唐时大画家。辋川：即指王维，晚年归隐蓝田辋川，曾作《辋川图》。襄阳翁：即米芾，有石癖，《梁溪漫志》载其有拜石之举。

〔四〕十赉：见卷二《答王而弘使君》注〔四〕。

点评

米万钟是书画大家，与眉公惺惺相惜，这是二人初订交之时。

谢友人惠岕

唐突风月，遂尔疲顿，赖庇已觉眠啖无恙。承念远将新岕〔一〕，恨不得邀翁绿阴黄鹂中，安排汤社〔二〕，诗坛共一茗战也。

注释

〔一〕岕：指岕（jiè）茶，是明清时的贡茶，主要产自宜兴。冒辟疆《岕茶汇钞》对岕茶有详细的介绍。

〔二〕汤社：聚会饮茶之称。宋陶谷《清异录·汤社》："和凝在朝，率同列递日以茶相饮，味劣者有罚，号为汤社。"

点评

称友人而不名，盖有所隐晦邪？

答钱抑之太史〔一〕

风骄雨横，物价翔贵，无荒之名，有荒之实，而家汰人侈，习为故常。管仲云："贫国若有余，非有余也。嗜欲多，而民心躁也。"〔二〕今之谓矣。民间外盈而内虚，朝廷内盈而外虚，此病正相反亦正相成。可叹，可叹。

梅道人墓〔三〕，此武塘面上眉，得吾兄与令君芟除群秽，点缀精舍，一抔之土，不置落市儿牧竖手。此老片纸，价值饼金，而骨白草青，几不若不识字人丘冢，可笑，更可怜。独生平未见遗集，往于项氏卷素间，曾录其一二，载《泥古录》中，此外寥寥兔角矣〔四〕。

吴令君，弟所延慕。第恐褰裳而庭见之，无论双鹤舐衣，觉有膻气，将无为梅道人所笑。经营位置，鸠材之日，当送何郁二工至也。此事贤者作创，更须韵人稍为贴助。弟当任碑记，而玄宰题墓门之额，亦足以为高士结缘。何如？

吾兄锦旋三月，尚未入郡城。如此幽冷严重，清风穆如，麟凤之祥，以其不见故也。吾兄之谓乎？

注释

〔一〕钱抑之：即钱士升，见本卷《与钱抑之太史》注〔一〕。

〔二〕“管仲”句：这段话出自桓宽《盐铁论·本议》：“老子曰：‘贫国若有余，非多财也，嗜欲众而民躁也。’”应是《老子》之佚文。眉公误记为管仲之语。

〔三〕梅道人：即吴镇，字仲圭，号梅花道人，嘉兴魏塘人，与黄公望、倪瓒和王蒙并称元画苑四大家。

〔四〕兔角：兔无角，喻虚无之物。《楞严经》卷一：“世间虚空，水陆飞行，诸所物象，名为一切，汝不著者，为在为无，无则同于龟毛兔角。”

点评

为吴镇修葺墓地事。泰昌元年作。

答许无锡

梁武云，江南卑湿，四十早凋〔一〕。如此黄梅信，转思入定耳。昨惠扇头，诗画双绝，使君隐德甚多，此其一也。俞本之感恩真，望恩浅，夷门老矣，何以振之？惠泉屡以口业相累〔二〕，幸在君子之交，不烦《水忏》〔三〕。笑笑。

注释

〔一〕梁武帝的原话为："北方高凉，四十强壮。南方卑湿，三十已衰。"见《南史》卷六十二。

〔二〕惠泉：无锡惠山之著名泉水，名士喜以此泉烹茶。

〔三〕《水忏》：佛教经文之一，又叫《慈悲水忏》。据说是唐代悟达禅师遇异僧用水替他洗好面疮后，为报恩而作。

点评

许某不详何人，多次以惠泉泉水馈赠眉公。

答冯文所大参

台台远旋，未及操斗酒，缓拂缨上尘，即承颁书损贶，非梦寐枕漱，岂能便及鹿豕人，感切，感切。读《餐秀楼记》，使人神爽色飞。而文弱之作，特为奇秀，虽百儒何能抗衡，还倚名公五凤手压倒之耳。耳臣《辨谤录》，肠最热，心最苦，而辨才滚滚甚核。耳臣犹子也。不肖则小友也。

窃谓先生为当今第一耆旧尊宿，岂争儿女子嘈嘈口舌，此不屑辨。吴隐之在官，不携一物〔一〕。周伯仁大腹可容数百人〔二〕，此不欲辨。自古雪谗诉枉之笺，读者半，不读者半。解者半，不解者半，此不必辨。耳臣以书生署居，而无事不晢，无言不酬，事涉葛藤，嫌同瓜李，此不可辨。蝇口正青，鸠眼尚赤，或挑彼坚白之鸣，决我玄黄之战。或推渊未已，下石随之，亦古今郄者之通弊也，此不当辨。

昔高皇帝命宋刘诸公撰《阅江楼记》，多不称旨。叹曰："徐淑妃一妇人耳，唐文皇欲征高丽，能上书极谏。今纷纷撰记，而无一人以谏止者，何其不爱我也。"〔三〕伏惟先生勉思鄙言，姑赐停寝〔四〕，乃不肖《辨谤录》之真跋耳。高明以为何如？

注释

〔一〕《晋书·吴隐之传》:吴隐之，有清操，虽日晏啜菽，不飨非其粟，担石无储，不取非其道。

〔二〕《晋书·周颉传》:周颉，字伯仁，汝南人。曾任荆州刺史，官至尚书左仆射。天性宽厚仁爱。

〔三〕阅江楼：明姚福《清溪暇笔》卷上载：洪武初，欲于南京狮子山顶作阅江楼。楼未造，太祖先令儒臣作记。即日文成，上览之，曰："乏人矣！昔唐太宗繁工役，好战斗，宫人徐充容犹上疏曰：'地广非久安之道，人劳乃易乱之源。东戍辽海，西役昆丘，诚不可也。'今所答皆顺其欲，则唐妇人过今儒者。"又曰："昔与君同游者皆和而不同，今与我游者皆同而不和。"楼竟不作，乃试作记者耳。

〔四〕停寝：止息。《南史·孔琳之传》:"羡之使璩之解释琳之，使停寝其事。"

点评

年轻时总觉得什么事都可以讲得清、辨得明，及到中年，方知好多事都是讲不清、辨不明的。既如此，不妨以不辨辨之。这大概也是眉公所想表达的吧。

复陶太守救荒〔一〕

目前百物踊贵，而米尤甚，大约禁抢第一，平价次之。

盖此曹胆不可使大，手不可使滑。若始则抢店家，继则及典户，又继则及缙绅，末流之渐，必至于此。此起于榜贴街衢，克期聚众，众之所聚，势难禁遏，远近効尤，遂指以为舆情，为公愤，而实二三横民为之首倡耳。伏乞大张告示，专禁抢夺，则人情不至张皇，此近忧亦远虑也。

又窃计松郡之人，乡人耕种者居其七，经营生理者居其三，游手无赖者不及一分之半。若有田之家，照管佃户，佃户种田一亩者，借与工米五升，及冬同租还纳。此皆旧例，原非创设，特以近日米贵，并工本亦不肯借，而缓急无可告。台示晓谕，则佃户可以藉口诣门，而田主可以委曲应付，是十分中之乡人，已救七分。其余经营生理者，不难生活也。

又有各报积米大户者，徒增刁民索诈之端，无益于事。吾松钱粮有官甲，为贵者而设。有囤户，为富者而设。其田亩载在册籍，一一可查。按册有田千亩者，粜米一百石。有田五百亩者，粜米五十石。平粜及于富贵大家，而不及零星碎户，似亦法之可行，示之必从者也。

又五月为农月，为瘟月，古人有洒扫囹圄，洗涤枷杻者。伏乞行文三县，清理狱囚，造册缴报，既可生全民命，又可挽回天和。亮台台仁同覆载，必切如伤。

谨此稽首以请，且复明问之及。

注释

〔一〕陶太守：即陶鸿儒，字云衢，河南新野人。万历二十九年进士，四十七年至天启元年任松江知府。

点评

对灾荒中的大胆抢掠者，眉公向来主张以辣手严惩。由此看，眉公断非面慈心软之书生。作于万历四十七年至天启元年间。

与章使君鲁斋〔一〕

前读台台复变役书，言言破的，踊跃不容已。近议扩城，此真君子容民蓄众之事，不肖愚无知，亦少有所献。上揭题疏，全在题目痛快为主，此扩府城非县城也。苏松最称东南壮郡，而松城之隘去苏远甚。若以府城为题目，则钱粮可以协济，督工可以分委，大户役夫可以均差。华亭主其半，上、青助其五，而事有端倪矣。乡衮之议，尚未及此，故敢陈其区区。

注释

〔一〕章鲁斋：即章允儒，字珍甫，号鲁斋，江西南昌人。万历四十四年进士，万历四十四年至天启二年任华亭知县，后任吏科给事中。

点评

此书议扩城事。华亭是松江府的附郭县，县治与府治同城，故眉公说，此扩府城非县城也。若以此为号召，不但华亭出力，上海、青浦二县亦皆可出力，则事可成矣。其实，眉公对扩郡城并不赞成，认为不如改金山卫为州为县，较易于扩城，于是作《金山卫议》。作于天启二年。

答杨盐院〔一〕

某老耽章句，自屏于海隅山曲间，编蓬拾橡，教授诸生，以安命守拙而已。忽承冰俸瑶笺，超出常格。至于搜采异书，传示同好，管葛葑菲〔二〕，咨及寒人。

某尝受聘于琅琊、太原两家间，两家所藏，率人间常味，绝无天厨禁脔。元美公撰《艺苑》《委宛》成编，余辄弃之。而王文肃则谓，亲检阁中秘书，目存而书亡者多矣。其少僻异者，半为前辈稛载以去。尝笑而叹曰："国家库无兵，食无粟，不足为贫；惟以先辈悬赏购求之书，而尽供后生雀鼠之耗，乃真贫耳。"夫秘阁如此，他可知矣。

某老病不能出游，家贫不能借录，仰虚垂问，但有惭惶。所具未刻书三种：一曰《唐书会要》，二曰《能改斋漫录》，三曰《弇州史料》。《史料》于全史则未备，于异日石渠之彦采摭故实，津润文采，不为无便也。

注释

〔一〕杨盐院：即杨鹤，字修龄，号弱水，武陵（今湖南常德）人。万历三十二年进士，初选长安知县，万历四十二年征拜侍御史，出按两浙辖理盐课，后任都御史，陕西三边总督。

〔二〕葑菲：葑与菲根茎和叶均可供食用。后用“葑菲”表示尚有一德可取的意思，用“葑菲之采”为请人有所采用的谦辞。《诗经·邶风·谷风》：“采葑采菲，无以下体。”

点评

此书回复杨氏搜采书籍事。书中所言王锡爵秘阁见闻，可补史料之不及。约作于万历四十二年。

答邹愚谷学宪〔一〕

明公归，辱赐手札，又赐大集，使某感死且愧死。雕虫之笔，岂不能效附一言？然命之绘天地，画日月，不觉蠖缩至此，非敢有胸无心也。久当三熏三沐而荐之〔二〕。

古先生说法，而不挂名于龙藏者〔三〕，非十弟子矣〔四〕。名园石日老，木日拱，此却易得。但明公诗文日富，不可以力争。异日诣门请教，先生宁肯置我于听歌鱼、衔字鹤中否〔五〕？

贤子近复何如，焚玉跃金，终当见宝，念之念之。病目裹头，先此占谢。

注释

〔一〕邹愚谷：即邹迪光，见卷二《复邹愚谷学宪》注〔一〕。

〔二〕三沐三熏：再三沐浴熏香，表示郑重或虔敬。

〔三〕龙藏：指佛家经典。佛经故事相传龙树入龙宫赍《华严经》。南朝梁沈约《内典序》："足蹈慧门，学通龙藏。"

〔四〕十弟子：释迦牟尼佛的十个高足弟子：摩诃迦叶（头陀第一）、阿难陀（多闻第一）、舍利弗（智慧第一）、目犍连（神通第一）、阿那律（天眼第一）、须菩提（解空第一）、富楼那（说法第一）、迦旃延（论议第一）、优婆离（持律第一）、罗睺罗（密行第一）。见《翻译名义集·十大弟子》。

〔五〕陈眉公诗云："看竹客驯衔字鹤，采莲舟引听歌鱼。何时唱和如皮陆，花径长春共扫除。"

点评

前书邹迪光曾欲命其子拜眉公为师，眉公婉谢之。故此书眉公又有探问之言，人情也。

答嘉定胡中尊〔一〕

颁历知春，分俸知饱，盖岁受明德者两度矣。引分山癯，不敢造谢，以溷庭鹤。乃蒙明府百冗中，犹记存布衣故人，此何等高谊也。

贵治花租已荒，米价又踊，幸留朝天子辙，活此穷民。但彼处好讼好逋，古人有即押告状之人，先查钱粮完欠，然后准状。此于催科之中寓息讼之意，不知可行否？

若吴淞者，苏州诸邑之下流，松江诸邑之上流也。北曰娄江，南曰东江，即黄浦，中曰吴淞江，三江敞口，以受西来太湖之水，使之入海，其形如乾卦三爻相似。今吴淞久湮，如乾少中爻，故苏松上下二流皆嗔咽奔溃，而水患不可救矣。独嘉定借流吴淞，不惟病涝，而且病旱，地方凋弊，实坐于此。今虽有开浚之议，而颇类无米之炊。仁人在上，何以策之？

注释

〔一〕胡中尊：即胡士容，字仁常，广济人。万历三十八年进士，次年任嘉定知县，四十二年调长洲知县。不久出任蓟州参议。因得罪魏忠贤，迁为江西副使。后又遭诬陷下狱。崇祯二年起任陕西副使，进右参政。

点评

此书主要讨论水患的治理。约作于万历四十一年。

答杨学台〔一〕

辽左之局，大约虏合则强，离则弱。合则守，离则战。使之离，不使之合，则机括全在款他酋以制建酋。

杨经略曾为辽道〔二〕，万历二十二年间，李霖寰定武之役〔三〕，斩获颇多，杨亦与赏。大都战非所长，款则素习，借关酋牵制此奴，未为失策。如往年洮河事棘，议战者哗然而起，郑范溪经略西事〔四〕，亦用此法。惟有羁縻虏王，以离火酋耳。

今辽左挞伐非出将帅，而出属夷。在主帅不宜全掩为己功，在庙堂亦宜徐责其后效，则两得之矣。

注释

〔一〕杨学台：即杨廷筠，字仲坚，号淇园，浙江仁和（今杭州）人。万历二十年进士，任江西安福知县，擢监察御史，万历三十三年巡按苏松，万历三十七年以御史督学南直隶。早年习王学，后信仰天主教，洗名弥格。

〔二〕杨经略：即杨镐，字京甫，号风筠，河南商丘人，万历八年进士。万历二十四年日本侵略朝鲜，杨镐在次年被任命为右佥都御史，奉命经略援朝军务。三十八年，复起巡抚辽东。四十七年二月，杨镐以十万余人分四路出师合击后金，萨尔浒大败，损军四万余人，开原、铁岭相继失守。御史杨鹤交章劾奏杨镐，因此下狱，令兵部侍郎熊廷弼代任经略。崇祯二年被处决。

〔三〕李霖寰：即李化龙，字于田，号霖寰，长垣人。万历二年进士，任嵩县知县，迁南京工部主事。万历二十二年巡抚辽东，与总兵董一元击破把兔儿等人，边塞安宁，以功升兵部右侍郎。

〔四〕郑范溪：即郑洛，字禹秀，号范溪，安肃人。嘉靖三十五年进士，历任推官、参政，兵部侍郎、兵部尚书等职。万历十八年，鞑靼火落赤举兵侵袭，攻至洮州，杀副总兵李联芳，总兵李承芳告急京都。郑洛受旨西征，相继夺得镇羌、水泉、莽剌、湟中等地，败敌十余万。

点评

辽左局势，日趋吃紧，逐渐成为眉公尺牍中的重要话题。作于万历三十七年。

复张公〔一〕

屏迹海曲，何异蛰蝼寒蝉，而明公札贶远赉草庐，实出意外。

披玩图记，令人眉舞肉飞。自古英雄之退步有二，非金粟玉宸收为弟子〔二〕，则丹枫碧水溷迹幽人。明公之黄山，其子房之黄石哉〔三〕？第节钺望重，恐未遑日涉此中，俟他年功成不受赏，独步归田庐，不肖犹得负琴腰笛，叩兔柴而请事焉〔四〕。

先以六言数章请正，涴烟霞，疥泉石，度无所逃罪矣。家刻苏帖，不敢滥贻交知，谨上典签〔五〕，以代名园老友。

注释

〔一〕张公：即张延登，字济美，号华东，山东邹平人。万历二十年进士，授官河南内黄、上蔡知县。三十三年权授礼部主事，三十四年授兵科给事中。第二年丁父忧，服阕，补吏科给事中。四十一年分校会试试卷。四十六年任副主考官，典试浙江。天启元年起复，任太仆寺少卿，转太仆寺卿。天启五年丁母忧。七年服除，经会推，巡抚两浙。后升南京工部尚书。崇祯五年入为南京都察院右都御史。卒赠太子太保，谥忠定。

〔二〕金粟："金粟如来"的省称。南朝齐王中《头陀寺碑文》："金粟来仪，文殊戾止。"玉宸：天宫，借指天帝。宋苏辙《赠司空张公安道挽词》之二："闻道骑箕尾，还应事玉宸。"分别指佛道二教。

〔三〕子房之黄石：指《史记·留侯世家》中张良遇黄石公事。

〔四〕兔柴：张延登《兔柴记》："万历戊戌春，余偕友人，郊行于此（邹平长白山麓之黄山），有兔骇，草中倏而上。迹之，正当坪中。余曰，此吉地也。”延登遂于此坪上筑洞室及亭，题名“兔柴”。名家多有题咏，如董其昌《兔柴记》、赵南星《黄山兔柴卷》、周延儒《兔柴歌》、王士禛《兔柴诗》等。

〔五〕典签：官名，本为处理文书的小吏。

点评

眉公受黄老思想影响较深，张延登亦受此影响，故“功成不受赏”，是他们颇为欣赏的人生态度。

至于作书时间，从“披玩图记”一语看，有两种可能。一是崇祯四年，张延登于南京雷姓画师处获见《白兔公图》，即临摹此图，归悬于黄山兔柴，并于五年自撰《白兔公记》。一是崇祯九年，张氏请崔子忠作《长白仙踪图》，自题《白兔公记》于其上。眉公究竟看的是崇祯五年的图记，还是九年的图记，俟考。

答杜日章〔一〕

明公胸中罗六合如肤寸〔二〕，西北函书捧币，直走江以南。虽无御李识韩之缘〔三〕，然天游神交，彼此如同床而卧，大丈夫何论聚头磕膝乎？太寝六籍，如大海藏；逸庵八咏，如兜率宫。不佞何人，敢厕名其间？重以远命，不得不强为涂抹。若所谓宋人善画，吴人善冶〔四〕，百不得一也。惟障面而置之。

辽左披猖，今得仲父提戈跃马而前〔五〕，度且胆夺。若以挞伐为先声，坚壁为根本，而渐修海运，屯田以为彻桑畜艾之计〔六〕，东事尚可纾也。恨不得明公挥麈而谈耳。

注释

〔一〕杜日章：即杜文焕，字弢武，号日章，祖籍昆山，祖上自洪武初即隶陕西榆林卫，以荫总兵宁夏，后官浙江总兵，天启间乞休，崇祯间屡起屡废。

〔二〕肤寸：古长度单位。一指宽为寸，四指宽为肤。《公羊传·僖公三十一年》："肤寸而合。"

〔三〕御李：谓得以亲近贤者。东汉李膺有贤名，士大夫被他接见的，身价大大提高，被称作登龙门。荀爽去拜访他，并为他驾御车马，回家后对人说："今日乃得御李君矣！"见《后汉书·李膺传》。识韩：犹识荆，初次见面的敬语。唐李白《与韩荆州书》："白闻天下谈士相聚而言曰：'生不用封万户侯，但愿一识韩荆州。'何令人之景慕一至于此耶！"韩荆州，指韩朝宗，当时为荆州长史。

〔四〕宋人句：张彦远《历代名画记》卷二引《淮南子》曰："宋人善画，吴人善冶。"

〔五〕仲父：指杜文焕叔父杜松。四十五年，蓟辽多事，特设总兵官，镇山海关，以杜松任之。

〔六〕彻桑蓄艾：未雨绸缪之意。《诗经·豳风·鸱鸮》："迨天之未阴雨，彻彼桑土，绸缪牖户。"

点评

杜氏是行伍世家，一门忠烈，从明初一直镇守西北，为国效忠。眉公关注的依然是辽东话题。作于万历四十五年。

与友

弟屏空山，如坐井底。台丈荣旋荣行，皆不及把晤，但与沐堂老僧仰祝得雄而已。

目前百物翔踊，而米价尤甚。弟以为平价不如禁抢，禁抢然后可以平价。抢夺不禁，以实祸论，则内境之米不出；以虚声论，则外境之米不来。其关系地方非细故也。

昔年浙中兵变民变，赖张崌崃手辣始得戢宁〔一〕。救荒之中，兼行防乱之意。此万万不容已者，望与当路一言之。

注释

〔一〕张崌崃：即张佳胤，字肖甫，号崌崃山人，四川铜梁人。嘉靖二十九年进士，初授滑县令，后升兵部右侍郎。万历十年春，兼右佥都御史，署浙江巡抚。迁兵部左侍郎，旋加右副都御史，总督蓟、辽、保定军务。

点评

辽左乱起，江左势必不能再乱。然民生维艰，百物腾跃，救荒之中，须有防乱之意，更须有辣手段。约作于万历三十六年水灾之后。

答钟公〔一〕

建酋披猖，宿将战殁，为大将军心痛〔二〕。适接手札，方属春初，此时尚未有挞伐之举耳。读四壁诗，清真恬秀，高迈警亮，实当于古人中求之。近代非叫号而伤气，则呻吟而损神，得钟先生，可以指南矣。

四方多垒，岂容大将乞身。吾丈为班仲坚亦可，为班仲升亦可〔三〕，大丈夫何事不可为，岂必向干萤老蠹中，束此七尺哉？第蠖屈龙伸，齿先舌后〔四〕，非特立功之善物，抑亦卫生之哲言也。

本宁公顷以《江母传》见属，束装还楚。冯元成数访空山〔五〕，神情颇旺。词林硕果，仅存此翁耳。

骆驼酥珍贵异常，恨无以报，惟有愧感而已。

注释

〔一〕钟公：即钟幼芝，为杜文焕之幕宾，著有《四壁堂稿》。余俟考。

〔二〕宿将战殁：万历四十七年，萨尔浒之战，杜文焕叔父、山海关总兵杜松阵亡。

〔三〕班仲坚：仲坚疑为孟坚之误，即班固，字孟坚。班仲升：班超，字仲升。

〔四〕齿先舌后：汉刘向《说苑·敬慎》："夫舌之存也，岂非以其柔耶？齿之亡也，岂非以其刚耶？"

〔五〕冯元成：即冯时可，见卷一《答冯大参文所》注〔一〕。

点评

钟氏为杜文焕之幕宾，眉公亦鼓励他为国建功。"蠖屈龙伸，齿先舌后"之语提醒他放低身段，勿多言获罪。作于万历四十八年。

与白公

向往明德，如慕古人。以新暑避客，小舟往来竹篆荻苇之间，冀归时至虞山，可卜良晤。而竟以儿试落魄，挂帆东还，未及与明公作百尺楼话，至今忽忽如一欠事。

以明公圣贤豪杰之品，勉而就斗大一城，非特地方藉为福星，王使君实系为益友，渠夹袋中业已首识之矣。自来谈朝事则分门别户，谈辽事则扫穴犁庭〔一〕，今竟何如耶？明公蒿目时艰，不知何策以宽嫠杞，言之可胜慨然。

注释

〔一〕扫穴犁庭：谓彻底摧毁敌对势力。《汉书·匈奴传下》："固已犁其庭，扫其闾，郡县而置之。"

点评

"谈朝事则分门别户，谈辽事则扫穴犁庭"，如此言语，分明又是南宋局势。眉公为国事忧也。

答毛孺初漕台〔一〕

往京口拜见明公，嗣后仅一展问。旋赐手书，且知连得四雄，真于公阴德之报也。绣骢孔迩，曩日门生故吏，竭蹶望尘，如朝麟凤。而某自揣名分辽绝，不敢以褐衣见，又不敢以鱼素通。

忽承瑶札冰俸，此王公大人格外意表行事。台台董视飞挽，恤军察吏，弊绝风清，又忧深虑远，发皇于《防漕大疏》，岂能复赞一词？记得军运莫如孙拱阳公祖《理漕政略》为详〔二〕，民运莫如方旦心公祖《北运便民总略》为切，想明公必已采择而衷之矣。

建酋披猖，某查考祖宗实录，及先臣奏议，原无捣巢深入之理。血战决不如坚守，助兵决不如助饷，调客兵决不如募土著，怀柔北关，款结西虏，岂至决撒溃败如今日？

今朝野错愕，辇上君子，且有移家先出以为民望者，抑何其太张皇也。昔庚戌北虏入犯〔三〕，烽火达于都门，哭声闻于宫府。独徐文贞大兴土木，改造第宅。肃皇帝遣人侦视，内心始安。今在京大老，恐不可无此意。若九门启闭不时，物价一时腾贵，人心动摇，关系非细。目前宜以根本镇定为第一义，而后讲求贴防协守之策。

奴酋长于陆，不长于水，登莱虽与金州密迩，似无暇及此也。辽左自文皇帝改郡县为卫镇，而辽始强。后因改海运为轻赍，而辽始弱。及今讲通金州旧运，饥者甘食，急则救标，饷孰便于此者乎？

明公江左夷吾也〔四〕，不识以为然否？

注释

〔一〕毛孺初：即毛一鹭，字孺初，浙江淳安人。万历三十二年进士，授松江府司理，并署华亭、青浦、上海县事，擢广东道监察御史，巡按贵州，巡按漕运，提督苏松等处学政。天启五年，升右佥都御史，巡抚应天，驻节吴中。

〔二〕孙拱阳：即孙居相，字伯辅，又字拱阳，山西沁水人。万历二十年进士，累官至户部侍郎，以户部尚书总督仓场。

〔三〕北虏入犯：嘉靖二十九年庚戌之变，蒙古俺答汗兵临北京城下。

〔四〕管夷吾：即管仲，曾相齐桓公成就霸业。《晋书·温峤传》："于时江左草创，纲维未举，峤殊以为忧。及见王导共谈，欢然曰：'江左自有管夷吾，吾复何虑！'"后来多以"江左夷吾"称许有辅国救民之才的人。

点评

眉公对毛一鹭颇为欣赏，眉公的老师何三畏在其《云间志略》中对毛一鹭在松江的政绩也颇多颂扬。作于天启二年，此时毛氏以御史巡按漕运。

答杜弢武总戎〔一〕

客岁河套诸酋，悉就戎索，海内称杜家忠孝兵，为九镇之冠〔二〕。然明公之焦心劳思，饮血暴骨，亦已数矣。乞身非迂，第圣主不肯卧彪虎于长林丰草间耳。

痛哉，仲父老将军之战殁也〔三〕。人生殇死老死，七日不汗亦死，与其咿嘤涕洟，死于妇人之手与巫史纷若之间，何如死王事之为快哉？忠如仲父，识者谓宜贺不宜吊。若后日为身后不朽计，仆区区野史，亦足以发挥万一，流之来祀也。

陈先生《太霞记》〔四〕，岂借仆为重？然不妨标出，示之海内，使江南巨姓尽演之，以广其传，好事者缠头不惜也。

弟性癖，喜新喜奇，明公帐前降虏中，有小胡女解弦索者，乞赠一二雏，命力士马上挟之而至。仆教以捧书扫花，属诸名家各为诗歌纪之，作山林一段佳话，明公其许之否？

注释

〔一〕杜弢武，即杜文焕，见本卷《答杜日章》注〔一〕。

〔二〕明朝弘治年间在北部边境沿长城防线陆续设立的九个军事重镇，分别是辽东镇、蓟州镇、宣府镇、大同镇、太原镇、延绥镇、宁夏镇、固原镇、甘肃镇。嘉靖年间明廷于北京西北增设了昌平镇和真保镇，万历年间又从蓟州镇分出山海镇，从固原镇分出临洮镇。

〔三〕万历四十七年，努尔哈赤在萨尔浒地区与明军决战，明军大败，山海关总兵杜松战死。

〔四〕陈汝元，字太乙，号太乙山人、燃藜仙客，万历间会稽人。著有杂剧《红莲债》和传奇《金莲记》《太霞记》等。

点评

从纸尾小胡女一节，可了解眉公当时之心境，不可当作写实看也。作于万历四十七年。

与方旦心公祖〔一〕

台台积资重望，度可借重松郡，一洗近来议论嚣讹、风俗竞奢之习。即不肖虽不敢唐突铃阁〔二〕，然空山见访，尚得衣褐见也。

顷闻甬东之命，老稚忽忽若有所失，差喜尺书时得相闻。又喜青溪贺使君廉恪节省〔三〕,实有休养生息之意，皆奉台台之成训在。若征粮分别荒区熟区，审役分别田多田少。准一词，不如省一词，则人安家乐。出一票，不如销一票，则弊绝风清。此尤青人凋敝之后，最为吃紧者。

种种民瘼，特以揣分，不敢悉其万一耳。明公并州所在〔四〕，能无意乎？

注释

〔一〕方旦心：即方应明，见卷二《与方公旦心》注〔一〕。

〔二〕铃阁：指翰林院以及将帅或州郡长官办事的地方。

〔三〕青溪贺使君：万历四十七年，贺仲轼任青浦知县。

〔四〕并州：见卷二《上方二府》注〔四〕。

点评

万历四十七年，方应明任宁波知府。书中多言休养生息，黄老之术也。

答金公

明公出山非久，长啸遄归，不待烂柯〔一〕，而局势已大变矣。连环之劫，行将与气运相始终，明公其至人乎？

今救时太急，一切但用倒仓法，而大药王如台下，又使袖手于岩居川观之间，吾不知天生圣贤豪杰之初意，竟欲何为？

沈德生枢侍门墙，如往来云气中，衣久久生润。此生心口叹服，谨代为之谢。

注释

〔一〕烂柯：谓岁月流逝，人事变迁。梁任昉《述异记》卷上："信安郡石室山，晋时王质伐木，至，见童子数人，棋而歌，质因听之。童子以一物与质，如枣核，质含之，不觉饥。俄顷，童子谓曰：'何不去？'质起，视斧柯烂尽，既归，无复时人。"

点评

"连环之劫，行将与气运相始终"，这就是眉公对时局的大判断。

答王奇阳

某迩年如饥鹤病猿，栖顿枯松寒月间，不敢更通海内贤豪。忽接札贶，过奖谬悠，不觉颡泚而肠热也。

每与王青溪使君相约渡钱塘，入会稽，以求名山大川伟人巨公而一遇焉。则生平结袜〔一〕，孰如先生者，不识可果此愿否？

《四十二章跋》谨呈览。门下从翰墨中作佛事，此苏黄再生。但弟野牛之鸣，恐不堪入龙象队中，如何？

注释

〔一〕结袜：为士大夫屈身敬事长者，或士人蔑视权贵之典。《史记·张释之冯唐列传》："王生者，善为黄老言，处士也。尝召居廷中，三公九卿尽会立，王生老人，曰吾袜解，顾谓张廷尉：'为我结袜！'释之跪而结之。既已，人或谓王生曰：'独奈何廷辱张廷尉，使跪结袜？'王生曰：'吾老且贱，自度终无益于张廷尉。张廷尉方今天下名臣，吾故聊辱廷尉，使跪结袜，欲以重之。'诸公闻之，贤王生而重张廷尉。"

点评

王奇阳，未知何许人。但从书中语看，似是一位会稽官吏。

与朱直指

梦寐选阁，真如百尺楼。度明春可得买渔蓑，从短蒲间，一叩朱桃槎仙径耳。昨画乞玄宰题上，更许盘礴作长绢奉寄。当坐索之，不令秃毫作懒卧龙也。

点评

朱桃槎仙径，通往桃源之路也。眉公一面向往隐居，一面又与官宦密切往来。

答钱公仲举〔一〕

承寄《丽瞩集》，友人索之如玉如谷，幸刘孟肩见贻二部，而无奈其不给也。教贶忽至，大副所请，波斯胡已上珍珠船矣〔二〕。尊集骨腾肉饱，采串英飞，出之以堂堂正正，运之以怪怪奇奇。无论智愚贤不肖，稽首龙门，皈依牛耳，其无思不服，宜也。

自来东事，改郡县为卫镇，而辽始强，改海运为折色，而辽始弱。今事难复故，实同创始。台台披发缨冠，以救乡邻之斗，其愚不可及也，其功亦不可及也。且由此撤兵还洋，则沿海不患空虚。停寝召募，则临岐不生他变。大江南北，实阴庇之。岂特辽左一方，得免于噬脐然眉而已哉〔三〕？

若淮上总镇，窃意仍宜添设。汰老弱，宿以重兵，革勋戚，练以名将，协董漕储，弹压首尾，此正与海运相为表里者。昔孙权渡辽伐公孙度〔四〕，视数千里地势，直如一线。然今画地而谋战守，岂不为英雄所笑？惟明公亟图之。

注释

〔一〕钱仲举：即钱文荐，字仲举，号石楼，慈溪人。万历三十五年进士，知新野、宜春二县，入为工部主事。著有《丽瞩楼集》《翠涛阁集》等。

〔二〕“波斯胡”句：唐人小说如戴孚《广异记》、薛用弱《集异记》等多有识宝故事，而识宝人多为波斯胡人。凌蒙初《初刻拍案惊奇》中的《转运汉巧遇洞庭红》，其识宝人也是波斯胡。

〔三〕噬脐：《左传·庄公六年》：“亡邓国者，必此人也。若不早图，后君噬齐，其及图之乎？”杜预注：“若啮腹齐，喻不可及也。”

〔四〕公孙度：字升济，辽东襄平人，与子孙经营辽东，摇摆于魏吴二政权间。孙权欲经营辽东，派使节赍厚币前往，反被公孙渊所害，斩首传于曹魏。权大怒，欲征讨辽东，为臣下劝阻。后公孙政权为魏所灭。见《三国志·魏书·公孙度传》和《三国志·吴书·孙权传》。

点评

再论辽左事。眉公似有成竹在胸，然颓势难挽，徒唤奈何。

与郁季雅〔一〕

往别时，以为复有竟岁之盟。忽得信，为陈大夫掖去。丈夫须眉落地时，使以此身同长矢往矣，岂若鹿豕终日相聚？足下万里之翮，而为六月之息。长卿四壁〔二〕，足下四壁都尽，便须寻一变更。雀之化蛤也，剑之化飞龙也，英雄雌伏，而化为九天九地也〔三〕。大都醯鸡秋虫，则终止瓮灶间耳。足下之腹笥五经，乃竟老于蒯缑〔四〕，不问陈大夫一吐气，宁何之乎？

且广中虽古炎州，乃皇冈芙蓉及九成台〔五〕，皆供足下落日长啸。昔坡仙谪居彼中，身负瓦石。而足下读书官署，卷帘隐几，不废卧游。方之东坡，又得殊胜。且时以笔花吐池塘春草之句，即瘴烟蛮雾，亦当为足下一开涤耳。

弟以野鸥之性，暂居人间，如寒蝉潜蠖相似。每思足下旷俗之致，恨不能缩地徙山，与足下焚柏子擎竹叶消之。适捧远札，斐然复面，古诗僩美具见记存。以足下一瓣香，迎清风读之，不觉烦暑之顿浣也。使者督报良迫，未能赓和来美，愧与汗俱。

注释

〔一〕郁季雅：即郁大年，字季雅，嘉兴人，眉公友人。

〔二〕长卿四壁：《史记·司马相如列传》："相如乃使人重赐文君侍者通殷勤，文君夜亡奔相如，相如乃与驰归成都。家居徒四壁立。"

〔三〕九天九地：《孙子·形篇》："善守者藏于九地之下，善攻者动乎九天之上。"

〔四〕蒯缑：《史记·孟尝君列传》："冯先生甚贫，犹有一剑耳，又蒯缑。"裴骃《集解》："言其剑把无物可装，以小绳缠之也。"

〔五〕皇岗、芙蓉：韶关附近之山。九成台：在今广东省韶关市曲江区北城上。原名闻韶台，相传舜南巡奏乐于此。宋苏轼有《九成台铭》。

点评

野鸥之性，暂居人间，以此自居，自然能物物而不物于物。然处乱世，要如寒蝉潜蠖，韬光自晦，方是为生之道。作于万历三十七年后。

与岳公季有〔一〕

大疏一鸣，忽得异常温旨，顿使朝廷父子兄弟之间，拨云雾而睹日月。在先帝处分此事，真第一得意文章。在今日圣明剖决此事，亦第一得情公案。台下有功于正人正史多矣。

沈天生入山〔二〕，每相对为浮白称快，而不敢通奉候奉赆。仰知光明磊落，不在琐琐寒暄耳。惟为国自珍，以承节钺。

注释

〔一〕岳季有：即岳骏声，字季有，号石钟，别号啬庵，浙江嘉兴人。万历三十八年进士，历任都察院观政、刑部山东司主事、河南汝宁府知府、整饬徐淮道兵备河南按察司副使、山东布政使司右参政、太常寺正卿、通政使加二品服奉，赠刑部尚书。

〔二〕沈天生：即沈德先，见卷二《与沈天生》注〔一〕。

点评

东林党自居清流，明末以来一直占据道德高地，有着舆论的优势。然眉公似乎对之并不感兴趣，他交往的很多人是东林党的对立面，如此处的岳骏声。

答孙子长学宪[一]

某遁荒以来，如桃虫处桃，壤虫处壤，不知天地日月。忽蒙明公瑶札冰俸，自天而下，即蒲团间不觉心跳耳热。愿得一当神交知己。第又恐涉于词人游客，为忍情而止。

顷闻开原已陷[二]，即熊芝老便难下手[三]。盖北关之不并，赖开原为拥护；开原之不破，赖铁岭李氏家丁为之犄角。今李氏被疑，开原失守，将北关折入于奴，而东西之虏合矣。如何，如何？初清河、抚顺，特小堡耳，残坏之后，本宜实时修筑，多宿重兵，以示必不可再犯之势。乃一味越境捣巢，不知贴防坚守，数万之师，驱羊就虎，自古岂有如此庙谟，如此边略也？即今奴贻朝鲜书，其计甚猾甚巧。声言入犯，彼将自顾不暇，何暇顾我？我欲救之，则分中国之力，不救则分朝鲜之心，一纸书颇具无限痛痒。而我特泄泄然随手而应，其何以济？

且大江以北，四月不雨，麦穗焦枯，漕船拥于满宁上下。大兵之后，岂堪大荒？祖宗设立淮上总兵，居重御轻，控制南北，正如车中之轮，而不解事者奏撤之。及今遵制添设，犹可为中原他日缓急策应。浙中募兵，目前关系颇大，而招徕何法，安顿何地，督领何人，安家行粮何措？就中万分调停，使此辈不聚不哗，使地方不惊不扰，非明公江左夷吾，又谁望哉？

野老杞忧，临楮不觉迂阔。

注释

〔一〕孙子长：即孙昌裔，字子长，号凤林，福建侯官（今福州）人。万历三十八年进士，官浙江吴兴教授，擢户部郎中，出守杭州，后调浙江提学副使。

〔二〕“开原”句：万历四十七年，努尔哈赤攻陷开原。

〔三〕熊芝老：即熊廷弼，字飞百，号芝冈，湖广江夏（今湖北武汉）人，万历二十六年进士。初授保定府推官，擢御史，万历三十六年，熊廷弼受命巡按辽东。

点评

依然关注辽东局势，并再次建议恢复淮上总兵之设置。作于万历四十七年。

与岳季有大参

弟屏迹空山，经年不入城市，以此久疏知己。汝宁卓异之政，耳剽已久，仅藉手一序以献。

顷者，借重淮阳，此节钺所自始。时事多虞，咽喉尤急。闻建酋降朝鲜二千余人，若使导之直犯天津、登莱，则水陆南北俱困，而中原之盗，且有乘间窃发者。

淮上旧设总兵，祖宗良有深意。乞台丈与抚台熟议，奏请复之，宿以重兵，练以名将，弹压首尾，拥护漕储，且以接应不时缓急。此目前第一要着也。

点评

天启元年，岳骏声升漕运道副使为山东右参政，仍管漕事。眉公胸中有丘壑，非但瞩目辽东，且能关注整个大局，仍倡议复设淮上总兵。作于天启元年。

答沈云升侍御〔一〕

空山一见名公，便知为吉德君子。每接浙西士大夫，又人人以真神君、真父母归颂。微视其眉睫口吻间，非卮辞也。

开、铁破后，北关势难独存，朝鲜自救不暇，水陆之路，步步可虞，东西之虏，日日可合。新经略虽有三头六臂，可奈何哉？

读徐见可先生《啜墨亭杂著》，言辽事甚晓畅，真代兴龙象也。耆旧如屠田叔、汪长文，后辈如周斗文、陆宝屠公子，幸加物色，以罗士心。何如？

注释

〔一〕沈云升：即沈犹龙，字云升，华亭人。万历四十四年进士，累官至兵部右侍郎兼右佥都御史，总督两广军务，兼广东巡抚。顺治二年，清兵下江南，犹龙率义军抗清。松江城破，沈犹龙殉难。

点评

劝封疆大吏罗致人才，以为不时之需。作于万历四十七年后。

与包心弦丈〔一〕

彭翁服气之法〔二〕，尽有奇效。大约父母之气在脐，天地之气通鼻。内气后天，不如外气先天。与其守脐，不如鼻吸。若吸至数千，自然可以补劳补损，但不当守在一处，听其气之所入，浑沦充满，比之临死一口气不来者，其利害何如哉？吾兄千万勤而行之。

盖气来寻人，人不肯寻气，气包身外，人在气中。鱼顷刻不可离水，人岂可顷刻离气哉？鼻吸之法，正如桔槔取水，车戽稍缓，则水即漏下，此明谕也。吾辈学道，命在则性在。且《楞严》鼻根圆通〔三〕，岂二义乎？

注释

〔一〕包心弦：见卷二《与包心弦》注〔一〕。

〔二〕彭翁：即彭仙翁，名龄，不知何许人。常改易姓名，以为逃劫法，故得长寿。盖游方道士，神乎其神，不可方物。钱谦益《列朝诗集小传》闰集有传，可以参看。

〔三〕鼻根圆通法门经文：《楞严经》曰："周利盘特伽，即从座起，顶礼佛足，而白佛言：'我阙诵持，无多闻性，最初值佛，闻法出家，忆持如来，一句伽陀，于一百日，得前遗后，得后遗前。佛愍我愚，教我安居，调出入息，我时观息，微细穷尽，生住异灭，诸行刹那。其心豁然，得大无碍，乃至漏尽，成阿罗汉，住佛座下，印成无学。佛问圆通，如我所证，反息循空，斯为第一。'"

点评

所谓服气之法，门外之人，不敢赞一词。眉公对此深有体会。

答某公

自娄江奉晤明公，屈指十年余。一时朋好，落落如晨星，独老先生既寿且康，享有家食林居之乐。子孙文孝，环绕团栾，视金马门车烦马殆〔一〕、忧谗畏讥者，不啻霄凤之视蜣螂也。

自今以往，春秋未央，不肖藉手介寿之篇，以侑康爵，亦足以发皇明德矣。

注释

〔一〕金马门：未央宫门。《史记·滑稽列传》："金马门者，宦署门也。门旁有铜马，故谓之金马门。"

点评

寻常应酬之作。

与某公

盥手读诸制作，细绎百家，溯洄千古。此文章中宿老司命，恨用修、元美不及麈尾相难耳。

丹阳次公从辇下寄书者再，策辽事如指掌。若以抚辽守辽为正兵，款虏制虏为奇兵，要言不烦。前有王竹坞之便，已寄经略公矣。

陆路莫如北关，水路莫如朝鲜。实据北关，声犯朝鲜，既欲纽我，又欲分我。尝我经略公两手两目，而欲化为千手千眼之用。有将无相，有君无臣，兵饷两诎，内外不和，一熊公可奈何哉？

明公江左夷吾，想当临食三叹也〔一〕。

注释

〔一〕临食三叹 :《国语 · 晋语》记晋大夫阎没、叔宽欲谏魏献子，魏请二人一起进餐，二人临食三叹。魏奇怪地问 :“人有言曰，惟食可以忘忧。吾子一食之间而三叹，何也？”

点评

丹阳次公，盖指王志道。某公者，其兄王志远，字而近，万历十七年进士，授澧州知州、擢户部郎中、乞改南京礼部郎中，累官至江西、广西左布政使。《尺牍新钞》有王志远《与陈眉公》一通，称赞眉公乃当代真人。

与某公〔一〕

十五年前，某细阅明公吏牍，手为丹铅〔二〕。真所谓破山之斧、照胆之镜。此造国手，非百里才也。已见省中诸奏疏，则笔扛九鼎，才敌八面。虽与时抵牾，而一段神采精光，终不能掩抑埋没于深山大泽之下。

今辽左多艰，行且以社稷担子相付。豪杰无意于功名，而功名不得不寻豪杰耳。当今惟蜀中无党，而明公又天下第一有心人。有心则沉几不露，无党则群小不猜。

若得借宣慰以训练朝鲜，因朝鲜以犄角辽左，连衡山东、天津诸当事，递相声援，拥护海运，不至截夺，怀柔外国，不生二心。而又请仍设总兵淮上，宿以重师，练以名将，弹压南北，隐然有居重驭轻之势。非特防建酋，兼以防荒乱，非特控辽左，兼以制中原。此大局也，亦明公事也。

顷者，山西诸县蠢蠢动矣。东南百物翔贵，而米尤甚。饥民掠于市，横民劫于江海矣。种种杞忧，恨不谒见明公，聚头磕膝，倾倒一番。而适以吐泻二十日，神气未平，目痛复发，势不能触暑而来。此无隐，旅泊所亲见者。

夫明公延揽心最真，先施礼最重，人非木石，忍负恩知？倘后会有缘，扪虱老人尚能策杖一见也〔三〕。

注释

〔一〕某公：此牍在《陈眉公先生全集》卷五十五题作“答刘勿所”。按，刘时俊，字恒甫，号勿所，四川富顺人。万历二十六年进士，二十九年至三十五年任吴江知县，升南京兵科给事中，太仆寺卿。天启元年，奢崇明反，刘氏上书请讨，命赞画督兵。遭人中伤，诬其通贼。后经尹伸等人洗冤，乃得昭雪。后升兵部右侍郎，卒赠兵部尚书。

〔二〕丹铅：指点勘书籍用的朱砂和铅粉。亦借指校订之事。唐韩愈《秋怀诗》之七：“不如覻文字，丹铅事点勘。”

〔三〕扪虱：《晋书·王猛传》载，前秦王猛少年时穷苦。桓温兵进关中时，他去谒见，扪虱而谈，旁若无人。后以“扪虱”形容放达从容，侃侃而谈。此处扪虱老人即眉公自称。

点评

眉公以在野身份阅吏牍、奏疏，可见不是一般的山人，关心时局，关心桑梓，一片赤诚。约作于万历四十五年。

答聂巡漕

向来论人才，则分门别户。论辽事，则扫穴犁庭〔一〕。何意末流之弊，遂至于斯？明公非但饮醇酒，真所谓忧心如醉也〔二〕。

仆妄意揣摩，天地好生，奴酋好杀。辽人附建州，则无命，入山海关，则无门，有不得不死守之势。彼处山多田少，所掠金帛多而米盐少，有不得不困之势。若激辽人以护辽，款他虏以制虏。即此便是省兵，即此便是省饷，而岂必纷纷召募为哉？

近见浙兵五千，亦不过浙江百姓耳。安家有费，道路有费，若移此费加之辽东之土著，痛痒相关，呼吸相应，用亲手护头目，与借他手护头目，孰便孰不便乎？既守辽阳，奴酋必且犯朝鲜，截海运以分我力。客兵千里而趋，宜置之天津，休其足力，不宜驱之出关，迫之血战也。

长公笔扛九鼎，目营九州，恨不相对雄谈，以快彼我。

注释

〔一〕扫穴犁庭：见本卷《与白公》注〔一〕。

〔二〕忧心如醉：喻极度忧愁。《诗经·秦风·晨风》："未见君子，忧心如醉。如何如何？忘我实多。"

点评

用辽人以制建州，事关乡邦家园，能不竭尽全力？而国家则省出招募之饷，以此款项再移用辽东，浙兵毋需奔赴边疆，于辽人则加增物力，岂不两便？约作于万历四十五年后。

与嘉善康中尊

不肖某诸生时，为公车词赋所窘。今老矣，身心性命之根蒂，懵如也。独利济一念，似有微窍。每劝诸大家置田赡族，积谷救荒。

当戊申大浸稽天，尝奉当事檄，分督煮糜。方四十里，颇觉沾洽。县大夫至，老稚合掌谢。每人各散粮二斗，某曰："此粮虽到家而未能到口。"大夫曰："何故？"某曰："尚欲负米赎取犁锄农具耳。"大夫不觉浥然泪下。郡县储畜以救饥民，缙绅储畜以救贫族，此利济第一义。

若蒙吴先生，萧结寒士耳。捐鱼沼，缩口食，不得已而又出募谷之疏，此岂分毫有市义市名之心哉？无为而为，此心可以告祖宗，格上帝，而昌子孙矣。明公委题数言，喜跃不忍辞，非久呈稿请教。

嘉善洼下，经旬霖雨，便成水灾。防御水灾，无如修筑低乡圩岸。今农工未兴，上乘天时，下乘地利，而明公时驾轻舟，往来督率，少借赏罚以示劝惩，而人和具备矣。圩岸为本，积谷为标，邑无流亡，官无逋赋，此又明公推广蒙吴先生之意，自家而国者也。

若刍荛可采，亟赐举行。第付之衙官衙役，则生事矣。请质于魏钱两公，何如？

点评

万历三十六年，松江一带水灾，眉公曾应官府之邀，分督煮糜，赈济灾民。此书探讨的是嘉善的赈灾，如何募谷，如何修筑堤岸。

答杜总戎弢武〔一〕

东李西麻〔二〕，皆以武著，独关中杜大将军胸蟠六甲〔三〕，掌运五丁，书窥二酉〔四〕，联四海为兄弟，合三教为总持，即君家武库、少陵〔五〕，有如此精神气魄哉？

目今圣孝格天，端居深拱，以希黄老清净和平之福，似可干羽不试。然人才坏于党议，民力竭于征输，豪杰困于文法。杞人嫠妇，窃窃忧之。所赖徙薪畜艾，有明公万里之长城在耳。

某屏迹山泽，树艺钓弋而外，少理著述，娱此余生。不意翰贶远来，托结神交，特征芜作。不敢久羁材官，造次捉笔，以报来命。视古人铙歌鼓吹〔六〕，似难赓响。若使青衣紫绡，度曲而奏之，可以销世谛，汰雄心，增长精进道力，未必非明公掀髯捧腹之一助也。

赍书赐玉，帝命方来，更祈为社稷珍重。

注释

〔一〕杜弢武：即杜文焕，见本卷《答杜日章》注〔一〕。

〔二〕东李西麻：万历间，铁岭李家与右卫麻家多将才，为抗倭援朝战争做出重大贡献，当时被称为“东李西麻”。李家代表有李成梁、李如松父子，麻家代表有麻贵等。

〔三〕六甲：星名。《晋书·天文志上》：“华盖杠旁六星曰六甲，可以分阴阳而配节候。”

〔四〕二酉：指大酉、小酉二山。在今湖南省沅陵县西北。二山皆有洞穴。相传小酉山洞中有书千卷，秦人曾隐学于此。见《太平御览》卷四十九引《荆州记》。后即以“二酉”称丰富的藏书。

〔五〕武库：称誉人的学识渊博，干练多能。《晋书·杜预传》：“预在内七年，损益万机，不可胜数，朝野称美，号曰杜武库，言其无所不有也。”少陵，指杜甫。

〔六〕铙歌：军中乐歌。传说黄帝、岐伯所作。汉乐府中属鼓吹曲。马上奏之，用以激励士气。也用于大驾出行和宴享功臣以及奏凯班师。南朝宋何承天《朱路篇》："三军且莫喧，听我奏铙歌。"鼓吹：即鼓吹乐。古代的一种器乐合奏曲。亦即《乐府诗集》中的鼓吹曲。用鼓、钲、箫、笳等乐器合奏。汉初边军用之，以壮声威，后渐用于朝廷。

点评

杜文焕虽出身行伍，然颇爱结交文士，附庸风雅。

答朱平涵相公

明公澹泊宁静，岂有意为黑头公〔一〕？而中途被命，恩数非常。虽有兄弟手足之丧，宜效君臣腹心之报〔二〕。例辞不允，迫斯可矣。

国事如下棋，原无预策胜负之理。首揆正如当局，亚相正类旁观，多言不可，坐视成败亦不可。惟择其吃紧一着最有关系者，略点示之。非特大服当局者之心，而棋有转危为安之处，此明公入相事也。

明公清如水，能洗刷世界；直如矢，能剖判世界。乡愿求媚不能媚，难悦之君子；小人好动不能动，不为已甚之仲尼。清到底，直到底，将来书帕之陋规、调停之故套，轰轰烈烈，洗刷剖判一番。以此报君父，报朋友，原还数十年前穷翰林本来面目。异日作史，与伯夷、杨绾同传〔三〕，明公真其人哉。

某一闻台铉之报〔四〕，喜跃异常，自分布衣，不敢通称贺书。乃明公先施札贶，勤勤下问于故人，此岂忍以世俗常情报者？故因明公之清风直道，而略申数语奉复，知不以山泽摈也。

吴兴妖言煽乱，精明搜讨，不可无杜公宽大收拾，不可无方公水火相济，甘苦一也。

注释

〔一〕黑头公，指年少而高居公卿之位。《晋书·王珣传》："弱冠与陈郡谢玄为桓温掾，俱为温所敬重。尝谓之曰：'谢掾年四十，必拥旄杖节，王掾当作黑头公，皆未易才也。'"

〔二〕君臣腹心：《孟子·离娄下》：孟子告齐宣王曰："君之视臣如手足，则臣之视君如腹心。"

〔三〕伯夷：舜的臣子，齐太公的祖先。《尚书·舜典》："帝曰：咨！四岳。有能典朕三礼？佥曰：'伯夷。'"孔传："伯夷，臣名，姜姓。"《墨子·尚贤中》："伯夷降典，哲民维刑。"杨绾：字公权，华州华阴人也。曾在代宗朝拜相。为官清正廉洁，疾恶如仇。《新唐书》本传："大历中，德望日崇，天下雅正之士争趋其门，至有数千里来者。以清德坐镇雅俗，时比之杨震、邴吉、山涛、谢安之俦也。"

〔四〕台铉：犹台鼎。铉，鼎耳，以代鼎。鼎三足，有三公之象，故以喻宰辅重臣。

点评

观信中“首揆正如当局，亚相正类旁观，多言不可”之句，此书当作于朱国祯初入阁时。按，天启三年正月，朱国祯拜礼部尚书兼东阁大学士，六月，还朝入阁。此时，内阁首辅为叶向高。《明史》称：“魏忠贤窃国柄，国祯佐向高，多所调护。”

答杜君迁观察〔一〕

吴兴新政，殊快人耳。此得之士大夫往来之口，甚真，非阿也。

第贵治孤处一隅，目前当路之线索、新参之举动，未必朝夕相闻。若以省城郡县为腹心，以捷足侦探为耳目，其间不至迟速异同，较是两便。若要人有交际，不亲不疏；巨室有疑狱，不动不变。谅神明照胆镜中耳。

注释

〔一〕杜君迁：杜乔林，字君迁，号梅梁，南直隶华亭人。万历四十四年进士，除刑部主事，出知湖州。后加按察司副使知府事如故，秩满迁浙江水利道副使，右布政使，分巡温处。

点评

对同乡后进的施政建议。约作于天启四年。

又答杜弢武

两镇数十年，仗台台世世金汤，戎索在手，驯习犬马蛇虎于尺组之上，国家不至蹂践如辽左者，秋毫皆台下功。今寻乐赐闲，婆娑膝下〔一〕，烁千秋之景光，控三教之秘奥。古来忠臣孝子为洞天第一列仙，则元老与台台之谓矣。

不腆寿言，谨如远命，试前奏而荐之。度必掀髯微笑，沃葡萄酒数十斗耳。

新集精丽遒迥，字字可传，虽张乐洞庭〔二〕，谱曲阆苑，殆无以过。明公真词场之飞将、物外之异人哉。叹服，叹服。

胡女远道，恐不能挟之而东。若有善弦索者，得一二小雏，置之梅花古松之下，对客度曲，亦是山林奇话，而未敢必也。

注释

〔一〕婆娑：《文选·北征赋》："登障隧而遥望兮，聊须臾以婆娑。”李善注：“婆娑，容与之貌也。”

〔二〕张乐洞庭：《庄子·天运》北门成问于黄帝曰：“帝张咸池之乐于洞庭之野，吾始闻之惧，复闻之怠，卒闻之而惑。荡荡默默，乃不自得。”

点评

儒将风流，可见一斑。约作于万历四十七年。

答潘朗士〔一〕

空山无人，水流花开。忽承名贤远顾者再，山癯老病，曳而见客，造次忘形，即古者桑上坐，桑下谈〔二〕，不是过也。披拂高韵，罕见其俦，素心则上行先生〔三〕，淹雅则儒林丈人〔四〕。不肖怀中一瓣香，愿为朗士礼却矣。独愧白饭青刍〔五〕，万分溷藜，台丈不过督之，前席未冷，而后饷复至。种种方物，挑人指动。第岁俭得之，尤折老农之福耳。

注释

〔一〕潘朗士：即潘湛，字朗叔，更名旸升，字朗士，号画山，潘季驯孙，浙江乌程（今湖州）人。庠生，以祖荫授都察院照磨，历刑部郎中，清介不阿。

〔二〕桑上桑下：《三国志·蜀志·庞统传》："庞统字士元，襄阳人也。少时朴钝，未有识者。颍川司马徽清雅有知人鉴，统弱冠往见徽。徽采桑于树上，坐统在树下，共语自昼至夜。徽甚异之，称统当为南州士之冠冕，由是渐显。"

〔三〕上行先生：《梁书·庾诜传》曰："（诜）晚年以后，尤尊释教。诵《法华经》，每日一遍。后夜中，忽见一道人自称愿公，容止甚异。呼诜为上行先生，授香而去。中大通四年，因昼寝，忽惊觉曰：'愿公复来，不可久住。'颜色不变，言终而卒。时年七十八，举室咸闻空中唱'上行先生已生弥陀净域矣'。"

〔四〕儒林丈人：《三国志·魏志·高贵乡公传》裴松之注引《晋诸公赞》云，曹髦好学，引王沈、裴秀等讲学论文，称沈为文籍先生，秀为儒林丈人。

〔五〕白饭青刍：见卷二《谢送英石》注〔一〕。

点评

寻常交际之言。

与韩鹏南父母〔一〕

海内盼明公主爵久矣。还朝佐枢，若天留禁中颇牧〔二〕，以待今日之辽左耳。

辽左之事，挞伐但可先声，坚守乃为上策。行北关之反间，防他虏之勾连。停远方之征兵，通登莱之海运。谋国者似无遗策，若居中调度，仰佐国家之急，近纾桑梓之忧，恃明公胸中有数万甲兵在〔三〕。讦谟石画，幸示一二。

青溪凋敝已极，此人累地，非地累人。告新令尹，愿明公不以未同为嫌。若不肖向来裹足县中，即贵役皆知之，久不敢以刍荛献矣。

思老隐海上，吾两人如形影相似，乃为往事无端划开，可为长叹。便间幸赐好音，以慰空谷。

注释

〔一〕韩鹏南：即韩原善，见卷一《与韩使君》注〔一〕。

〔二〕颇牧：即廉颇、李牧。

〔三〕胸中甲兵：谓心有韬略，可敌数万甲兵。宋孔平仲《孔氏谈苑·军中有范西贼破胆》："贼闻之曰：'无以延州为意，今小范老子腹中有数万甲兵，不比大范老子可欺也。'"

点评

韩原善万历三十六年为青浦令，三十八年调长洲县，颇有政声。万历四十七年，韩原善由任兵部主事升任开原道兵备佥事。眉公与之探讨辽左方略，再合适不过了。

答李本宁先生[一]

今年奇热，极念明公应对之烦。银管铁限间[二]，山谷所谓，殊增暑气也[三]。

山中饱读大集，文章巨丽，有耳有目者皆知之。若诗歌数卷，炉锤经史，括囊古今，取之如寄，巧若预设，自来天壤间未始有也。恨琅琊两公未观海若之大全耳[四]。

顷承远使，重以不朽见委。当今惟明公笔下能令死者生，生者死。某会稽鸡[五]，岂啼耶？重惟长公纯孝，不忍以不文辞，即日执管，勉为濡抹。附幼度公请正，先此谢报，不一。

注释

〔一〕李本宁：即李维桢，见卷一《与李本宁先生》注〔一〕。

〔二〕银管：指饰银的毛笔管或白色的笔管。铁限：即铁门限，用铁皮包裹着的门坎。唐李绰《尚书故实》：“（智永禅师）积年学书，秃笔头十瓮。每瓮皆数石。人来觅书，并请题头者如市，所居户限为之穿穴，乃用铁叶裹之，人谓为铁门限。”后用为来访请益者多之典。

〔三〕暑气：《黄庭坚全集》别集卷八《跋朱应仲卷》云：“四月丙午，承天寺经藏南，试金崖石研、诸葛元笔。研不滞墨，墨不凝笔，但观者如墙，殊增暑气。”

〔四〕琅琊两公：即王世贞、王世懋二兄弟。

〔五〕会稽鸡：刘义庆《世说新语·政事》："贺太傅作吴郡，初不出门，吴中诸强族轻之，乃题府门云：'会稽鸡，不能啼。'"

点评

应李维桢之邀撰写碑记之属。约作于万历三十九年。

答秦藩伯闻君侯

儒屏迹山泽，几同槁木朽株，不能通姓字于当世名公伟人，乃君侯真龙之种、绣虎之才〔一〕，则得之海内交游集中，两耳几热，非特遥闻声而相慕也。

某老矣，远望函阳如天上，而君侯又端坐斗大一城，不敢阑十步外，检柙如处子，清恬如素士。弹琴赋诗，咏歌先王以自乐。而荆翁际清时，享上寿，瑶山青社，隐然倚以重轻，即古者东平东阿〔二〕，岂敢与君侯三代，争文苑不朽之权哉？

伏承札贶远颁，谨书寿言，附尘登献，履珠鸣玉，宾从满堂，恐见之，未免粲然一笑耳。

注释

〔一〕绣虎：指擅长诗文、词藻华丽者。《类说》卷四引《玉箱杂记》:“植七步成章，号绣虎。”

〔二〕东平、东阿：分别指曹操的儿子曹徽和曹植。曹徽被封为东平王，曹植被封为东阿王。

点评

伯闻，明宗室，真龙之种。臧懋循《复李孟超书》云:“伯闻，秦贤王也。”

答秦藩元峻君侯

伏处岩壑，忽接君侯远札，及扇头赠诗，读之飘飘有大人凌云之气。国华家宝，辉映西方，卓尔独行，大雅不群，君侯其兼之矣。

第祖禁森严，不能五岳远游，又不能万言求试，槛凤笯麟，良为惋叹。然安城撰述《类苑》〔一〕，河南被服儒林〔二〕，往事之师，近在衣带。君侯妙有盛年，兼综秘籍，若与罗善长、李孟超网罗千古，自成一家之言。鼓吹圣明，畅发忠孝，黑头三公〔三〕，何足道哉?

拙作请正，聊见乎词。然以视名公五言长城，瞠乎后矣。

注释

〔一〕类苑：南朝梁代宗室萧秀被封为安城王，刘孝标受其命编纂《类苑》。

〔二〕河南：疑为“河间”之误。汉景帝刘启之子刘德，封河间王，卒谥献。河间献王博士毛公治诗，名列《汉书·儒林传》。

〔三〕黑头公：见本卷《答朱平涵相公》注〔一〕。

点评

此元峻亦为秦藩子嗣、真龙之种。

与王公而弘〔一〕

冬间承捐俸留别，此一种道义风格，皆近世绅裾所绝少。夷门未老，岂忍忘报耶？

古人云，相时而动。当今应局，惟有“相时不动”四字。明公法眼澄彻，先已照见于不言之外矣。旧资尚壅，新资未必遂下。借差归省以待，瓜熟蒂落，似更有余味也。

彭仙翁闻在江右，镜源先生已有人见之。此是的耗。顷敝乡有痴阿六者，三年不言，将阳事皆已刳破。今始行乞市上，乍智乍愚，言有奇中。大旨以收摄活子时为主〔二〕，而以在外先天之气扶旺之，颇与彭翁同。勤而行之，不必更劫劫他求矣。

明公近得何如，并望寄示。

注释

〔一〕王而弘：见卷二《与张五鹿太守》注〔三〕。

〔二〕活子时：每天半夜子时，为一日中阳生之子时。每年冬至，为一年中阳生之子时。养生家认为，半夜子时产生的阳气极其微弱。通过摆好姿势，排除杂念，让形神安静，集中意念，然后一念归中，凝神入气穴，缓缓调息入细，引短令长，丹田中的精气渐渐旺盛。当静极之时，正有动象，于恍惚杳冥之中，觉丹田气动，即为活子时。邵康节云："冬至子之半，天心无改移。一阳初动处，万物未生时。"即是说的活子时。

点评

眉公与王志道皆于养生之道有同好，再次提及彭仙翁其人。天启元年，王志道由丹阳知县任上入京为礼科给事中，冬间捐俸留别。

答朱平涵相公

枢要问布衣，自古难之。惟寇莱公不忘魏野〔一〕，张忠定不忘傅霖〔二〕，今再见明公之手教矣。

长兴奇变，本是叶朗生余党，如吴野樵辈，杜太守狱案具在也〔三〕。今地方掩失事之嫌，愚民惑屠城之说，或徙或逃，或越城而殒，甚则移之石令之宗人，此最可恨。石令抗贼捐躯，库囚无恙，守土与守边，宁有异乎？此当请恤立庙，血食报之者也。

毛将军牵制建酋〔四〕，正如彭越疲楚。昔者伍子胥废王僚，立姬光，而吴为之用。今毛将军废李晖，立李琮，而朝鲜为之用。观其本末，自根生枝，定非浪战者。独明公拥护朝端，使得折冲海外。此非缘桑梓起念，实为国家卫一奇男子耳。

某老矣，顷先荆见背，万念灰心。明公外谕云云，非山泽所敢与闻。惟处弟于无咎无誉、不衫不履之间。异日茅舍玉堂，平分风月可乎？

偶有乡饮辞笺附览，此亦见野人之微尚矣。伯夷之门，清风透胆，毫发无所私陈，仰祈台照。

注释

〔一〕“寇莱公”句：寇准先后出入宰相，而魏野只是一山野诗人，两人相交数十年，为文苑佳话。

〔二〕“张忠定”句：张咏，字复之，号乖崖，卒谥忠定，山东鄄城人。宋太平兴国间进士，累擢枢密直学士，真宗时官至礼部尚书。北宋太宗、真宗两朝名臣，尤以治蜀著称。傅霖，青州人，尝与张咏同学，后为隐士，人称傅逸人。其与傅霖事见《张乖崖集》《西清诗话》和《事文类聚》等书。

〔三〕长兴之变：天启四年，长兴民吴野樵作乱，杀知县石有恒等人。先是，湖州人叶朗生闻山东白莲反，遂生事端，湖州知府杜乔林亟捕之。

〔四〕毛将军：即毛文龙，字振南，一名毛伯龙，浙江仁和人，时任左都督平辽总兵官。

点评

朱国桢在朝中对毛文龙是支持的，而眉公对朱国桢的做法又是肯定的。作于天启四年。

答定海顾中公

某老屏山泽，不出篱落数步外。虽耳热明公，而未尝敢通姓名于左右。前者寥寥数言，藉手以报裘公。若台台四知不尘之手〔一〕、八面受敌之才〔二〕，犹未发皇万一也。忽辱札贶远贻，实出意表。以忙官及冷人，以忙时及冷事，精神闲逸，不几于蝴蝶飞上阶乎〔三〕？

吴越水灾，米谷渐踊。若乃籴、平价、劝借三者，大户闭廪不出，远商闻风不来，米价愈高，抢夺斯起。大约救荒止有八字，如王文成云，饥民必救，乱民必斩，此其大纲。若请折请带，请留请赈，听之部台。停词讼，缓催科，清囹圄，省交际，听之邑长。其余琐琐迂阔之谈，非所混于识时务之豪杰也。

注释

〔一〕四知：《后汉书·杨震传》："当之郡，道经昌邑，故所举荆州茂才王密为昌邑令，谒见，至夜怀金十斤以遗震。震曰：'故人知君，君不知故人，何也？'密曰：'暮夜无知者。'震曰：'天知，神知，我知，子知。何谓无知！'密愧而出。"不尘：无污染。

〔二〕八面受敌：能力大，可以经受各种考验。五代王定保《唐摭言·海叙不遇》："子华（吴融）才力浩大，八面受敌，以八韵著称。"

〔三〕蝴蝶飞上阶：陈鹄《西塘集耆旧续闻》卷一："朱司农载上尝分教黄冈，时东坡谪居黄，未识司农。公客有诵公之诗云：'官闲无一事，蝴蝶飞上阶。'东坡愕然曰：'何人所作？'客以公对。东坡称赏再三，以为深得幽雅之趣。"

点评

与定海知县讨论救灾问题。约作于万历三十七年，江南大水之后。

答南京张锦衣〔一〕

松江望金陵，如在天际，仅借扈师甘南老为双鱼，即先骠骑，未尝一叩几筵。今得藉手传文以报地下，惟大方斧正之。

时事孔棘，圣主拊髀而思颇牧。明公卧龙卧彪，不令独当一面，且闻家甚贫，可叹可敬。弟尝谓，驾驭骄兵，莫如廉将军，可以服其心，而夷其怒。舍明公，将焉往哉？逢人说项〔二〕，不觉为公论热肠矣。

《蚊赋》出往时游戏〔三〕，颇触人眼。台下爱我自爱，幸毁板勿行。至望。

注释

〔一〕张锦衣：即张可大，字观甫，号扶舆，应天（今南京）人。世袭南京羽林左卫千户，万历二十九年武进士。历任守备、游击、参将，因屡建战功，加副总兵，擢都督佥事。天启元年，任都指挥使，掌南京锦衣卫，撰《南京锦衣卫志》二十卷。崇祯元年，为登莱总兵官。崇祯四年，进右都督，适逢孔有德反，城陷自杀。

〔二〕逢人说项：唐杨敬之器重项斯，作《赠项斯》诗：“几度见诗诗总好，及观标格过于诗。平生不解藏人善，到处逢人说项斯。”后世谓为人说好话、替人讲情为“说项”。

〔三〕蚊赋：陈继儒《晚香堂小品》卷八有《憎蚊赋》一篇。

点评

为张可大之父作碑传之文。作于天启年间。

与东里〔一〕

明公入朝，止大兵，寝大狱，脱屣南归〔二〕，承欢子舍，出处极矣。

某年来十九在山，云气花光，差足度日。独苦客苦文逋，仆仆终日，无缘为闭户先生。然江河湛然之气，常浩浩于胸中。服气果有效，清净以之固躬，房术以之倾命。未省彭翁安往，明公曾与之一通世外之耗否？

闻明公甚贫，虽不至范莱芜甑尘〔三〕，几类颜鲁公《借米帖》〔四〕。黄门如此，大是好消息。当为明公喜，不为明公愁也。郡丞赵公席不暇暖，门可张罗。弟尝为闽无党人而多廉吏，信哉。

时惠好音，以慰空谷〔五〕。幸甚。

注释

〔一〕东里：见卷二《与张五鹿太守》注〔三〕。

〔二〕南归：天启三年，因三大案，与东林党人高攀龙意见不合，王志道被排挤，遂以父老病，乞请归养。

〔三〕范莱芜甑尘：见卷二《答赵同知》注〔一〕。

〔四〕借米帖：即《乞米帖》。时关中大饥，颜真卿"举家食粥来已数月，今又罄竭"，于是不得不向同事李太保求告"惠及少米，实济艰勤"。

〔五〕空谷：空旷幽深的山谷，贤者隐居的地方。《诗经·小雅·白驹》："皎皎白驹，在彼空谷。"

点评

王志道与眉公可谓至交，志道南归，眉公慰之。又，郡丞赵公者，闽人也。眉公与之交往亦多。作于天启三年。

与钱抑之宫詹〔一〕

前承往吊，即欲走谢，暑雨再交侵，不便衰老。闻转詹之信，此应得，不足贺。独辞省中主考，抑何恬淡，不惟少无数门生，可惜少一本刮目试录耳〔二〕。

吴越大荒，徐文贞所谓时有荒则习荒〔三〕，此正吾曹习荒时，曾先为料理否？大都平价、闭粜、劝借，此三件最为荒政之累。大户闭廪不出，客户闻风不来，召争启斗，皆由于此。惟吾丈与当路讲明，除此三件，默默调停，停止词讼，节省交际。如踏荒派荒，俟疏下分别未晚。差官踏勘，地方有送迎之费、造册之费，愚民又有买荒之费。今一味以全荒报，两台以全荒题，部中未必尽听，而真伪轻重可徐理矣。曰赈，无田者沾恩；曰蠲曰带曰折，有田者受惠。此须漫漫提起，钱粮未储，而遽言及此，数万小儿，啼饥索饼，即慈母无如之何。惟有哄嚷一番，何济于事？

有救荒之心，而不必有救荒之状。迟得一日，则钱粮省一日。省得一日，则留救得一日。若前去后空，手忙脚乱，此最害事。如平价、闭籴、劝借，吴越通共禁之方好。一方不禁，万櫓俱停，米价日贵，而抢日兴，其关系非止一县一府也。

注释

〔一〕钱抑之：即钱士升，见本卷《与钱抑之太史》注〔一〕。

〔二〕试录：明清乡会试之后，便会发行《乡试录》《会试录》，详列本次考试考中人员姓名，试题题目及程文等。书有前后序，前序一般由主考作，后序由副主考作。

〔三〕徐文贞：即徐阶，此一番话见《年谱》，眉公二十一岁童子县试第一，徐阶召见时所讲。

点评

祝贺钱士升升为少詹事，再次引用徐阶语。作于崇祯元年。

上杨淇园侍御[一]

某极蒙明公国士之遇，自安山泽，不敢通京洛之书，唐突云霄上衮。前者推毂海内名贤，即葑菲亦廛启事[二]，读之感愧交集。不知老侯生一腔热血，何日洒报明公也。

不肖买山穿圹，业十六年余，宁复有他念者？若鼓作声价，借隐为通，天道忌盈，必罚之以奇祸，人情责备，必中之以奇谗。惟置之无咎无誉之地，处之不衫不履之间，则阴受大人君子之洪恩多矣。

注释

〔一〕杨淇园，见第226页《答杨学台》注〔一〕。

〔二〕葑菲，见第222页《答杨盐院》注〔二〕。

点评

万历三十五年三月，直隶巡按杨廷筠荐举隐士陈继儒，谓："(继儒)早谢青衿，为古人之学，留心经济，而淡于荣利，不谈性命，而湛于道德。自嘉靖以来，学者无先之者。"此书谓"买山穿圹，业十六年余"，表明此时已是天启三年。也许杨廷筠旧事重提，故眉公在此表明心志，非借隐为通。

又与杨淇园侍御

某揣山泽，不通辇下书。董思老有手启，则言明公与韩朱两相公推毂不置，此某之大怖也。自古士大夫，一岁九迁，七征八辟，皆非盛世事。惟为朝廷惜名器，为言路慎考选，为边关节兵饷，此谋国之大者。而以不急之事，加于至不才之鄙人，人实有口，谁能捍之？愿明公截断众流〔一〕，速赐停寝。异日郡志中，留数行隐逸传以报明公，胜于缨緌多矣〔二〕。

上海某父母，恺悌廉明，百姓实受其福，通籍以后〔三〕，未尝呈身乡衮，卓品可知。而某则谓，宜一登扬夫子之龙门，有如物色乡后进者。曰不识其人，犹可；曰不知其人，则疑矣。惟明公推爱而嘘拂之，以为众正之倡〔四〕。幸甚。

注释

〔一〕截断众流：谓见识高超。《五灯会元》卷十五德山缘密禅师云："我有三句语示汝诸人：一句函盖乾坤，一句截断众流，一句随波逐浪。作么生辨？若辨不出，长安路上辊辊地。"

〔二〕缨緌：冠带与冠饰，亦借指官位或有声望的士大夫。

〔三〕通籍：指初做官，意谓朝中已有了名籍。

〔四〕众正：谓为众人表率。《周易·师卦》：“师，众也，贞，正也，能以众正，可以王矣。”

点评

眉公于此明确表示愿作隐逸传中人，不愿借征辟之名，踏上仕途。向杨廷筠推荐上海某父母官。考天启三年前后，浙江余杭人鲍奇模知上海县事。而鲍奇模恰与杨廷筠为同乡。

答杨盐台〔一〕

六月霜台，声影俱闷。趋者炎炎，明公不异清凉山；夏屋渠渠，不异壶公壶、巢父巢矣。顷者玄宰传谕密意，伤鸟惊鱼，悕而欲走。夫江东诸贤，久顿积薪之下，而不肖沟断，文以青黄〔二〕，鸡肋鸱皮，未卜死所。台台爱而已之，所全不既多乎？

目前时局，争殿之虎、野战之龙，近者窥，远者意，故逃祸莫如逃名，无誉乃所以无咎也。手书二字，宠及赧颜，恳乞停寝非常之典，改题行卷，传示子孙，山泽老癯，岂直衣褐而怀玉哉？

读题跋弁语，即苏黄见之，决当点头。明公一字一句，出入六通〔三〕。即今端居百日，宛然结夏老禅〔四〕。此具有宿因，非凡解所能梦见也。

注释

〔一〕杨盐台：即杨鹤，见本卷《答杨盐院》注〔一〕。

〔二〕文以青黄：用彩色加以修饰。《庄子·天地》："百年之木，破为牺尊，青黄而文之；其断在沟中。比牺尊于沟中之断，则美恶有间矣，其于失性一也。"

〔三〕六通：佛教语，谓六种神通力。刘义庆《世说新语·文学》："汰法师云：六通三明同归，正异名耳。"

〔四〕结夏：佛教僧尼自农历四月十五日起静居寺院九十日，不出门行动，谓之结夏。

点评

杨鹤曾翻刻东坡题跋，故书中有苏黄点头之语。作于万历四十二年。

答刘仲熙

客岁从西湖归，因入山了文逋，无复冬余处士之乐。归见尊刺，坐失天下士，投辖下榻无缘哉？

读新诗，宛然袁石公也。第就中多刺时之语，不可令临邛长见也。诗以和平清坦，迥然与世味自别。若怨吻骂舌，正与情性相远。王右丞、孟浩然，吾师乎？

小序即以属草，恐使者往返百里，留之信宿，以内典签。乞足下施以五丁之斧。

注释

〔一〕袁石公,即袁宏道,见卷一《与袁使君石公》注〔一〕。

点评

此处可见眉公文学主张,和平清坦,吟咏性情。作于万历三十五年。

与王东里给谏〔一〕

吴门遣使,京口邮书,明公之于某真切极矣。某非有胸无心者,实不胜知己之感。

顷闻拂衣南归,大为叹服。出则调朝廷父子兄弟之事,归则调家庭父子兄弟之事。磊磊落落,忠孝两全,真人间伟丈夫也。前读尊疏尊牍,衮衮数千言,此正论,此确论,此快论,此又至平至易之论。即董狐、吴兢〔二〕,可以藉手执笔矣。

明公欲以辽用辽为正兵,以夷攻夷为奇兵,反之则酿疆场败亡之祸。外寝大兵,内寝大狱,遵之则养国家和平之福。夫言岂必多,仁人之言难耳。

注释

〔一〕王东里：见卷二《与张五鹿太守》注〔三〕。

〔二〕董狐：春秋时晋国史家。《左传·宣公二年》："乙丑，赵穿攻灵公于桃园。宣子未出山而复。太史书曰：'赵盾弑其君，以示于朝。'宣子曰：'不然。'对曰：'子为正卿，亡不越竟，反不讨贼，非子而谁？'""孔子曰：'董狐，古之良史也，书法不隐。'"吴兢：唐代史家。《资治通鉴》卷二一二开元九年条载："著作郎吴兢撰《则天实录》，言宋璟激张说使证魏元忠事，说修史见之，知兢所为，谬曰：'刘五殊不相借。'兢起对曰：'此乃兢所为，史草具在，不可使明公枉冤死者。'同僚皆失色。其后说阴祈兢改数字，兢终不许，曰：'若徇公情，则此史不为直笔，何以取信于后。'"

点评

因三大案与东林党高攀龙等人不谐，王志道称病回乡。作于天启三年。

答杨侍御〔一〕

计部文弱公入山见访，言笑风度，宛然明公也。明发，玄宰与幼度自海上至，相与袒坐老藤浓阴中，凉风豁达，快不可言，但恨团圞无多日耳。

顷读圹记哀词，又悔小传书写未尽。然孤忠孤愤，现于笔端矣。文弱奉差南来，计欲少清一二，以佐目前之急。第催督旧逋，理势所不能办也。手板折腰，体面所不肯徇也。驻札地主，供应所不乐留也。一味以虚套迎，以空册送。大要内而户兵，以顽钝应经略，外而当事，以顽钝应部差。如此情形光景，使先太公有知，非大笑，则大哭，天下事莫可措手矣。奈何哉，奈何哉？

注释

〔一〕杨侍御：即杨鹤，见本卷《答杨盐院》注〔一〕。

点评

杨鹤之子杨嗣昌以户部福建江西清吏司主事员外郎的身份南来办差，拜访了眉公。眉公对他的差事提出自己的意见。作于万历四十六年前后。

答杨文弱计部〔一〕

山中忽捧手书及《青鞋录》〔二〕，从树阴转徙间读之。因谓友人曰，杨公以轨正督世人，而能为野客语。以弇州、太函、卓老、石公之言行天下，而能不为四公语。虽然，使四公望而泣下者，此记也。

不佞少负游兴，每欲春裹出门，辄以老病废。尝自解嘲曰，杜五郎、范粲何人哉〔三〕？彼能三十年不出篱落，三十六载不下车，而吾犹冲冲往来，何也？以此局脊卷撮中，百念顿已。今得尊记，使人心凉，更复心热。枕上数夕，便与公相挽行，奚待峰泖之游矣。

台下觞后入都，然后敢通谢于侍御公祖，先乞致声。

注释

〔一〕杨文弱：即杨嗣昌，字文弱，武陵人，杨鹤之子。万历三十八年进士，除授杭州府学教授，累官至户部郎中，天启初，引疾归。崇祯元年，起河南副使，加右参政，累官至礼部尚书兼东阁大学士，入参机务仍掌兵部事。崇祯十四年正月，李自成攻陷洛阳，福王被杀。二月，张献忠攻陷襄阳，襄王被杀。朝野震惊，杨嗣昌畏罪自杀。

〔二〕《青鞋录》：盖为氏著《野客青鞋集》一卷。

〔三〕杜五郎：沈括《梦溪笔谈》卷九《杜五郎传》云："颍昌阳翟县有一杜生者，不知其名，邑人但谓之杜五郎。所居去县三十余里，唯有屋两间，其一间自居，一间其子居之。室之前有空地丈余，即是篱门。杜生不出篱门凡三十年矣。"范粲：司马光《资治通鉴》卷八十"泰始十年"："初，芳之废迁金墉也，太宰中郎陈留范粲素服拜送，哀动左右。遂称疾不出，阳狂不言，寝所乘车，足不履地。……粲不言凡三十六年，年八十四，终于所寝之车。"

点评

杨嗣昌赠书，眉公答谢。作于万历四十六年前后。

答萧户部〔一〕

堂上有二老，酌水戏花，膝下有两雄，擘梨分枣〔二〕。台台得此，三公不易矣。辽氛以后，群少年游谈无根，如淮南王言汉治则怒，言汉乱则喜〔三〕。即此风气，其忧当更甚于建奴者。

仆屏迹空山。彼一时也，不与圣贤讲学；此一时也，不与豪杰谈兵。寒灰无焰，冻鹤无声，一味杜口杜门而已。玄宰近赏此言，盘礴如故，绝不以劫灰之事着毫许胸中。余无可为明公道者。

注释

〔一〕萧户部：即萧象林，见卷一《与萧象林使君》注〔一〕。

〔二〕擘梨分枣：《后汉书·孔融传》李贤注引融《家传》曰："融四岁时，每与诸兄共食梨，融辄引小者，大人问其故，答曰，我小儿，法当取小者。"《南史·王泰传》："泰年数岁时，祖母集诸孙侄，散枣栗于床上，群儿皆竞之，泰独不取。问其故，对曰：'不取，自当得赐。'"

〔三〕"淮南王"句：《史记·淮南衡山列传》："诸使道

长安来，为妄妖言，言上无男，汉不治，即喜。言汉廷治，有男，王怒，以为妄言。”

点评

晚明文人颇喜谈兵，眉公自然也能谈兵，此时却说不与豪杰谈兵。大概谈非其人，不如不谈。杜门杜口，一味低调而已。约作于万历四十五年后。

答某公

明公文章吏治，落落人豪。忽承远赐手书，以弁简见属。某愕不知置对，已携尊集庋小舟中，缚老梅树下，漱口读之四五日始竟。真可谓笔有眼，舌有骨，色身有胆，艺苑中至人，又化人哉。不得已强命子墨，似作六合赋，不知何处起手。然少就尊旨发皇一番。如近来浮伪波腾，曲辩云沸，学苏白不得，变而为卓吾，又变而为不典不文者，可以投笔结舌矣。

第世路奇险，闵闵有戒心，公是先生、公非先生〔一〕，则请拱手而逊之下执事。明公刚而不吐，敢而无讳。作史官，必不为嗫嚅翁〔二〕。作谏官，必不为模棱手〔三〕。今蠖伏冷曹，百不吐一，光怪摩荡，泄于诗文。风怒号，物怒生，鹍鹏怒飞，诚有不知其然而然者，得无造物有意以诗文不朽之柄，阴属之明公耶？

第谈艺之笔，觉清浊善恶太明。陆子璋云，远模仲尼之泛爱，中则郭泰之弘济〔四〕。此言虽小，敢献微诚。异日对卧百尺楼，方可吐碧落间语也。

注释

〔一〕公是、公非：刘敞，字原父，临江新喻人，学者称公是先生。庆历进士，以集贤院学士，判南京御史台。刘攽，敞弟，字贡父，学者称公非先生。庆历进士，哲宗时，掌外制。

〔二〕嗫嚅翁：指懦弱畏事或不善辞令之人。《新唐书·窦巩传》："巩字友封，性宏放雅裕，有名于时。平居与人言，若不出口，世号嗫嚅翁。"

〔三〕模棱手：唐代苏味道，居官圆融，处事依违两可，时称苏模棱。

〔四〕陆子章：即陆瑁，字子璋，三国吴国人，陆逊之弟。所引其语出自《三国志·吴书·陆瑁传》。

点评

眉公对文坛的看法："学苏白不得，变而为卓吾，又变而为不典不文矣。"可谓切中时弊。

答洪惟一

某伏海曲，日与渔丈人为伍，不复敢通问于海内名公巨人。时与玄宰闲茶淡话，其心口俱屈者，无若惟一先生。今得读《性问四书》及《阴符注》，批剥邪解，发皇玄旨，真三教大总持也。台台衣钵家学，俯视群碎，何当睫毫毛，而乃远勤札贶，垂问山稿。若非面带十重铠甲〔一〕，几至愧死。

当今墨池龙象，惟玄宰为政。而令不肖操管步其后尘，正如鞭策疥骆驼，一步一唠耳。奉命涂抹，幸蒙面而藏之。

注释

〔一〕十重铠甲：喻脸皮厚也。五代王仁裕《开元天宝遗事·惭颜厚如甲》："进士杨光远，性多矫饰，不识忌讳，游谒王公之门，干索权豪之族，未尝自足。稍有不从，便多诽谤，常遭有势挞辱，略无改悔。时人多鄙之，皆云杨光远惭颜厚如十重铁甲也。"

点评

洪氏欲求眉公墨宝，故有此往还也。

答袁崇明〔一〕

某野人也，日与钓徒樵儿为伍，不敢通四方贤豪之牍。然明公声实已腾踔江南，不肖尝往来娄江，窃耳闻之。以明公之才品，颖脱刃游〔二〕，何所不辨？而乃蒲蛤之与俱，烟涛之与处，视古人乘桴浮芥者，亦何以异？所喜有《悟遗斋草》，时时向四大海水中现香光宝幢耳。

注释

〔一〕袁崇明：即袁宗锡，浙江慈溪人。万历四十五年至泰昌元年任崇明知县。

〔二〕颖脱：即脱颖而出。《史记·平原君虞卿列传》："平原君曰：'夫贤士之处世也，譬若锥之处囊中，其末立见……'毛遂曰：'臣乃今日请处囊中耳。使遂蚤得处囊中，乃颖脱而出，非特其末见而已。'"刃游：游刃有余。《庄子·养生主》："今臣之刀十九年矣，所解数千牛矣，而刀刃若新发于硎。彼节者有间，而刀刃者无厚；以无厚入有间，恢恢乎其于游刃必有余地矣。"

点评

眉公自称"不敢通四方豪杰之牍"，初不欲交际也。作于万历四十六年前后。

又答袁崇明

仰承明公垂意岩阿，置某于同调神交之末，感愧何可言罄。又辱札贶，虽未登龙门，而明公雅意，等于临邛三朝矣〔一〕。

年来浮伪波腾，文章吏治，置之高阁。独明公掇皮皆真，透胆俱彻，城如斗，沙如芥，劳心如苦行僧，洁己如隐君子，而犹时时不废啸歌，此真非簿书期会者可同年语也。

尹道尊诗文，新异高峭，字字当行。公若以《悟遗稿》呈之，度且恨把臂之晚耳。

注释

〔一〕临邛三朝：见卷一《与萧象林使君》注〔二〕。

点评

眉公对尹伸诗文的评价颇高。约作于泰昌元年前。

与萧象林户部

汉阳先生陇上送别以来，每思明公吏治文章，行谊谈笑，种种皆古人典型，而古道最与俗目相剌戾，非关宦拙，盖拙于谐世也。

思老盘礴翰墨，不复省有劫火事。但恨移家上海，从中划断我两人，三四月始得一见，风雨如晦，离索何如？

若不肖屏迹佘山，卖文为活，惟有白醉黑甜于茅茨篱落之间。明公服何首乌，已得一雄〔一〕，此后更有二索三索否？某诸子大都类柴桑、少陵儿〔二〕，然不至披猖也。

注释

〔一〕何首乌：李时珍《本草纲目》引李翱《何首乌传》言，一人年老体弱无妻子，得何首乌，"遂杵为末，空心酒服一钱。七日而思人道，数月似强健，因此常服，又加至二钱。经年旧疾皆痊，发乌容少。十年之内，即生数男"。

〔二〕柴桑：陶渊明《责子》："白发被两鬓，肌肤不复实。虽有五男儿，总不好纸笔。阿舒已二八，懒惰故无匹。阿宣行志学，而不爱文术。雍端年十三，不识六与七。通子垂九龄，但觅梨与栗。天运苟如此，且进杯中物。"少陵：杜甫《遣兴五首》之三云："陶潜避俗翁，未必能达道。观其著诗集，颇亦恨枯槁。达生岂是足，默识盖不早。生子贤与愚，何其系怀抱。”《王直方诗话》引黄庭坚评语曰："杜子美困于三蜀，盖为不知者诟病，以为拙于生事，又往往讥议宗文、宗武失学，故寄之渊明以解嘲耳。诗名曰《遣兴》，可解也。俗人便谓讥病渊明，所谓痴人前不得说梦也。”陶杜二公皆是自嘲。

点评

屏迹深山，卖文为活，盖写实也。约作于万历四十四年后。

答尹道尊[一]

小叙虽不敢附神交，颇亦得至人神情之仿佛。明公见之，度亦且笑且叹耳。吴草酷类少陵，读至满腹一归字，此古人不曾道语，亦俗人不肯道语。水声云气，盖滚滚出没于胸中也。

儒老矣，头童齿豁，不敢出事公卿。耒耜之暇，但愿明公以玩世心，行救世法。今霖雨连绵，如雨刀仗，花稻几汲汲矣。力请改折以救未来[二]，舍明公更谁望焉？

注释

〔一〕尹道尊：即尹伸，字子求，四川宜宾人。万历二十六年进士，初授承天府推官，屡迁南京兵部郎中、西安知府，复为陕西提学副使、苏松兵备参政。泰昌元年十二月，以病乞休。天启时，起故官，复任为分守贵州威清道。著作有《自偏堂集》《东游草》。

〔二〕改折：旧时赋税制度中以其他物品或银两替代原定应交物品的缴纳办法。谢肇淛《五杂组·地部二》："银之改折，亦为一时凶荒之极，米价腾涌而入价，以俟丰年之补籴也。"

点评

以玩世心，行救世法，眉公何尝不是如此？此书作于泰昌元年夏。

又

台台识超尘外，垂意山泽，既颁饮冰之俸，复贲表庐之典。逡巡至今，未敢泥首阶前，而札贶又寻至矣。不揣藉手一叙，以塞台委。若酬恩报知，老夷门一腔热血，故尚在也。

台台去就，某何敢与谋野之末〔一〕？第此时吏畏明怀，而明公正当驾轻就熟，其宜留者一。两无成心，何争小节，其宜留者二。当路之御李甚诚，及瓜不远〔二〕，其宜留者三。以鹓行汇征之时〔三〕，际龙飞综核之始〔四〕，岂忍荒遁，自外维新，其宜留者四。宛转再思，覃恩三代，此外臣之旷典，亦千载之一时，其宜留者五。此某窃附于父老子弟，而以攀辕附辙请也。伏惟明公俯听而采择焉。

注释

〔一〕谋野：见卷一《复范光甫》注〔四〕。

〔二〕及瓜：指任职期满。《左传·庄公八年》："齐侯使连称管至父戍葵丘，瓜时而往，曰：'及瓜而代。'"

〔三〕鹓行：指朝官的行列。《梁书·张缅传》："殿中郎缺。高祖谓徐勉曰：'此曹旧用文学，且居鹓行之首，宜详择其人。'"汇征：谓连类而进。《周易·泰卦》："初九：拔茅茹，以其汇，征吉。"孔颖达疏："汇，类也，以类相从……征，行也。"

〔四〕龙飞：指帝王的兴起或即位。《周易·乾卦》："飞龙在天，利见大人。"孔颖达疏："若圣人有龙德，飞腾而居天位。"综核：对事物进行综合考核以察其名称和实际是否符合。一般用于吏治。

点评

尹伸欲退隐，眉公劝慰。此书作于泰昌元年秋冬间，尹伸乞休前。

复鲍青浦〔一〕

昨承远役，征取事实，以复抚台，此皆出于台台推毂之过，感悚不可言。窃惟年逾耳顺，隐慝实多，岂敢自献自媒，妄希启事？嫫母以写照为慚，鬼魅以现形为惧，此某所以剌促逡巡，莫知置对者也。好事不如无〔二〕，古语良有深味。伏惟俯亮愚诚，特赐停寝。

注释

〔一〕鲍奇模：字赤城，浙江余杭（今杭州）人。万历四十七年进士，次年任青浦知县，天启二年至五年任上海知县，后升监察御史、巡按河南。

〔二〕《碧岩录》第八十六则："云门垂语云：'人人尽有光明在，看时不见暗昏昏。作么生是诸人光明？'自代云：'厨库三门。'又云：'好事不如无。'"

点评

大概青浦知县鲍奇模向巡抚大人推荐了陈眉公，提供某项政策咨询也。为完成使命，故有"远役"之累。眉公以"好事不如无"赠送鲍知县，意谓不想惹这个麻烦了。约作于天启元年。

答詹公〔一〕

蠖伏空山，不敢通姓名于当世作者。然每有三愿：弄采石月，摩敬亭云，见日至詹先生耳。

忽承札贶，以太君寿言见征。数十年神交，宁忍以蹇拙辞？敬赋短章，手书黄素。第诗字全拙，如蝉噪蚓蟠，无令履珠鸣玉之客，见而欲哕也。

某老矣，末由聚磕，倾倒河汉，三立之业〔二〕，弟几几望之。

注释

〔一〕詹公：即詹日至，安徽宣州人，与袁中道、艾南英等人皆有交往。余俟考。

〔二〕三立：见卷一《复郭青螺先生》注〔三〕。

点评

眉公卖文生涯一例。

答某丈

前承长公冲寒至海上，呵冻草传，始报一书。迄今硬坐荒山，如在井底，不复通名公之耗，得教真跫然音也。

吴兴子墨家，项背相望，率工词赋，而淹博逊之。独吾丈搜讨秘异，如陆澄、李琰之〔一〕，性之所好，乐而忘疲，真人踵息，君子安雅，具兼之矣。读《董广川启》〔二〕，从正字比合簸弄，大是奇文。条示五则，未遑研考。

年来纂集辽事，先实录，次志，次奏议，次文移，次尺牍，而恨家无储书，悉从友人借阅。倘得成编，亦目前徙薪畜艾之一助也。

《草堂渔古录》，见所未见。第恐三传、诸子、《史》《汉》，无摘选之理，诗赋无混入之理。《桃源》《五柳》《连昌》《长恨》《古战场》等类〔三〕，嫌其太著。《滑稽》《朱买臣》《阮籍》等类〔四〕，嫌其太寒。世有具眼人，未可轻行于艺苑也。弟之愚意，宜断自胜国而止，明则别自为录，去生而存死。盖选者未必德，而汰者易为仇。愿仁兄三思而斟酌焉。

注释

〔一〕陆澄：字彦渊，南朝宋人，好学博览，无所不知。王俭自称博闻多识，然不如澄之博学。澄欲撰宋书，不成。王俭称之为“书厨”。李琰之：字景珍，北魏人，早有盛名，时人号曰神童。经史百家无所不览，朝廷疑事多所访质。安丰王延明，博闻多识，每有疑滞，恒就琰之辨析，自以为不及。

〔二〕董广川：即董仲舒，广川（今河北景县）人。

〔三〕“桃源”句：分别指陶渊明《桃花源记》《五柳先生传》、元稹《连昌宫词》、白居易《长恨歌》和李华《吊古战场文》。

〔四〕“滑稽”句:分别指《史记》的《滑稽列传》、《汉书》的《朱买臣传》和《晋书》的《阮籍传》。

点评

眉公此书与某公探讨所谓《草堂渔古录》的编纂问题，纯是文人之事。而眉公自己关注的是时局，欲纂辑辽事为一书，以为徙薪蓄艾之助。这就是天启三年梓行的《建州考》。

答吴道尊〔一〕

辽东发难，貂参断绝，何敢复问之京辇故人？忽承远寄紫貂，适在山居赏雪，惊喜不自支。有客笑云，此更胜于豹席鹿裘，何以为报？某衔而心识之。

兹读素旻新集，才中宫商，奔应节数，精微丰办，未见其伦，传何疑矣。相不用众而用强，将不用寡而用弱，至人之语，切中膏肓。今内操祸远，内批祸速。若当事者拚官拚命以去就执正一番，此国家最上要着。第恐无此铁汉耳。疾雷崩潜，时局可骇。今不当艮而止乎〔二〕？

越中诸君，宁静无动，宁忧无喜，可也。台台以为何如？知己实难，愿言会晤。第明公门庭高峻，少所延纳。若置之麈尾之旁，但谈风月，不及公事，硁硁亦或能之，无奈老马何哉？客卜期以请。

注释

〔一〕吴道尊：即吴之甲，见卷二《答吴司理》注〔一〕。

〔二〕当艮而止：《周易·艮卦》："《彖》曰：艮，止也。时止则止，时行则行；动静不失其时，其道光明。"

点评

吴之甲馈赠紫貂，应无他求，可以想见眉公在当时士人心目中的位置。此书作于吴之甲浙江督学任内。作于天启年间。

答王丹阳〔一〕

春雨连绵，弟言果验。台台加意于邮徒狱囚、衣粮种种。今肉食者，何尝毫许念及此耶？明公真所谓借官修行冥德矣。非特虚怀听言，系一人知己之感也。

腊雪盈尺，遗蝗无种，但恐春潦秋旱，尚烦杞忧耳。台从过瀓郡，幸先期以报，移舟古松流水间，作片时画中人，何如？

注释

〔一〕王丹阳：即王志道，见卷二《与张五鹿太守》注〔三〕。

点评

眉公视王志道为知己，殆非虚语。作于天启元年，王志道丹阳任上。

答吴学道兹勉〔一〕

顷沈钱塘以《武举录》见寄，读台台后序，反复阴阳离合之间，英辩沸发，新藻群飞，二百年来无此痛快得意文字。正与门生辈环回玩味，而使者叩门，赍札贶远至，奇矣，奇矣。十年知己，相望三百里内，未通一书。乃蒙明公分俸于人所不知之人，又推毂于人所不知之地，诬饰蚯蚓，冀招神龙，非感死，则惭死耳。

往辇下有以实录见挑者，谨谢之云，某不愿与乡衮叙爵，而愿与乡衮序齿。不能修史，而喜劝诸君读史。今《通鉴》多束高阁，故士子全无忠孝之根。《水浒》乱行肆中，故衣冠窃有猖狂之念。若使先试论策，而后试经，以此为殿最登陟〔二〕，彼将染指濡首于涑水、紫阳〔三〕，以渐及于二十一史。反杜撰为体认，补空疏为精实，拨邪荡为检括。经正则庶民兴，史透则名臣出，非仗大有力者负之而趋哉？时事玄黄，殊骇观听，要亦不读《党锢传》〔四〕，及元丰、熙宁史书故也〔五〕。明公以为何如？

林梅已落，苏柳未眠，函盖之谈，卜在何日？

注释

〔一〕吴兹勉：即吴之甲，见卷二《答吴司理》注〔一〕。

〔二〕殿最：古代考核政绩或军功，下等称为“殿”，上等称为“最”。《汉书·宣帝纪》：“其令郡国岁上系囚以掠笞若瘐死者所坐名、县、爵、里，丞相御史课殿最以闻。”颜师古注：“凡言殿最者：殿，后也，课居后也；最，凡要之首也，课居先也。”

〔三〕涑水：指司马光，字君实，号迂叟。北宋陕州夏县（今属山西）涑水乡人，世称涑水先生。他主持编纂了《资治通鉴》。紫阳：指朱熹，字元晦，晚号晦翁、紫阳先生，著有《四书章句集注》和史书《通鉴纲目》等。

〔四〕《党锢传》：即《后汉书·党锢传》。

〔五〕元丰、熙宁：皆北宋神宗年号。这期间发生了熙宁变法、元丰改制等事件。

点评

眉公自谦不能修史，而喜劝人读史。先史后经，反杜撰为体认，补空疏为精实。此书作于天启间吴之甲浙江督学任内。

答南二太〔一〕

台台追锋入吴〔二〕，吴中将吏属鞬负弩于阶下者，排如墙堵，而子大夫文学又继之。度明公应接不暇，而独为山泽老癯抽思〔三〕。七言二律读之，如玄酒太羹，味之有青精丹霞之气，明公真恢恢至人之应世乎？至于手书厚贶，专使远将，更出意外。藉手拜登，便可作乘屋缉裘之助。

第病疟初平，未遑赓和来美，俟神气少旺，或并作瀑园诗奉寄博笑也〔四〕。经略全河，止求便一时转漕，非必建万世长策。得已，有孟子之行所无事；不得已，有孔子之节用爱人〔五〕。目前朝野单空，舍明公救时豪杰，又谁望哉？

扁联力疾涂抹，恐为园疥，谨百叩以复召命。淮流如带，雁鲤非遥，容觅便邮，以布谢悃。

注释

〔一〕南二太:即南居益，字思受，号二太，陕西渭南人。万历二十九年进士，授刑部主事，三迁广平知府，擢山西提学副使，雁门参政，历按察使、左右布政使，并在山西。天启二年，入为太仆卿。明年擢右副都御史，巡抚福建。

〔二〕追锋:《晋书·舆服志》:“追锋车，去小平盖，加通幰，如轺车，驾二。追锋之名，盖取其迅速也，施于戎阵之间，是为传乘。”

〔三〕抽思:抒发情思。《楚辞·九章·抽思》:“与美人之抽思兮，并日夜而无正。”

〔四〕瀑园:天启元年，南居益自晋归，得瀑于沈川之西原，爱而买之，遂建瀑园，并作《瀑园记》。

〔五〕“孟子”句:《孟子·离娄下》:“禹之行水也，行其所无事也。”“孔子”句:《论语·学而》:“敬事而信，节用而爱人，使民以时。”

点评

南居益巡抚福建，请求眉公为其瀑园做匾额、楹联。此书盖作于天启三年。

与王季重使君

某循分守拙，与樵童渔叟，混迹于山巅水涯。虽蒙赐顾城居，仅一谒谢，尚未登元礼之堂〔一〕，识荆州之面也〔二〕。犹谓父母孔迩，所以酬知报恩者有日，而今已矣。

寸心未死，秃管尚在，雪谗理枉，岂后古人？自来蠖屈而伸，鹏息而飞，非特造物之成就有机，即圣贤之处困亦必有道。愿明公勿介介胸中，则十五城、九万里故在也。

注释

〔一〕元礼：即李膺，字符礼，东汉颍川襄城（今河南襄城）人。礼贤下士，为官清正，《资治通鉴》卷五十五云："时朝廷日乱，纲纪颓弛，而膺独特风裁，以声名自高，士有被其容接者，名为登龙门云。"

〔二〕韩荆州：见本卷《答杜日章》注〔三〕。

点评

万历三十九年，王思任因漕运行催不力，巡漕列名指摘，罚俸一年，因此去官。王思任官场颇不得意，眉公时时慰存之，二人交谊匪浅。作于万历四十年前后。

答季重

明公孝友之性，通于神明；文武之才，可备缓急。曾与夏许二公言之，京中惟思老一人，几类硕果。枚卜将近〔一〕，指摘必多。第愿其归，不愿其留矣。

从来士大夫有鹬蚌之形，则中宫必收渔人之利。今手辣手滑，渐不可支，其根荄皆从庇护汪文言〔二〕，而缙绅受祸至此。比之匪人，不亦伤乎？不有君子，其能国乎？可叹，可叹。此时《申屠蟠传》不可不读〔三〕，想明公笑而颔之矣。

别论云云，大非本怀。弟答思老云，山泽之癯，与乡衮序齿，不与乡衮序爵，无以腐鼠吓也。绣佛一幅、白衲布二端伴函。呵冻草草。

注释

〔一〕枚卜：《尚书·大禹谟》："枚卜功臣，惟吉之从。"孔传："枚谓历卜之而从其吉。"明代专指选大臣为大学士，入内阁主事。

〔二〕汪文言：本名汪守泰，安徽歙县人，和杨涟、左光斗等过从甚密。在《东林点将录》中为"鼓上蚤汪文言"。魏忠贤逮之下狱，被锦衣卫指挥使许显纯拷打至死。

〔三〕申屠蟠：陈留外黄（今属河南）人，字子龙。九岁丧父，家贫，为漆工。为郭泰、蔡邕等所重，为东汉极重节义之士。详见《后汉书》本传。

点评

奉劝王思任读申屠蟠之传，韬光自晦，明哲保身。作于崇祯元年。

答沈雨若〔一〕

吾兄公车之文，沉雄痛快，秀爽神奇，自是百发百中之技，愿坚固此愿，勿以多事疏，勿以多病厌，勿以诗歌诗人夹杂之。究竟脱此铁担，可以扬眉千秋。若不肖瘦马恋栈，饥乌恋巢，终非大丈夫事。

注释

〔一〕沈雨若：即沈春泽，见卷一《复沈雨若》注〔一〕。

点评

眉公自己虽然谢去青襟，绝意仕途，然犹时时鼓励友人追求功名。

答张公〔一〕

骢马巡方〔二〕，山岳摇动，而明公式庐下榻〔三〕，皆出意表度外。今复遗赐别仪，绸缪宛转，恩知实难，未审何日复作延津之合也〔四〕。

目今边事外呼而内不应，下呼而上不应，众呼而独不应。部事内呼而外不应，上呼而下不应，独呼而众不应。犹望宫府调和，雨旸时若，庶几可幸斯须之安，而加之以门户坚牢。水灾暴作，明公救滔天之横流易，救无天之横言难。烁金不灵，完璧如故，入水入火，入群入行，操降魔杵、照胆镜，以观物情之变，明公真神人也。

注释

〔一〕张公：即张延登，见本卷《复张公》注〔一〕。

〔二〕巡方：指天子派大臣巡察四方。《北史·魏纪三·孝文帝》："己亥，遣侍臣巡方省察，问人疾苦，黜陟守宰。"

〔三〕式庐：犹式闾。车过里门，人立车中，俯凭车轼，表示敬意。式，通"轼"。《尚书·武成》："释箕子囚，封比干墓，式商容闾。"孔颖达疏："式者，车上之横木，男子立乘，有所敬则俯而凭式。"引申指登门拜谒。

〔四〕延津之合：见卷一《与顾冲庵公子》注〔六〕。

点评

对于一般的官宦，眉公不主动拜访。这是对方登门拜访，眉公作书答谢。作于崇祯元年前后。

与福建南中丞〔一〕

国朝社稷臣，推靖远、新建〔二〕，皆由经略蛮夷起。红夷跳梁，明公谈笑迅扫之〔三〕，全闽始有宁宇，实与两公鼎峙而三。监府程书，焉可诬也？某藉手一叙〔四〕，以报神交知己，视碑记差觉加详，野史之笔，即国史或有取征焉。

近来人才偏枯于门户，非名相不能善用众。兵饷浪费于军兴，非名将不能善用寡。屈当代指，舍明公其谁？特山泽未敢深言耳。时事日异月新，闻之可怖，若使去君子已甚之行，化小人未形之恶，何至披猖至此？向来当路诸公，不得不任其责也。

注释

〔一〕南中丞：即南居益，见本卷《答南二太》注〔一〕。

〔二〕靖远：即王骥、字尚德，束鹿县（今河北辛集）人。永乐四年中进士，官拜兵科给事中，宣德十一年由行在兵部右侍郎晋升为兵部尚书。曾在北方击败蒙古瓦剌部的入侵，在南方平定了少数民族的叛乱。后因功封靖远伯。新建：指大儒王阳明，因平定宁王朱宸濠等叛乱，封为新建伯。

〔三〕“红夷”句：天启二年，荷兰殖民者占据澎湖，不断袭扰福建沿海。南居益出任福建巡抚后，征调各路水军，于天启四年，彻底将荷兰人逐出澎湖。

〔四〕藉手一叙：指《晚香堂集》卷三《贺福建南大中丞平红夷序》。

点评

对于门户之争，眉公提出的化解之法，就是消除戾气，“去君子已甚之行，化小人未行之恶。”作于天启四年。

答许惺老〔一〕议淮兑

旧淮抚苏公，奏请回空仓，免守冻。淮兑虽出〔二〕，一时权宜，将来恐为永例。两台喻意，索公呈，不索公书，以公书不便入疏也。

收兑之设，向来移军以就仓，岂能装米以就军？但管仓以内，岂能管仓以外？今收之于仓，而运之于淮，是兑役而兼北运之半矣。民弱军强，有何法度可以弹压？米多船少，有何钱粮可以雇募？客船相戒不入，有何巧妙可以招徕？风波何以搭救，损坏何以抵偿，守候何以脱卸，盘缠何以借贷，偷窃何以稽查，争斗何以排解，舟薄何以重载，重载何以过闸？非惟粮长无此千手千眼，即县大夫亦不能人人遥制，有此千百亿化身也。欲通反成挤轧，欲快反致羁迟，其大不便于漕者如此。

惟有查回空，赶回空，不得随处耽延，故作守冻，此淮抚遣官遣牌之事也，公中之公也。拨回空，不拨守冻，尽数先下，松江船到即兑，此朱云老克期克限之事也，虽私亦公也。

目今粮长之公呈上两台〔三〕，士大夫之公书致云老，则事体直捷而委当矣。惟老先生裁之。

注释

〔一〕许惺老：即许乐善，字修之，号惺初，松江府华亭人。隆庆五年进士，历任郏县令、巡按直隶御史、太仆寺少卿，官至南京通政使致仕。

〔二〕淮兑：《明史·食货志三》云："江南民运粮诸仓，往返几一年，误农业。令民运至淮安、瓜洲，兑与卫所，官军运载至北，给与路费耗米，则军民两便。是为兑运。"

〔三〕粮长：明代地方征解田粮的半官职人员。

点评

陆云龙《翠娱阁评选十六名家小品》评此文云："直欲东南造命。条晰辨而确。不得以白衣卿相相訾。"眉公另有《淮兑议》，可以参看。

盖作于万历三十九年许氏致仕之后。

答熊经略〔一〕

某屏迹空山，每读经略疏牍，字字批点，行行寻绎，如秀才读举业相似。因叹曰："天地千铸百炼，生得如此忠孝奇男子。有识者当仰承祖宗、皇上德意，爱惜调护，以竟社稷之功。摧残不遗余力，非特辽人哭，京师人哭，即不肖老愚无知，为饮泣不寐不食者数矣。"

古今负屈无如岳少保、于少保〔二〕，同时同志之友，谁肯慷慨论列，剖心沥血以明之？直待锋焰平，议论定，恩典加，在国家曾无分毫之益，而两公已先受万分之苦矣。天乎，岂独一台台困网罗哉？

不死即是君恩，人心即是天意。伏愿平气慎言，静须缓急宣召。更有进者，以素患难之学问，参了生死之工夫。四大非真，寸阴可惜，福堂之内，恐不当作寻常掷过也。

迂叟报知，不喜以儿女语进。别有手书《清明曲》一卷，附呈博笑。

注释

〔一〕熊经略:即熊廷弼,见本卷《答孙子长学宪》注〔三〕。

〔二〕岳少保:即岳飞，南宋将领、抗金英雄，官至少保、枢密副使,封武昌郡开国公。追谥武穆,后又追谥忠武,封鄂王。于少保:即于谦，字廷益，号节庵，钱塘人，永乐十九年进士。历官御史、巡抚、兵部侍郎、兵部尚书加少保衔、总督军务。正统十四年土木堡之变，英宗被俘，他力排南迁之议，坚请固守。天顺元年英宗复辟，被诬陷冤杀。

点评

天启元年，熊廷弼辽东兵败，又陷于党争，此其被辱之时也。

答某公

往从沈令君处，始通起居。嗣后屏迹荒山，削影城市，一味如退堂老僧，不敢以无情寒暄，相聒于名公大人，非忍有遐心也〔一〕。

令侄洒凡至，始悉动定，且闻有关中新命，百倍喜跃。所恨熊经略抵死一年，匹马不入，即古赵充国、李牧守边何异〔二〕？无端笔舌，摧此金汤，可恨，可恨。

经略大章法，全在怀柔西虏，以离东酋。今纲纽一弛，将东西连衡而起，千疮百孔，左支右吾，及至此而复思用熊公，晚矣。明公为国是愤懑，又不独在声应气求之间也。

令侄彬彬德矩，故是宗雷素心中人〔三〕。把臂数日，弥觉异趣。惜此中馆谷，半为有力先得之。百口推毂，卒无善地。仰负远托，惟有惭惶耳。

注释

〔一〕遐心：与人疏远之心。《诗经·小雅·白驹》："毋金玉尔音，而有遐心。"

〔二〕赵充国：西汉名将，见《汉书》本传。李牧：战国赵国良将，见《史记·廉颇蔺相如列传》。

〔三〕素心人：陶渊明《移居》云："闻多素心人，乐与数晨夕。"宗雷：指宗炳、雷次宗。唐法琳《辩证论》卷三列刘遗民、周续之、毕颖之及宗、雷二人为五贤，此五人皆在庐山隐居，与陶渊明有过交往。故皆可称为素心人。

点评

某公托眉公为其侄谋一教职，故有此往还。此书作于天启六年。

与孙三府〔一〕

娇鸟浓花，空山增黛，明公褰帏问俗，或可乘间一访野人。第上下礼绝，而茅容草蔬、丈人鸡黍，又不敢以献，故逡巡待耳。

适读扇诗，奇隽清真，色香味俱绝，此大历以来正始音也〔二〕。手书飞动，深于古法。玄宰卷，得明公蘸笔数语，便令烟云拂拂从十指间出。若非当行家，不敢浪求也。

不肖拙腕，何能涂抹，谨如台命，粗完笺扇。正如见疥骆驼，令人欲唠耳。

注释

〔一〕三府：即通判，其官阶低于知府、同知，故称三府。崇祯《松江府志》载万历天启间松江通判有孙应昆者，应是此人。应昆，字叔原，江西大庾人，选贡，万历四十四年任通判，四十八年升同知。

〔二〕正始之音：指纯正的乐音。《文选·卜商〈毛诗序〉》："《周南》《召南》，正始之道，王化之基。"

点评

孙氏慕名求扇面。作于万历四十四年后。

复某丈

某山泽之癯，不足比于作者。忽承以二尊人传见属，词旨酸楚，读之戚戚心动。当此坚冰怒风，漉泥茀草，鸡骨无多〔一〕，鹃血垂尽〔二〕，门下之仁孝何如而忍辞之也。第小缓时日，具草请正。倘先得志状见示，沾膏借馥，亦可为兔颖之一助耳〔三〕。望之，望之。

注释

〔一〕鸡骨，比喻嶙峋瘦骨，瘦弱的身体。《世说新语·德行》："王戎、和峤同时遭大丧，俱以孝称。王鸡骨支床，和哭泣备礼。"

〔二〕鹃血：传说杜鹃啼声凄苦，昼夜不止，甚至口中流出血来，故称。常以形容悲怨之深。王夫之《读指南集》诗之一："鹃血春啼悲蜀鸟，鸡鸣夜乱度秦关。"

〔三〕兔颖：兔毛制的笔。亦泛指毛笔。

点评

寻常应酬之作，某氏请为其尊人作传。

与朱平涵

忧饷当先忧兵，清兵方可清饷，此真实富强语。时平作僧，有事为勇将杀贼，亦真实誓愿语。快哉，非弟知之而谁也？

京师地震，则臣道不宁。江南地震，则吴越大水。今七月水势未消，暴雨数下，十路九断，十室九空，粟价翔踊，无可告贷。枵腹之饥民，横目之悍卒，能坐而待死乎？幸而得生者，有救荒宰相在，则明公是也。有救荒宰相之门生在，则抚台周公祖也〔一〕。今万姓嗷嗷，不敢十分奢望，止求查三十六年荒例，按而行之，而漕折带征，尤为用恩吃紧第一义。谅明公必不引桑梓为嫌，大司农必不援军兴借口。

此东南百姓呼吸存亡之秋，故特撰荒政一篇，奉尘台览〔二〕。盖实腹正以实边，救荒即以救乱。倘蒙采择，未必非人事补天之一助也。

注释

〔一〕周公祖：指周起元，字仲先，号绵贞，福建海澄人。万历二十九年进士，天启四年，以右佥都御史巡抚苏松。

〔二〕奉尘；送著作给别人的谦辞。谓文笔浅陋，有污尊眼。

点评

天启四年，江南大水。眉公致书朱国桢尽力救灾。

答汪介如〔一〕

读《倚剑亭草》，想见先生之春容闲旷。胸中无一点事，故笔端无一点尘。恨不草屦相从，抵掌于石鼎松风之侧〔二〕。而以老怯出门，未曾亲经至人棒喝，终是空山瞌睡汉耳。

迩来乡饮溷杂，几类墦间，谋者荐者皆以孔方为政〔三〕。先生此笺，堤防世教不浅。弟有数语，颇觉伤时，乃知迅雷疾霆，不如和风甘雨多矣。谨录呈览，敢附同心。幸惟笑而置之。

注释

〔一〕汪介如：即汪时和，字介如，浙江遂安（今浙江淳安）人。汪乔年之父，诸生。

〔二〕石鼎：陶制的烹茶用具。唐皮日休《冬晓章上人院》诗："松扉欲启如鸣鹤，石鼎初煎若聚蚊。"

〔三〕孔方：钱的谑称。旧时铜钱外圆，中有方孔，故名。《汉书·食货志下》"钱圜函方"条颜师古注引孟康曰："外圆而内孔方也。"晋鲁褒《钱神论》："钱之为体，有乾坤之象，内则其方，外则其圆……亲之如兄，字曰孔方，失之则贫弱，得之则富昌。”

点评

眉公为汪氏作《倚剑亭草叙》。约作于天启初年。

答汪比部〔一〕

尊严朱门蓬户，咏歌不辍声。正如深山道士，衣草茹菌，虽王公大人见之，不觉屈膝。近集就梓，已章一生苦心，此后便可登山掘药，以希难老之助。某幸未死，犹能负琴腰笛，觅于倚剑亭前耳。

昔老泉《嘉祐集》，皆以子瞻、子由暴于人间。明公昆季，正其人其时矣。国朝有热审，无寒审〔二〕，冻馁并迫，惨于镆邪。乞明公特疏上请，倘获俞允，广天子之好生，益尊严之上寿，其为功德如何哉？望之。

注释

〔一〕汪比部：即汪乔年，字岁星，遂安人。天启二年进士，授刑部主事，历郎中。崇祯二年起工部，迁青州知府。十四年，擢右佥都御史，巡抚陕西。后任兵部左侍郎，陕西总督，李自成陷襄阳，殉难。

〔二〕寒审：见卷二《答吴司理》注〔二〕。

点评

眉公为苍生想，力劝在热审之外，另立寒审。作于天启年间。

答潘公曾纮〔一〕

东坡云，中年以后，何事不有。先荆之变，非衰老所堪。近始得孙，不见含饴大母，念之不觉凄然。

李焘《长编》，《北盟录》《宋遗民录》，弟未有藏本，曾虎臣《能改斋漫录》，为潘安期借去五六年，已作泥牛下海矣。

闻明公整齐《宋史》，一洗胡元秽笔，大是快事。此后凡有宋辽金元说部，当粘之壁间，四面购访，而弟则架上寥寥，皆行秘书之余唾残沛耳〔二〕。

注释

〔一〕潘曾纮：字昭度，乌程人。万历四十四年进士，崇祯七年官江西巡抚。李自成军攻京都，曾提兵勤王，卒于军中。家富藏书，决意改写《宋史》。清兵南下，藏书遭劫，清兵竟用其藏书在溪流中叠桥为渡。著有《芳荪馆遗稿》。

〔二〕行秘书：泛称博闻强记的人。唐刘悚《隋唐嘉话》

卷中："太宗尝出行，有司请载副书以从。上曰：'不须。虞世南在此，行秘书也。'"

点评

明代以来，欲重修《宋史》者在在多有，此潘氏即其一。然亦未能毕其功。约作于天启七年。

复卓令君〔一〕

鄙儒硁硁，虽盈盈一水，不敢荷衣蕙带，以谒兰台之室，正恐类于山人游客耳。门户纷嚣，独闽中无党。今时局稍更，乃知明公立于四虚之地〔二〕。非有定识者，不能以此众正倡，国家实受其福矣。

注释

〔一〕卓令君：即卓迈，字真初，福建莆田人。万历四十七年进士，天启四年任嘉定知县，后官至顺天巡按。天启六年为魏忠贤建生祠，成为魏党御史。崇祯二年被田时震劾以党逆之罪。

〔二〕四虚：《庄子·天运》："傥然立于四虚之道。"郭象注："四虚，弘敞无偏之谓。"成玄英疏："傥然，无心貌。立于四方空大之道。"

点评

眉公对党争颇为反感，赞扬闽中无党。然而，这位卓知县后来还是成了魏党的一员。作于卓氏嘉定知县任上。

答赵二府时升宗人府经历

明公为郡司农，釜可生鱼，罗可张雀。尝与夏君言之，而今且已矣。

时局一新，使人咋指〔一〕。大老几空，将相属之谁氏？人才偏枯于门户，善用众乃良相也。兵饷糜费于军兴，善用寡乃良将也。明公袖手而坐局旁，当必有权舆宿具于度内者，恨不能抵掌一快谈耳。

注释

〔一〕咋指：谓咬指出血以自誓。唐韩愈《答张彻》诗：“悔狂已咋指，垂诫仍镌铭。”

点评

赵二府，参见卷二《答赵同知》的考证。“袖手而坐局旁”，正可移评眉公也。约作于崇祯元年。

答湖州朱相公时天启丙寅

明公解相印，正在斜风猛雨、危湍骇浪之时，把舵收篷，气力百倍。古云，负天下之望者，求退良难。今温旨放还，尊以元辅，非廉洁忠诚，何以得此异数乎？

今士大夫不特昏头昏脑，僵头僵脑，且将国家事弄得痴头痴脑，无头无脑。若使君子不为已甚，小人不与作缘，何至披猖至此？屈指救时豪杰，惟明公一人足以兼之。其如凤览不下，龙潜不出，奈何哉？

南都宗伯〔一〕，度故人推挽居多。若到任，即请引年〔二〕，不至落恶少年描画手。弟感怀有诗云："急流勇退贤哉二，直谅多闻益者三。"盖以明公望思老也，附此博笑。

注释

〔一〕宗伯：官名，周代六卿之一。掌宗庙祭祀等事，即后世礼部之职。因亦称礼部尚书为大宗伯或宗伯，礼部侍郎为少宗伯。《周礼·春官·宗伯》："乃立春官宗伯，使帅其属而掌邦礼，以佐王和邦国。"郑玄注："宗伯，主礼之官。"

〔二〕引年：谓古礼对年老而贤者加以尊养。后用以称年老辞官。《礼记·王制》："凡三王养老，皆引年。八十者一子不从政，九十者其家不从政。"

点评

天启六年，朱国桢辞去首辅之职。“急流勇退”，正是眉公欣赏的人生态度，眉公尝为范蠡、鲁仲连、张良和李泌四人作《四先生赞》，皆功成身退者。

答杭州闻子将〔一〕

两度得手书，词旨娴秀，把玩不释手。须溪九种书〔二〕，洗发后学眼目，惜其父子不载史，俟冗过检考之。此公读书甚幽，迹甚潜，知人论世，吾辈后死者之责。若其玄解，识者自能点头领会，不复切切也。谨具稿请正，乞以楷字梓之，行草非古，乃迩来恶札恶习耳。

《左传》久阁笔，恐不能作叙。《世说》妙在叙事如画，不止微言冷语。若老庄林注却俗，删之快人。而老氏注尤带学究村气，读之想当作呕也。舍亲张昂之令庐陵，乞寄一部示彼。转索未见之书，或须溪有缘，借力县大夫穷搜力购。郑渔仲访书之法〔三〕，因人而求，因地而求，正此类矣。弟老作赴应僧语，何堪灾枣？

时事日异月新，使人浩叹。弟昔年寄书杨淇园公，君子去其已甚之行，小人化其未形之恶，不幸今且验矣。

思老、彦直俱已还，相戒为申屠蟠，无为杨恽也〔四〕。

注释

〔一〕闻子将：即闻启祥，字子将，钱塘人。万历四十年举人，后屡被荐征，坚辞不赴。子将是杭州西湖畔文学社团小筑社的主要成员，刘须溪所评九种书即为该社所刊。陈眉公《晚香堂集》卷一有《刘须溪先生评点九种书序》。

〔二〕须溪：即刘辰翁，字会孟，号须溪，江西庐陵人。宋理宗景定三年进士，宋亡后，隐居著书，尤其在文献评点方面卓有成就。景明小筑刊刘须溪评点九种本，包括《班马异同评》《老子》《庄子》《列子》《世说新语》《王摩诘诗评》《杜工部诗集评》《李长吉歌诗评》和《苏东坡诗评》九种。

〔三〕郑夹漈：即郑樵，字渔仲，福建莆田人，南宋史学家、目录学家。不应科举，居夹漈山上，学者称夹漈先生。郑樵在《通志·校雠略》中提出“求书八法”：一曰即类以求，二曰旁类以求，三曰因地以求，四曰因家以求，五曰求之公，六曰求之私，七曰因人以求，八曰因代以求。

〔四〕申屠蟠：见本卷《答季重》注三。杨恽：司马迁之外孙，一度被封为平通侯，但为人锋芒毕露，被贬为庶人。后仍不知与时消息，再度入狱。廷尉按验时，在他家中搜出《报孙会宗书》，宣帝大怒，判以大逆不道罪，腰斩于市。详见《汉书》卷六十六本传。

点评

处乱世，眉公提倡隐匿存身。刊书应以楷书梓之，勿用行草，皆有道之言。刘须溪九种书刻于天启四年，可证此书写作时间。

答镇江庄五修先生

弟老不出山，仅从游衲游客，讯有道起居。谂知鲁灵光岿然独存〔一〕，欣慰无比。往甲子地震。地，坤道也，臣道也。今上公巨卿，皆入罻罗〔二〕。四郡年荒粟踊，此时博得饱食甘眠，觉过无涯之福。况先生杜门静坐，百不相关。申屠蟠、庞德公，岂必求之汉季哉？弟谨守磨兜坚〔三〕，差不辱知己。

第文逋客债，弥老弥多，转恨所居之不深密耳。若妻儿之丧，大限已到，各自分飞。东坡云，人过中年，何事不有，只得理遣之。业埋青山之坎，亦是減塑中事也。承念敢此奉慰。

贺公祖屡次见招，行止未定，然不如挽须扪膝于绿阴浓处，较是本色。何如？

注释

〔一〕鲁殿灵光：指硕果仅存的人或事物。汉王延寿《鲁灵光殿赋并序》云："鲁灵光殿者，盖景帝程姬之子恭王余之所立也。遭汉中微，盗贼奔突，自西京未央建章之殿，皆见隳坏，而灵光岿然独存。"

〔二〕罻罗：捕鸟的网。《礼记·王制》："鸠化为鹰，然后设罻罗。"此借喻法网。唐吴兢《贞观政要·纳谏》："符瑞虽臻，而罻罗犹密。”

〔三〕磨兜坚：诫人慎言的意思。宋袁文《瓮牖闲评》卷八：“唐刘洎少时，尝遇异人谓之曰：‘君当佐太平，须谨磨兜坚之戒。’谷城国门外有石人，刻其腹曰：‘磨兜坚，慎勿言。’故云。”

点评

眉公每叹人情债太多，转恨所居不深密耳。然事情皆有两面，人情债的背后少不了名利二字。想眉公也未必能完全超脱吧？作于泰昌元年后。

答潘遗民

久不见道兄，如慕古人也。世味如嚼蜡〔一〕，亦复何味？弟屏居山中，犹有不韵客、违心语，冲冲往来。头童齿豁，犹作赴应僧，可怜矣。

落羽非异事，第哭孙儿女痘殇。人孰无情，念之恨不能炙臂分痛。

弟此间屋少蚊多，即有僧舍，为郡中逢掖诸君借尽，僧攒眉不能却，百方游说不能去。此在在皆然，微独峰泖间也。当此奇暑，二兄姑俟秋深，盘礴凉月微飔之前，较是两便。

昔沈石田先生遇雨〔二〕，傍农庄泊船，老农呵之使去。

石田云：“我好人也。”老农云：“岂有好人六月出来？”石翁闻之警悟，自此大暑禁足。每云彼处农师，是我导师。敢附一笑。

注释

〔一〕嚼蜡：比喻无味。《楞严经》卷八：“我无欲心，应汝行事，于横陈时，味如嚼蜡。”

〔二〕沈石田：即沈周，字启南，号石田、白石翁、玉田生、有竹居主人等。长洲（今苏州）人，著名书画家。

点评

潘遗民想是借屋而居，眉公不愿借，即僧舍亦不愿出面借。沈石田故事，别有意味。潘遗民殊不晓事，亦见二人情分未到。作于万历末年。

与杨淇园侍御〔一〕

明公挂冠神武，祥凤冥鸿，有识钦叹。当今风波刺天，虞罗匝地，非特求进难，即求退尤难。自今以后，策韩蕲王之骡〔二〕，放林处士之鹤〔三〕，山北山南，安往而不自适哉？

时事极可怖，未敢深言。三年前，某曾云，去君子已甚之行，化小人未形之恶，天下尚可为。今皆反是，不幸而鄙言验矣。虽识者欲起而救之，无及矣。人才坏于“分别门户”四字，兵饷耗于“扫穴犁庭”四字，此国家第一根本大虑。舍此不图，而惟疾风、暴雨、迅雷、震霆之是快，朝野宁有太平日耶？知明公阅世愤世，恨不面谈以抒嫠杞之忧耳。

注释

〔一〕杨淇园：即杨廷筠，见本卷《答杨学台》注〔一〕。

〔二〕韩蕲王之骡：韩世忠，字良臣，延安人，两宋之际与岳飞齐名的抗金名将。宋孝宗时，追封蕲王，谥号忠武。《夷坚志》载，韩郡王既解兵柄，逍遥家居，常顶一字巾，跨驳骡（按世传韩蕲王骑驴，此与《齐东野语》俱作骡），周游湖山之间。

〔三〕林处士之鹤：宋代林逋隐居杭州西湖孤山，无妻无子，种梅养鹤以自娱，人称“梅妻鹤子”。参阅宋沈括《梦溪笔谈·人事二》。

点评

人才坏于分别门户，兵饷耗于扫穴犁庭，这就是明末的无解之局。眉公确有识见。作于天启六年。

与周公玉绳〔一〕

往承先太史垂访于京口，客岁又数顾于白石山，留连觞咏，神审甚正，议论甚爽，饮啖步武甚健，即使姑布子相之〔二〕，无一死法。而忽闻游岱之耗〔三〕，惊悚不可言。某即欲躬诣几筵，顷且病疟者月余，礼六十不越疆而吊〔四〕，况近七疲曳之杖，不能出篱落十步外者乎？特陈香帛，附瑞征兄溯风遥拜而荐之。

至于御李识荆之诚〔五〕，缠绵已久。今未敢以寒暄溷孝思，请俟异日，三熏三沐而请教焉。

注释

〔一〕周玉绳：即周延儒，字玉绳，号挹斋，江苏宜兴人。万历四十一年会试会元，殿试状元，授翰林院修撰。天启七年八月，熹宗驾崩。崇祯帝即位不久，便召周延儒回北京，授以礼部右侍郎。崇祯二年，特拜延儒礼部尚书兼东阁大学士，参预机务。崇祯三年九月，拜周延儒为首辅。后因谎报军情，于崇祯十六年十二月，崇祯帝命人传诏，勒令周延儒自尽，籍没其家。

〔二〕姑布子：《荀子·非相》："古者有姑布子卿，今之世，梁有唐举，相人之形状颜色而知其吉凶妖祥，世俗称之。"《史记·赵世家》亦载其看相故事。

〔三〕游岱：死的婉称。晋张华《博物志》卷一："泰山，一曰天孙，言为天帝孙也，主召人魂魄。"

〔四〕越疆而吊：《礼记·檀弓》："五十无车者，不越疆而吊人。"

〔五〕御李：见本卷《答杜日章》注〔三〕。

点评

此吊问之作。约作于天启五年。

答游勿碍

某硁硁日坐三家村，正如杜五郎不曾出篱落十步外〔一〕。即有四方长者，皆偶从行卷中识其姓名。读《弇州集》，得宗谦先生。读《闲居诗》，得勿碍先生。疑节侠，疑高隐，疑祖师禅，而皆未尽其思路之幽微、寄情之闲淡，味外味、趣外趣，一似神仙中之诗人，非诗人中之神仙也。

弟倔强，气吞余子，今不得不以代兴推卿。俯仰宇宙，同调甚难，何日握麈相难于竹风莲露之下，大是快事。

第不佞老矣，一味作减塑，不愿作增塑。尊罍笔砚，皆非意中事。而门下奖饰过情，推而附之，坠而损之。若以为犹可厕名贤坫坛之末，使人汗且及踵。惟有十重铠甲障面耳。

杨公叙具草请正，度无足为重轻。吴郑两公，皆海内卧龙卧彪，倘有搜访奇才者，当惟力是视。

注释

〔一〕杜五郎：见本卷《答杨文弱计部》注〔三〕。

点评

游氏请眉公撰文，故有此往还也。

答杜筏城丈〔一〕

某蝬蛰东佘山，已二十余年矣。凿坎一抔，缚茅一把，沟池花木，具体而微。少暇则负锸于山，濡毫于砚，一生与弟结缘者，石耳。

近幼安兄新构小庄，颇觉邻近，几如庞德公望衡瞻宇。恨次公、长公，未得团栾观望，共作桑上桑下之谈〔二〕。然两公亦何尝不相对栩栩也。

南都满目佳丽，而无扑面风尘，一乐。不骑而舆，二乐。形影则棠棣，唱和则埙篪〔三〕，三乐。风波灾异，北动南静，四乐。昔之吏隐，在金马门〔四〕；今之吏隐，又在金陵矣。

弟衰相俱现，世念全灰。既不能为五色蠹鱼〔五〕，又不能为八公鸡犬〔六〕。日手《老》《易》，以希苟全，而愦愦仍如故。台丈乃以南阳、东山见挑〔七〕，弟面薄，岂能着十重铠甲耶？愧死。

笺楮谨应命，真所谓惊蝴蝶、疥骆驼也。名香珍于鹧斑，冰丝薄于蝉翼，雅意绸缪，感缠心腑。毕公祖书仪领讫〔八〕，肃具报书，并望转投申谢。

注释

〔一〕杜筱城：即杜士基，字彦恭，号筱城，上海人。万历二十二年举人，曾任南京兵部郎中。博雅嗜古，善楷书，尝手抄二十一史，精好绝伦。与兄杜士全、弟杜士雅皆名于时。

〔二〕桑上桑下：见本卷《答潘朗士》注〔二〕。

〔三〕常棣：《诗经·小雅·常棣》篇，是一首申述兄弟应该互相友爱的诗。“常棣”也作“棠棣”。后常用以指兄弟。埙、篪：皆古代乐器，二者合奏时声音相应和。因常以“埙篪”比喻兄弟亲密和睦。《诗经·小雅·何人斯》：“伯氏吹埙，仲氏吹篪。”《毛传》：“土曰埙，竹曰篪。”郑玄笺：“伯仲，喻兄弟也。我与女恩如兄弟，其相应和如埙篪，以言俱为王臣，宜相亲爱。”

〔四〕金马门：《史记·滑稽列传》：“（东方朔）时坐席中，酒酣，据地歌曰：‘陆沈于俗，避世金马门。宫殿中可以避世全身，何必深山之中、蒿庐之下！’”

〔五〕壁鱼：即蠹鱼也。孙光宪《北梦琐言》：“张扬尚书少子，尝闻壁鱼入道函中，蠹食神仙字，身有五色，是名脉望，吞之则仙。遂多书神仙字，碎剪入瓶中，捉壁鱼投之，冀其蠹食。不能得，忽成心疾。”

〔六〕八公鸡犬：北宋乐史《太平寰宇记·淮南道七·寿州》载：“昔淮南王与八公登山埋金于此，白日升天。余药在器，鸡犬舔之，皆仙。其处后皆现人马之迹，犹在，故山以八公为名。”

〔七〕南阳、东山：指隐居南阳的诸葛亮、高卧东山的谢安。

〔八〕毕公祖：即毕自严，字景曾，号白阳，万历二十年进士，授松江推官。后任刑部主事、工部员外郎、淮徐道参议、河东副使、洮岷兵备参议、陕西右布政使，泰昌元年升为太仆寺卿。天启五年，以右都御史掌南京都察院。明年正月，就改户部尚书。

点评

眉公以书画诗文为媒，不但可以联络各界，亦是谋生之具也。作于崇祯初。

与顾所建〔一〕

一顾千金，一诺九鼎，小侯之名彻朝野。不知一言千秋者，真顾先生也。容非虎豹，皆愿登龙门。先生橐贫而结客，著书而应客，良苦良苦。

郎君以第一补诸生，珥貂吐凤〔二〕，具兼之矣。每欲渡江一候明公，念党兆已成痼疾，触喉展足，皆成忌讳，惟山薮渔樵差足自钝。

目今交游间，非独舌有鉦〔三〕，抑且眼有铁。子将哭世，并哭亦觉为烦。寓庸二字〔四〕，真吾师也。先生以为何如？

注释

〔一〕顾所建：即顾大猷，字所建，号南湘外史，江都（今扬州）人，夏国公顾成之裔孙。以荫补官，旋谢病归。钱谦益《列朝诗集小传》有传。

〔二〕珥貂：插戴貂尾。汉代侍中、中常侍于冠上插貂尾为饰。后借指皇帝之近臣。曹植《王仲宣诔》云："戴蝉珥貂，朱衣皓带。入侍帷幄，出拥华盖。"吐凤：指文才之美。葛洪《西京杂记》卷二："（扬）雄著《太玄经》，梦吐凤凰，集《玄》之上。"

〔三〕鉦：同"銗"，古代一种接受告密文书的器具。

〔四〕寓庸：智者成功不处，用而忘用。《庄子·齐物论》："唯达者知通为一，为是不用而寓诸庸。"

点评

眉公愿以"寓庸"为师，"为是不用而寓诸庸"，庸者，用也。颇有点无为而为的意思。

与韩鹏南使君〔一〕

台台卓异之政，载去思三碑，度非铨曹则台省。不谓飞镞暗矢，顿起一时，公论昧心，此劳臣杰士之所以解体也。不肖每念及此，虽趺迹蒲团，胸中五岳数起，使人慨然。

不肖蠖伏佘山，螺龛鷦巢，差池避世，久已啮指不作长安书。而常熟友人陈贯之，奇士也，愿见明公，真不异韩荆州。某贪此君为鱼雁，得讯起居，而贯之客钱仍峰所〔二〕，或得时邀清盼，知明公必不按剑国士也〔三〕。

注释

〔一〕韩鹏南：即韩原善，见卷一《与韩使君》注〔一〕。

〔二〕钱仍峰：即钱时俊，字用章，号仍峰，江苏常熟人。万历三十二年进士，历官四川布政使司右参议、湖广按察司副使、岳州兵备。

〔三〕按剑：以手抚剑，预示击剑之势。《史记·鲁仲连邹阳列传》："臣闻明月之珠、夜光之璧，以暗投人于道路，人无不按剑相眄者，何则？无因而至前也。"

点评

韩原善于长洲知县任上调任京师。有友人欲见韩原善，眉公为之绍介。作于万历四十一年前后。

卷之四

答张扶舆[一]

蒲柳之年[二]，承垂记，远分廉将军冰俸佐觞。因嘱儿曹云，昔戚少保好与弇州、太函游[三]，游士至今谈说之。弟非王汪两公，而明公之经文纬武[四]，则可以肩随少保无愧色。若啮檗饮冰，清风透胆，则更当让一筹。非久登坛[五]，始快公论耳。

刘大司马急才甚于急己，与明公定作函盖之合。南粮单虚[六]，枵者欲噪，幸相与膝语，预为调御之，非腐谈也。

注释

〔一〕张扶舆：即张可大，见卷三《答南京张锦衣》注〔一〕。

〔二〕蒲柳：比喻未老先衰，或体质衰弱。南朝宋刘义庆《世说新语·言语》："蒲柳之姿，望秋而落；松柏之质，经霜弥茂。"

〔三〕弇州：指王世贞。太函：指汪道昆，字伯玉，号南溟，又号太函，安徽歙县人。嘉靖二十六年进士，历任义乌县令、襄阳知府、福建副使、兵部左侍郎等职。为"后五子"之一。

〔四〕经文纬武：治理国家以文治为主，武功为辅。唐许敬宗《定宗庙乐议》："虽复圣迹神功，不可得而窥测，经文纬武，敢有寄于名言。”

〔五〕登坛：古时会盟、祭祀、帝王即位、拜将，多设坛场，举行隆重的仪式。

〔六〕南粮：亦称“南漕”，明代长江中下游南方地区输纳之漕粮。与北粮相对称。

点评

南粮单虚，早为预计。眉公于寻常尺牍中每寓对国事的思索。作于天启年间。

答河南彭君宣〔一〕

前者明公突入空山，山叟见之，如单子春之遇管公明〔二〕，邯郸淳之遇曹子建〔三〕。评说混元，区别品物，文彩葩发，枝叶横生，不觉收声屏气，慑服于麈尾之下。但恨清酒不及三升，短烛未跋数寸，振手告别，正与阿閦国一现何异〔四〕？

忽接手翰兼金，读《文游篇》，则餐雪餐霞。披《归庄图》，则载风载雨。杜少陵拙于画，吴道子拙于诗，先生其兼之矣，不朽矣。

奇暑灼人，蚊雷聚响。留使者数日，了得《诗叙》《牡丹赋》及《李恭人传》。手颤头晕，且坐且眠，老人衰相，种种出现。余则三鼓气竭，未克如命，奈何？

朔日礼佛，始悟天聋地哑为文昌师，非文昌仆〔五〕。东坡子试妄言，而我妄听之〔六〕，犹带文人习气，非道人固蒂深根者也。孟子之辩〔七〕，不如曾子之唯〔八〕；曾子之唯，不如曾点之瑟〔九〕。此味岂忍独荐，愿与有道共之。

注释

〔一〕彭君宣：即彭尧谕，字君宣，河南鹿邑人，天启元年选贡，崇祯十年任南康府通判，工诗，著有《西园公子集》。

〔二〕“单子春”句：《三国志·方技传》载，管辂，字公明，平原人。博学多才，号称神通。琅琊太守单子春召见管辂。辂饮三升清酒，与之纵论金木水火土鬼神之情，文采葩流，枝叶横生，少引圣籍，多发天然，四座皆惊。

〔三〕“邯郸淳”句：《三国志·魏书》裴松之注引《魏略》云：邯郸淳博学有才章，曹植颇为敬重，与之评说混元造化之端，品物区别之意。

〔四〕阿閦国：《五灯会元》卷一：“越九年，（达磨）欲返天竺。命门人曰：‘时将至矣，汝等盍各言所得乎？’时有道副对曰：‘如我所见，不执文字，不离文字，而为道用。’祖曰：‘汝得吾皮。’尼总持曰：‘我今所解，如庆喜见阿閦佛国，一见更不再见。’祖曰：‘汝得吾肉。’道育曰：‘四大本空，五阴非有。而我见处，无一法可得。’祖曰：‘汝得吾骨。’最后慧可礼拜，依位而立。祖曰：‘汝得吾髓。’”

〔五〕天聋地哑：文昌帝君侍者，一为天聋，一为地哑。

盖帝君不欲人之聪明尽用，故假聋哑以寓意。

〔六〕姑妄言之：《庄子·齐物论》：“予尝为女妄言之，女以妄听之。”宋叶梦得《避暑录话》卷上载：“苏轼在黄州及岭南时，常同宾客放荡谈谐。有不能谈者，则强之说鬼。或辞无有，则曰：‘姑妄言之。’”

〔七〕孟子之辩：《孟子·滕文公下》：“予岂好辩哉？予不得已也。”

〔八〕曾子之唯：《论语·子罕》：“子曰：‘参乎！吾道一以贯之。’曾子曰：‘唯。’子出，门人问曰：‘何谓也？’曾子曰：‘夫子之道，忠恕而已矣！’”

〔九〕曾点之瑟：《论语·先进》载，孔子问诸弟子之志向，曾点舍瑟而作，曰：“莫春者，春服既成，冠者五六人，童子六七人，浴乎沂，风乎舞雩，咏而归。”夫子喟然叹曰：“吾与点也。”

点评

天聋地哑，可为文昌师，更为眉公引以为师。约作于崇祯间。

与东里〔一〕

明公具哲人之先几，兼道人之慧眼，凡迩来吉凶变幻、恩仇反复，皆照破于黄粱枕上、白驹隙中。出处二字，久有定衡，弟何敢劝驾？但庙堂推毂方切，追锋在门，迫斯可矣。

用辽守辽为正兵，用夷防夷为奇兵。明公前语，至今尚可作三年之艾。而犹曰捣巢，曰恢复，将谁欺乎？

董臣棐适奉漳南之命，此公年少而才老，识高而心下，远闻红夷猖獗〔二〕，未悉情形，全倚明公为导师。或剿或抚，或应通贩，或应禁绝，其中必有委曲机宜、神通方略，乞明公屏人呕心指授之。自当如命奉行，藉手以绾吏议。而明公上报国家，下庇桑梓，阴德亦不小矣。

幼翔翁〔三〕，去年腊月，已蝉脱于兴化李组修家，后有见之淮上者。若果尔，真地仙也。

注释

〔一〕王东里：即王志道，见卷二《与张五鹿太守》注〔三〕。

〔二〕红夷：指明末来到福建沿海袭扰的荷兰殖民者。

〔三〕幼翔翁：疑为幼朔翁之误，即彭仙翁，见卷三《与包心弦丈》注〔二〕。

点评

眉公再次与王志道谈治辽策略，用辽守辽，用夷防夷。捣巢、恢复，非容易事也。牧斋《初学集》卷四丁卯九日诗，言彭仙翁天启六年辞世，故此书作于天启七年。

与顾绳所[一]

往者为节母刘太君作传，藉手以报名贤。弟处空山，无缘作信宿倾晤，几于老氏所云，至治之世，不相往来者。然一种疏淡滋味，彼此俱耐咀嚼，胜醴交者万万倍矣[二]。

明公吏隐六朝佳丽间，火宅冰山，两不相涉。弟亦日与田庚渔师为伍[三]，犹恨未深密。俟异日锦旋，访不肖弟于空谷，蕙带荷衣[四]，盘旋于古松流水之下，犹未晚也。

注释

〔一〕顾绳所：即顾国绅，字绳所，松江（今上海）人，由孝廉历官粤西监司。崇祯末，年七十余，告老归里。子孙数十人半列衣冠，亦一时之盛，未几而卒。

〔二〕醴交：《庄子·山木》："且君子之交淡若水，小人之交甘若醴。君子淡以亲，小人甘以绝。"

〔三〕田庚：犹田更，田叟也。《列子·黄帝》："禾生、子伯，范氏之上客，出行，经坰外，宿于田更商丘开之舍。"

〔四〕蕙带荷衣：高人贤士所穿之衣。《楚辞·九歌·少司命》："荷衣兮蕙带，儵而来兮忽而逝。"

点评

眉公期待与顾氏有一种君子之交。作于崇祯年间。

答李苍岩使君〔一〕

某屏山泽间，每笑犹龙公白头青犊〔二〕，仆仆关门，至今五千言，挑动后来聚讼之口，无乃多事。今复何言，惟愿作文昌旁天聋地哑两侍儿〔三〕，庶几幸免，以此不敢见当代诸名公。而台台辱损饮冰之俸，何意暮年忽逢知己？但垂鉴过情，惶恐莫知置对，惟有着假面自覆耳。

淮兑既免，水势又消，客船南来，布帆无恙。不然颇为榷额攒眉，未知所竟。今明公天人协相，可以转嗬而为笑矣。

注释

〔一〕李苍岩：即李鸣春，字苍岩，号日含，河北南宫人。天启二年进士，天启六年由户部郎官出榷浒墅。

〔二〕犹龙公：即老子。《史记·老子韩非列传》：孔子云："吾今日见老子，其犹龙邪。"五千言：指《老子》一书。

〔三〕文昌：亦称"文昌帝"，亦称"文昌君"，即梓潼帝君。《明史·礼志四》："梓潼帝君者，记云：神姓张名亚子，居蜀七曲山，仕晋战没，人为立庙。唐宋屡封至英显王。道家谓帝命梓潼掌文昌府事及人间禄籍，故元加号为帝君，而天下学校亦有祠祀者。”又，褚人获《坚瓠八集》卷四：“文昌帝君从者曰天聋、地哑。盖帝君不欲人之聪明尽用，故假聋哑以寓意，夫天地岂可以聋哑哉？”

点评

老子五千言，损之又损，在眉公看来仍嫌多事。金人三缄，才是处末世之良方。作于天启六年。

答如皋李大生〔一〕

弟久弃公车文，然于子弟门生间读尊作，辄指示之，奉为导师。已读《偶草》，及《指树楼集》，侠乎仙乎，堂堂大人乎？吾莫得而窥其际矣。弟尝欲僭定天启间七才子，如王季重、倪鸿宝及明公而三，此外鲜四方之交，未敢轻屈一指。愿言自爱，艺林代兴之权，天将双手交付明公。山可拔，石可鞭〔二〕，诸侯王不敢仰视〔三〕，明公正其人哉。

某齿豁头童，衰相已现，局迹空山，正如壤虫处壤，不复睹域外昭旷之观。近又见世路崎岖，将恐将惧，但愿守口如瓶，不愿张口如箕。善乎皇甫士安之论，曰生不为人所知，死不为人所惜，至矣〔四〕。聋哑之徒，天下之有道者也。

秋暑小退，尚欲拟少伯答西子书奉寄〔五〕，未知肯容我作此狡狯否？

注释

〔一〕李大生：即李之椿，字大生，号徂徕，江苏如皋人。天启二年进士，除行人，迁吏部主事。因直言遭忌，卸职回乡，筑“指树园”闲居。崇祯十八年，南明王朝起用李之椿为尚宝寺卿，迁礼部侍郎，督粮于浙江。清顺治二年，南京陷，弃官还乡。

〔二〕鞭石：《艺文类聚》卷七十九引晋伏琛《三齐略记》：“始皇作石桥，欲过海观日出处。于时有神人，能驱石下海，城阳一山石，尽起立。嶷嶷东倾，状似相随而去。云石去不速，神人辄鞭之，尽流血，石莫不悉赤，至今犹尔。”后遂以“鞭石”为神助的典故。

〔三〕不敢仰视：《史记·项羽本纪》：“已破秦军，项羽召见诸侯将，入辕门，无不膝行而前，莫敢仰视。项羽由是始为诸侯上将军，诸侯皆属焉。”

〔四〕皇甫谧《玄守论》云：“贫者士之常，贱者道之实，处常得实，没齿不忧，孰与富贵扰神耗精者乎！又生为人所不知，死为人所不惜，至矣！”

〔五〕少伯：即范蠡，字少伯，春秋楚国宛（今河南南阳）人。与楚宛令文种投奔越国，辅佐越国勾践，灭吴国，一雪会稽之耻。功成名就之后急流勇退，化名姓为鸱夷子皮，泛舟于五湖之中。

点评

李之椿曾作《拟西子恨范蠡书》，故眉公欲拟范蠡答西子书奉寄，此文人之狡狯耳。作于崇祯初年。

答鲍赤城〔一〕

奉别三载，郡邑骑竹之儿童、憩棠之父老〔二〕，过鲍祠，思鲍公，不啻台下之思并州也〔三〕。

绣临河雒，比之往时直指不同〔四〕。救大灾，则一时之司命；管大计，则全省之铨衡。此皆总摄在台台正直忠厚中，节钺必基于此。

入夏久雨，止青幸不及沼。但建祠起议，坟墓屋庐，未见宁日。子大夫调停百姓易，调停朋友难。明公闻之，想当一笑一叹也。

注释

〔一〕鲍赤城：即鲍奇模，见卷三《复鲍青浦》注〔一〕。

〔二〕憩棠：喻地方官的德政。《诗经·召南·甘棠》："蔽芾甘棠，勿翦勿败，召伯所憩。"此为周人怀念召伯德政的颂诗。

〔三〕并州：见卷二《上方二府》注〔四〕。

〔四〕绣临河洛：汉武帝天汉年间，民间起事者众，地方官员督捕不力，因派直指使者衣绣衣，持斧仗节，兴兵镇压。后因称此等特派官员为“绣衣直指”。绣衣，表示地位尊贵；直指，谓处事无私。绣衣直指本由侍御史充任，故亦称“绣衣御史”。此处指天启七年，鲍奇模以御史巡按河南。

点评

后汉并州刺史郭伋，视民如伤，是民之父母的典范。此并州之典，眉公屡言之。作于天启七年。

与李广霞〔一〕

翁台宰如皋，客有谒者，弟以尘甑辞〔二〕。已榷芜关，客又有谒者，以韩求仲空橐归辞。仰成清谨澹泊，五年不敢通一书，即翁台亦然。盖彼此心相知，心相体，正不在寒暄数数间耳。

兹有故人子吴耳臣，博学高才，曾读父书。如皋极谈翁台德政，洒洒不去口。愿得一御李使君，无异执鞭古人。弟素不敢轻荐一士，而吴君亦非湖海之客，幸翁台以弟之子视之，曲为之游扬培植，何异弟之亲承河润也〔三〕？

注释

〔一〕李广霞：即李衷纯，字玄白，号广霞，浙江秀水人。

万历四十年，以选贡领顺天乡荐，万历四十七年出任如皋县令，内迁南工部主事，督关芜湖，转兵部员外，累官至两淮都转运盐使司运使。钱谦益为撰墓志铭《大中大夫、两淮都转运盐使司运使李君墓志铭》。

〔二〕尘甑：形容清贫之典，见卷二《答赵同知》注〔一〕。

〔三〕河润：见卷一《复马仲良使君》注〔九〕。

点评

一封荐书。盖作于李氏两淮盐使任上，天启三年前后。

答毛抚台〔一〕

前者吴门之变〔二〕，古今无此病，无此方，亦无此药。台台调剂于上下内外、呼吸治乱之间，始得收拾元气正气，还之朝廷。而医师之苦，则更有甚于病者之苦。盖病者尚可疾痛而呼父母，而明公将谁告也？近推司马，虽未足以报保全士民之阴功，而实可以弛忧劳恐怖之重担。灯蛾半烬，狐兔含悲。则请暂辞白下，小憩青山。异日展开不讳之须眉，酬答太平之圣主，岂云晚乎？

大抵门下之士，非诉穷以祈哀，则颂德以求悦。又不然，则多方臆词以劝驾。而某之所以事二十年感恩知己者，窃又在彼不在此。亦恃明公急流之勇〔三〕，知几之神〔四〕，或亦有取云尔也。蝇口多青，鸠眼尚赤，但以举劾复命，而停寝地方人才。《易》之无誉，正所以无咎耳。明公以为何如？

读手抄尊叙，不惟文章精凝弘雅，即书法亦且驰骋晋唐。今何时乎，而犹孜孜经学不去手，造次必于是〔五〕。昔闻其语，今见之于明公矣。

注释

〔一〕毛抚台：即毛一鹭，见卷三《答毛孺初漕台》注〔一〕。

〔二〕吴门之变：天启六年，魏忠贤逮周顺昌下狱，激起苏州民变，巡抚毛一鹭实主持其事。

〔三〕急流勇退：宋邵伯温《闻见前录》卷七载，宋陈抟约钱若水相晤。钱至，见陈与一老僧拥炉而坐。僧视若水良久，以火箸画灰作“做不得”三字。徐曰：“是急流中勇退人也。”后钱官至枢密副使，年四十即退休。

〔四〕知几：谓有预见，看出事物发生变化的隐微征兆。《周易·系辞下》：“知几其神乎？君子上交不谄，下交不渎，其知几乎？几者，动之微，吉之先见者也。”

〔五〕造次：匆忙。《论语·里仁》：“君子无终食之间违仁，造次必于是，颠沛必于是。”

点评

对于周顺昌一案，眉公的看法与众不同，对毛一鹭似有同情。并为指出路，不妨暂退山林。作于天启七年。

答李茂屿[一]

往吴门刘学宪入山[二]，得闻贵阳之详[三]。此虽天佑忠良，然非真正神龙，岂能生脱虎口，其不为张许者几希矣[四]。特以地方僻左，遂置远臣劳臣于度外，且又因而谣诼之，此有识所为扼腕而长叹也。明公为金为玉，皎然已试于海内。海内无事则已，有事岂得舍刀山剑树之豪杰[五]，而用虚谈无当肉食之书生乎？云卧虽坚，恐追锋旦暮且下矣。

某七十老人，以空山为枯壳，以图史为残涎，土衣草室，不敢问篱落外事。忽蒙封若兄捧书见投，因读其诗，草无奇草，心有异照，故口有异言，笔有异气。行且结秀飞英，从明公肩随而起，不止称诗坛中跋扈将军也[六]。

适风触齿痛，潦倒异常，即信宿对谈，未及庞氏桑上桑下之半[七]。然岁寒缔交，自此始矣。

注释

〔一〕李茂屿：即李檟，字长孺，号茂屿，宁波人。万历二十九年进士，以行人授监察御史，出为广东盐法佥事，改山东参议，迁副使提学陕西，万历四十七年，以佥都御史巡抚贵州。天启二年，平定安邦彦叛乱。

〔二〕刘学宪：即刘锡元，字玉受，长洲人，万历三十五年进士，累官至贵州提学佥事。安邦彦反，围困贵阳，锡元协助巡抚李檈抵御叛军，以军功进右参政。乱平，当再优叙，竟不报，遂还乡。

〔三〕贵阳之变：天启二年，贵州水西彝族土同知安邦彦叛乱，围攻贵阳城，长达十月余。巡抚李檈帅军民破解之。

〔四〕张许：唐安史之乱时，安庆绪派部将围攻睢阳，张巡与许远等数千人，在内无粮草、外无援兵的情况下死守睢阳，有效阻遏了叛军南犯之势。张、许二人皆殉难。

〔五〕刀山剑树：地狱酷刑之一。《阿含经·九众生居品》："设罪多者当入地狱，刀山剑树，火车炉炭，吞饮融铜。"

〔六〕跋扈：此处有壮勇、飞扬之意。《后汉书·梁冀传》："帝少而聪慧，知冀骄横，尝朝群臣，目冀曰：'此跋扈将军也。'"

〔七〕桑上桑下：见卷三《答潘朗士》注〔二〕。

点评

李檈因功升为兵部右侍郎，称病固辞。作于天启七年前后。

答镇江贺太尊〔一〕

大工之役，文武内外，皆蒙不次异恩。先大夫拮据首事，节省金钱百万计，以忠得谤，以孝子疏辩，仅得昭雪复官，何其遭逢之不辰也。就中无限感慨，恨无子长之笔，委宛摹写一番，而以属之七十老人，此某所以踟蹰腐毫，而未即报命也。

三义一额二联写上，不知能为古人出气否？

堂堂庙貌，面对百千年名山大川，快逢一统车书，休恨分吴分魏。

赫赫神威，手提数万队风旗云马，直下九天阊阖，但思扶汉扶明。

注释

〔一〕贺太尊：即贺仲轼，字景瞻，河南获嘉人。万历三十八年进士，初任醴泉令，治有声。续以外艰归。服阕，补青浦令。四十八年，擢刑部主事。天启三年，由员外迁福建司郎中，出为镇江知府。

点评

所谓“孝子疏辩”云云，涉及贺仲轼之父贺盛瑞。盛瑞，字太微，号凤山，万历十七年进士，二十三年任工部营缮司郎中，次年负责乾清、坤宁二宫的修缮工作，后京察坐冒销工料罢官。盛瑞曾撰《京察辨冤疏》以自解。仲轼因详述其综核节省之数，撰《两宫鼎建记》，为父鸣冤。下卷并附以历年所修诸工，末录盛瑞《京察辨冤疏》。此书尝刻入《普秘籍》中，改题曰“冬官记事”，而佚其《辨冤疏》一篇。作于天启三年后。

答丹阳姜长源

某五十岩居，揞杖负锄，日与田庚芦中人作伴，耳中实闻长源先生，不敢通尺疏于左右。忽承名贤远损书贶，垂讯山泽之癯，此侯生所以感恩而莫知矢报也。

时事日新，草衣土室〔一〕，希闳希蟠，正恐神交知己，觌面无缘。今闻与若鹤有丝萝之雅〔二〕，则不腆青山，便如长源篱落间物。刻竹吞花，朋云借月，吾两人故自有捉臂时矣。

注释

〔一〕草衣土室：见卷一《与陈君》注〔一〕、注〔二〕。

〔二〕菟丝、女萝：均为蔓生，缠绕于草木，不易分开，故诗文中常用以比喻结为婚姻。《古诗十九首·冉冉孤生竹》："与君为新婚，兔丝附女萝。"

点评

明贤之谓，姜氏盖丹阳名士也。

答刘方瀛太史〔一〕

秋仲欲躬诣奉候，适卜山荆之陇〔二〕，不能扶筑出篱落间，深以台履为念。顷得教，始知疟病君子〔三〕，非维摩示疾也〔四〕。出山虽迟，然熊惠之案，悉付之不见不闻，宰物者之成就明公，亦云巧矣。

宜后不宜先，宜静不宜动，及今日颇觉鄙言差有意味。凤凰出而瑞世，嘉平之期，星言夙驾〔五〕，亦朝野所热望也。

偶作草堂，忽承远贶。于茅之暇〔六〕，复得老瓦盆酒资〔七〕。感注明德，无以为报。

注释

〔一〕刘方瀛：即刘廷元，字方瀛，浙江平湖人。万历三十二年进士，著有《国朝名臣言行录》。

〔二〕山荆：旧时对人谦称自己的妻子。

〔三〕疟病君子：《世说新语·言语》："中朝有小儿，父病，行乞药。主人问病，曰：'患疟也。'主人曰：'尊侯明德君子，何以病疟？'答曰：'来病君子，所以为疟耳。'"

〔四〕维摩示疾：《维摩诘经》云："从痴有爱，则我病生。以一切众生病，是故我病。若一切众生得不病者，则我病灭。"维摩居士以菩萨慈愍众生的悲心，示现病相，为前来探病的众人，明示众生真正的病，是由贪、嗔、痴三毒所起，使在场大众生起无上菩提心。

〔五〕星言夙驾：星夜驾车出行。《诗经·墉风·定之方中》："星言夙驾，说于桑田。"

〔六〕于茅：割取茅草。《诗经·豳风·七月》："昼尔于茅，宵尔索绹"。

〔七〕老瓦盆：唐杜甫《少年行》之一："莫笑田家老瓦盆，自从盛酒长儿孙。"分门集注引苏轼曰："陈暄好饮。一日，贵客笑暄用陶器。暄曰：'莫笑此老瓦盆，多见兴废也。'客无语。"

点评

"宜后不宜先，宜静不宜动"，眉公屡言之。作于天启五年。

答冯公

某得御先大夫，两度皆在金陵。初见鲜华美丈夫，才名烜赫，为许张两司成所奇重。再见，发种种矣。稍不良于行，而与彭仙翁比舟连床，谈吐练之术甚秘，某幸窃闻一二焉。彼此相期为杨许碧落之游〔一〕，而不虞骑箕前去也〔二〕。痛哉。

某老矣，齿豁头童，引身剪迹，十九半在空山。即郡城庆吊，几类无礼，以此未获渡江，荐一束刍于先大夫几下。忽承专使专币，千里惠临，惓惓悬墓铭见属。藉手有道之碑〔三〕，以代延陵之剑〔四〕，幸甚。第浙中多上衮巨儒，韩欧大手笔，项背相望于朝野。而某乃牧唱农歌，何能使逝者名世重，得无门下好奇之过耶？幸小宽其期，当呻吟盘薄，宛转摹写，以报所知。

清白家风，丹青吏迹，不腆腐毫，故有眼在。四六尊启，字字泪，亦字字珠，环回不忍置读，仓卒不能俪对。口占授使，惭悚万端，恃使者亲见仆困老，又困客焉耳。伏惟三宥而置之，余容溯风布谢。不悉。

注释

〔一〕杨许：杨羲，字羲和。许迈，字叔玄，东晋著名道士。碧落：道家称东方第一层天，碧霞满空，叫作“碧落”。后来泛指天上。

〔二〕骑箕：《庄子·大宗师》：“傅说得之，以相武丁，奄有天下，乘东维，骑箕尾，而比于列星。”傅说一星，在箕星尾星之间，相传为傅说死后升天而化。后因以指游仙。

〔三〕郭有道：即郭泰，字林宗，东汉高士。卒后，蔡邕为作碑铭，尝谓：“吾为碑铭多矣，皆有惭德。惟郭有道无愧色耳。”

〔四〕延陵之剑：刘向《新序·节士》载，春秋时延陵季子（吴公子季札）将出访晋国，带宝剑经过徐国，徐君观剑不言而色欲之。延陵季子为有晋国之使，未即献剑，然心已许之。及使晋返，而徐君已死。于是乃以剑挂徐君墓树而去。后用为不忘故旧的典实。

点评

冯氏请眉公为其父作墓铭也。

答孙公[一]

今朝野推明公第一世家，忠孝廉节，轰雷霆而揭日月。其他衡向之经术、贾陆之文章[二]，迄今未有艾焉。若清简公铮铮皎皎，尤某生平所愿为执鞭者。况重以远命惓惓，又属董侍御为之道地，藉手一传，宁忍以不文辞？

某乙酉读书太原[三]，雅蒙文肃公国士之目，丙戌掷青衫耕陇上矣。癸巳计典[四]，山泽人不解其详。顷读志状及奏议，始知清简公之去国甚劲，争执阁部之职掌甚大。若传中微言之，则未畅厥旨。直言之，则所伤实多。若浮游其词，为左右袒，为半面妆，则又近于诡对假谲之无行者，皆鄙心所不安，亦台台正人君子所不取也。故宁违命负荆而请之明公，不敢违心引弓而射四十年通家之先达。不然，倘海内交游有口，太原父子有灵，则不佞操何辞以应，涂饰何面目以对？

某老矣，已矣。惟有稽首返币，遥谢台台，以付定论于如椽如矢之笔者[五]。伏惟度外见原，一笑而置之。

注释

〔一〕孙公：应是孙鑨之后人。孙鑨，字文中，浙江余姚人。嘉靖三十五年进士，仕至吏部尚书，谥清简。孙鑨之父孙升曾任南京礼部尚书，祖父孙燧曾任礼部尚书。孙氏兄弟四人，鑨、铤、錝、鑛。孙铤任礼部尚书，孙錝任太仆寺正卿，孙鑛任兵部尚书。

〔二〕衡向：即西汉经学家匡衡和刘向。贾陆，即西汉著名文学家贾谊和陆贾。

〔三〕读书太原：万历十一年，眉公馆于文肃公王锡爵家，与其子辰玉读书支硎山。

〔四〕癸巳计典：万历二十一年京察，吏部尚书孙鑨与首辅王锡爵结怨，遂乞休。

〔五〕如椽：《晋书·王珣传》："珣梦人以大笔如椽与之，既觉，语人云：此当有大手笔事。俄而帝崩，哀册谥议，皆珣所草。"如矢：喻直。《诗经·大东》："周道如砥，其直如矢。"

点评

万历二十一年，大计京朝官，吏部尚书孙鑨与首辅王锡爵忤，遂乞休。后孙氏子请眉公为其父作传，这对眉公而言，京察之事如何叙述，是个难题。是孙而非王，得罪世交。是王而非孙，又非作传之正体。所谓好事不如无，婉谢了之。

答徐玄仗〔一〕

某五十时，便已买山穿坎，为容棺之墟。栉沐风雨，负锸松杉，少年鸾鹤之志，已付之子虚矣。旁有隙地，匝置沟池，点缀庵亭，聊以为避客挫名计，岂足挂明公耳中？若佳园奇旷，秀甲一方，恨不出入青葱翠微间，为辋川秀才〔二〕，为吾家灌园仲子〔三〕，当续前诗以忏疥壁之罪。

《南华发覆叙》〔四〕，承谕殷勤，况久与蕴公有惠庄夙契〔五〕，宁忍以拙劣辞？第非濠上，宜覆不宜发也。一笑。

注释

〔一〕徐玄仗：即徐必达，字德夫，号玄仗，浙江秀水人。万历二十年进士，授太湖知县，补溧水县，累仕至南京兵部侍郎。

〔二〕辋川秀才：辋川，即唐诗人王维在终南山下的别墅。秀才，指裴迪，诗人好友。二人时常于辋川盘桓唱和。王维曾有诗《辋川闲居赠裴秀才迪》，即指此。

〔三〕灌园仲子：见卷一《答闵康侯》注〔五〕。

〔四〕《南华发覆叙》：《南华发覆》八卷，署梁溪性通蕴辉注、西安方应祥校，陈继儒作叙。

〔五〕惠庄：即惠子与庄子，二人为好友。《庄子》中，二人多有辩难。

点评

陈继儒《南华发覆叙》，末题“丙寅清和月五日书于茗帚庵中，眉公陈继儒”，丙寅即天启六年，即此书所作之时。

答毕白阳公祖〔一〕

台台正席南都，并州旧子弟，本当抠谒阶前〔二〕，而荏苒遂匝岁余，尚稽通候。一则揣分不敢溷渎，一则拙叙未奉报音。顷从杜舍亲接到远书重贶，始知从前鱼雁，强半浮沉〔三〕。即揆云之刻、饮冰之俸，犹迟迟道途间也。

窃闻之敝门生吴震元〔四〕，台台于政府有公揭而无私书，于津门有节省而无靡耗，荷担愿实而不愿文，让路愿南而不愿北，堂堂正气，惴惴小心。此天留明公以为社稷计，即海内有识，亦不得不以此归重明公。第恐枢衡之召，非久至耳。

自来军兴，则疆场之地苦。搜括，则财赋之地苦。今东南困荒困役，困累年宿逋。富者贫，贫者亡，枵腹待尽之民，与横眉不逞之辈，所在而有。若得台台久借东南，为众正砥柱，为半壁金汤，岂非今日之乔白岩哉〔五〕？

某蠖蛰空山，杜门杜口，百不与闻。惟日读申屠蟠、袁闳二传，以待余年。无可为明公道者，言外惟有感叹耳。

注释

〔一〕毕自严：见卷三《答杜筏城丈》注〔八〕。

〔二〕抠谒：即抠衣谒见。抠衣，即提起衣服前襟，古人迎趋时的动作，表示恭敬。

〔三〕鱼雁沉浮：见卷二《与蔡郡侯》注〔二〕。

〔四〕吴震元：字长卿，明太仓人。万历四十三年举人，授滦州知州，补德安通判，衡州、漳州府同知。

〔五〕乔白岩：即乔宇，字希大，号白岩山人，乐平人，与辽州王云凤、太原王琼称“晋中三杰”，亦云“河东三凤”。成化二十年进士，历户部左、右侍郎，拜南京礼部尚书，后改兵部尚书，参赞机务。世宗即位，召为吏部尚书，因直谏君过，被迫去职回籍，卒谥庄简。

点评

眉公多次表示要日读袁闳、申屠蟠二传，低调做人，以求苟全性命于末世。作于泰昌元年以后。

答刘碧山代巡〔一〕

台台立朝以正直忠厚为先，巡方以淡泊宁静为主，非特今之吉人，抑亦古大臣之风格也。

并州旧子弟每挑不佞而招之曰，刘公祖龙门咫尺，盍往登乎？某亟止之云，吾侪宁行行避骢〔二〕，无为三匝绕鹊〔三〕。宁使讶其不来，无令厌其不去。以此未敢少展通候之诚。而明公书贶先施，出自意表，王公韦布〔四〕，两无愧心，亦无愧色矣。谨此熏沐稽首以谢。

《百忍叙》一篇，附呈请正。

注释

〔一〕刘碧山：即刘之待，字世聘，号碧山，湖广兴国（今江西兴国）人。万历四十四年进士，曾任松江府推官。天启三年，任浙江道监察御史。

〔二〕行行避骢：《后汉书》卷三十七《桓荣传》附《桓典传》：“典字公雅，复传其家业，以《尚书》教授颍川，门徒数百人。举孝廉为郎。居无几，会国相王吉以罪被诛，故人亲戚莫敢至者。典独弃官收敛归葬，服丧三年，负土成坟，为立祠堂，尽礼而去。辟司徒袁隗府，举高第，拜侍御史。是时，宦官秉权，典执政无所回避。常乘骢马，京师畏惮，为之语曰：‘行行且止，避骢马御史。’”

〔三〕三匝绕鹊：喻无所依靠，寻求明主者。《昭明文选》卷二十七《短歌行》："月明星稀，乌鹊南飞。绕树三匝，何枝可依？"

〔四〕韦带布衣：古指未仕者或平民的寒素服装。司马相如《报卓文君书》："五色有灿，而不掩韦布。"

点评

"宁使讶其不来，无令厌其不去"，此眉公处官之道也。作于天启三年以后。

答蔡羲徵

先生冒奇暑，破危浪，挂帆二千里，访某于白石山。某木强人，何足以裨先生？则有口诎心服，奉为吾道司南而已。

夫以先生之才学识兼长，即置之天禄石渠，岂不甚称？而屡困经生言，使识者有枥驹铩凤之叹。然先生未五十，尚壮年也。古有公孙弘、陈同甫，近有焦漪翁〔一〕，而又何忧于蔡先生？先生姑坚忍，以毕场屋之伎俩。逢年适时，志敞意得，得以为我所欲为。此亦司马题桥〔二〕，马周濯足之秋也〔三〕。而请无事游，即游鲜所遇，即遇鲜有能尽先生之奇者。

自来好人不容出头，好事不容到头，即迩来上卿巨衮皆然。容白衣之山人、黄衫之豪士，握麈摇扇于莲花幕下乎〔四〕？已矣，王公之不下士久矣。弟以此不敢结客，亦不敢荐客。客至者，浊酒枯鱼，少倾彼我而后别。闭门闭口，入密入深。盖五十知命，便已负锸穿坎，为容棺之墟。而况头童齿豁，饰巾待尽，其无意于人间世，可知也。

昨适吐泻，暂憩乡居，失迓台驾。俟少健，当专诣以快千秋谈。正史序、扇头诗，奉正。

注释

〔一〕公孙弘：淄川（今山东寿光）人也。少时为狱吏，有罪，免。家贫，牧豕海上。年四十余，乃学《春秋》杂说。武帝初即位，招贤良文学士，是时，弘年六十，以贤良征为博士。累官至御史大夫、丞相，年八十，终丞相位。见《汉书》本传。陈同甫：即陈亮，字同甫，世称龙川先生，婺州永康（今浙江永康）人。学术以经世济用为本，王霸杂用，为永康学派的代表。南宋孝宗时多次上书，力主抗金，反对议和。绍熙四年，年已五十，策进士，擢第一。焦漪翁：即焦竑，字弱侯，号漪园，又号澹园，万历十七年，年近半百，会试及第，殿试状元，授翰林院修撰。

〔二〕司马题桥：司马相如初离蜀赴长安，曾于成都城北升仙桥题句于桥柱。自述致身通显之志，曰："不乘赤车驷马，不过汝下也！"事见晋常璩《华阳国志·蜀志》。

〔三〕马周濯足：《新唐书·马周传》：名臣马周少时颇遭轻视，“舍新丰，逆旅主人不之顾，周命酒一斗八升，悠然独酌，众异之。”这一情节在冯梦龙《喻世明言》五卷《穷马周遭际卖䭔媪》中，马周所要的酒已是五斗，一斗多用来洗胃，其余用来濯足。据说岑文本还曾就此画过一幅《马周濯足图》，烟波钓叟张志和在画上题诗。

〔四〕莲花幕：幕府之代称。南朝齐卫军将军王俭，多辟才士为僚属。时人称其府第为莲花池。事见《南史·庾杲之传》。

点评

蔡氏远道而来，眉公未见。“王公之不下士久矣。弟以此不敢结客，亦不敢荐客。”如此言语，大概此人有请托之嫌。作于天启三年后。

答浙江抚台张华东〔一〕

天下太平矣，偶向孤山麓坠驴一笑〔二〕，即杭严公不使闻之，况敢以贱姓名唐突莲花幕下乎？明公楼船出汛，文武将吏，躏矢櫜鞬，迎于道左者，如堵墙。顾独风闻野叟出游，特遣从者捧书币，渡江而来。气象从容，此亦纶巾羽扇之一班也〔三〕。感激，感服。

注释

〔一〕张华东：即张延登，见卷三《复张公》注〔一〕。

〔二〕坠驴一笑：见卷一《答张雨若司马》注〔六〕。

〔三〕纶巾羽扇：《太平御览》七七四车部三引裴启《语林》言诸葛亮军于渭滨，“乘舆葛巾，将白羽扇，指麾三军，皆随其进止”。苏轼《念奴娇·赤壁怀古》：“雄姿英发，羽扇纶巾。”形容周瑜的儒将风流。

点评

杭严公在眉公其他书信称为王杭严，大概与张延登同为浙江官员，俟考。作于天启七年至崇祯四年间。

答金公

张余老归，具询台履如意，欣慰异常。昔卢生梦觉邯郸〔一〕，且豁然得道，况明公褫秩偿金，几入刀俎鼎镬间。召还故吾魂魄，至人不死，何快如之？要非十分金刚坚忍力，不至此。刘元城鼾睡如雷〔二〕，徐有功杀之三，宥之三〔三〕，而神色不变。古来艰险百折中，勘破无限假英雄，亦锻炼出一二真铁汉，今复见之于明公矣。

顷尧舜当阳〔四〕，雪谗理狱者牍满阙下。明公以事关僚友，不愿为智囊，愿为括囊〔五〕，抑何其深长而有余味也。老坡云，忧患虽已过，更宜慎口，以安晚节〔六〕。此百尺竿头语，亦红炉点雪语〔七〕。且忍字之外，不别有逍遥游乎？明公姑置长源、伊川两先生〔八〕，相与寻希夷于坠骡坡上，拍手大笑，歌舞天下太平，乐不乐也？

注释

〔一〕梦觉邯郸：见卷一《答闵康侯》注〔二〕。

〔二〕“刘元城”句：黄道周《儒行集传》卷下《儒仕章第九》：“刘安世哲宗朝贬谪梅州，章惇等欲遣人杀之。刘安世闻讯，泰然处之，夜晚睡觉犹鼾声如雷也。”

〔三〕“徐有功”句：刘悚《隋唐嘉话》卷下：“徐大理有功，每见武后杀人，必据法廷争。尝与武后反复，辞色愈厉，后大怒，令拽出斩之，犹回顾曰：‘臣身虽死，法终不可改。’至市临刑得免，除为庶人。如是再三，终不挫折。朝廷倚赖，至今犹记之。”

〔四〕当阳：古称天子南面向阳而治。《左传·文公四年》：“昔诸侯朝正于王，王宴乐之，于是乎赋《湛露》，则天子当阳，诸侯用命也。”

〔五〕括囊：见卷一《答俞公元济》注〔六〕。

〔六〕“老坡”句：苏轼《与李方叔书》之二：“忧患虽已过，更宜慎口，以安晚节。”

〔七〕红炉点雪：《从容庵录》第三十二则有云：“大海纤尘起，洪炉片雪飞。”高攀龙《高子遗书·会语七八》：“颜子克己，若红炉点雪，不必言难，天下归仁。”

〔八〕长源：即李泌，字长源。唐天宝中，以翰林供奉东宫，历仕玄、肃、代、德四朝，以图谋策划见重，出入中禁，位至宰相。数为权幸忌嫉，常以智免，屡退屡进，封邺县侯。

点评

眉公赞赏金氏不愿为智囊，只愿作括囊。作于崇祯元年。

答陈五铉观察

曩承远访，不衫不履，似狷似狂，夐然出于谈笑声气之表。自后间隔，无缘通数行书，念之耿耿。适承使者捧札入山，分我冰俸，不意王公布衣交，尚存一线于天壤，感叹久之。

细阅宦迹，如砌晒场，苏贫役，恤车户，运冻粮，修城葺署，挖漕建桥，皆节省中利济，精细中强直，而总之由裁革公费陋规始。清人之所不能清，然后能任人之所不能任，穷搜鼠穴，力抗貂珰〔一〕，皆此故也。乃知在职言职，在职尽职，尽有无限卫军国、积功德处，舍是不图，而纷纷于门户时局之间，墨守输攻〔二〕，掉弄不已，此连环锁、鸳鸯劫也。其亦未闻陈先生之为户曹郎乎？

西湖足了公事，下车之初，决不敢首谒故人，为四方游客嚆矢。匹夫铿铿，张方伯、王杭严可质也。

注释

〔一〕貂珰：貂尾和金、银珰，古代侍中、常侍的冠饰。汉应劭《汉官仪》卷上："中当侍，秦官也。汉兴，或用士人，银珰左貂。光武以后，专任宦者，右貂金珰。"借指宦官。

〔二〕墨守输攻：《墨子·公输》："楚王曰：'公输盘为我为云梯，必取宋。'于是见公输盘。子墨子解带为城，以牒为械。公输盘九设攻城之机变，子墨子九距之。公输盘之攻械尽，子墨子之守圉有余。"

点评

"在职言职，在职尽职"，官场之箴言。张方伯，即张延登。天启七年至崇祯四年，张氏巡抚浙江。此书即作于此间。

答王公

自来国家全副财力，悉用之于辽东，士大夫全副精神，又悉用之于门户。今虏困云中，塘报隔绝，赖有活尧舜在上，决无大虞。因此告棘一番，使皇上留心边事如世宗。而少年浮气者，不至侈口倡为恢复之议。借外忧以销内忧，未必非圣明之福耳。

调停二字，岂能祸宋？止谓其夹杂用人故也。而不知其妙在于停，停久则羹清，羹清然后可以增减五味。若一羹而众手为政，是名为搅，不名为调。今愿诸公停，不愿诸公搅。台台闻此，想当喷饭一笑也。

点评

晚明时局颇类宋末，清议倡为恢复，而党争不断。作于崇祯初。

答徐公玄扈〔一〕

明公清真奥博，翕集大虑，虽在衡门，负公辅之望久矣。年来借此翻书，正恐捉鼻不免耳〔二〕。陆文定九十外，常患头晕，气有余即是火，此寿征，非病也。

某槁林泽间，非耕耘破砚，则洗发顽山，一生与石有缘。此外惟杜五郎行境〔三〕，不足为巨公道也。春来风雨，花事支离，即令坦尚未着屐奉访〔四〕。俟少晴，斫笋鲙鱼，邀作苑堂夜话，不令日日啖齑萧寺也。

注释

〔一〕徐玄扈：即徐光启，字子先，号玄扈，天主教圣名保禄，松江府上海人。万历三十二年进士，官至礼部尚书兼文渊阁大学士、内阁次辅。赠太子太保、少保，谥文定。

〔二〕捉鼻：刘义庆《世说新语·排调》："谢安在东山居布衣时，兄弟已有富贵者，翕集家门，倾动人物。刘夫人戏谓安曰：'大丈夫不当如此乎？' 安乃捉鼻曰：'但恐不免耳。'"

〔三〕杜五郎：见卷三《答杨文弱计部》注〔三〕。

〔四〕令坦：敬称，指对方的女婿。刘义庆《世说新语·雅量》："遣门生与王丞相书，求女婿。……门生归白郗曰：'王家诸郎，亦皆可嘉，闻来觅婿，咸自矜持，惟有一郎在床上坦腹卧，如不闻。'"

点评

天启四年至七年，徐光启在家乡闲居，编纂《农政全书》。此书盖此一时段所作。

答郭章弢父母〔一〕

承惠报书，惓惓垂意山泽，此王公大人未始有也。山居覆阅《论语》，窃味"危行言逊"四字〔二〕，言既逊矣，行岂危哉？意者临深履薄之危〔三〕，即是安身立命之着，此解然乎？

唐元镕家贫力学，有断齑画粥余风〔四〕。文采隽丽，偶落遗珠。素感国士之知，并援并州子弟之谊，不觉飞鸟投怀〔五〕。惟台台怜而植之，片言吹嘘，便生羽毛矣。

注释

〔一〕郭章弢：即郭如闇，字章弢，江西庐陵人。万历四十一年进士，天启二年任华亭知县。

〔二〕危行言逊：行动小心，言语谨慎。《论语·宪问》："邦有道，危言危行。邦无道，危行言逊。"

〔三〕临深履薄：处在危险之地。《诗经·小雅·小旻》："战战兢兢，如临深渊，如履薄冰。"

〔四〕断齑画粥：生活艰苦。宋魏泰《东轩笔录》："公（范仲淹）少与刘某上长白僧舍修学，惟煮粟米二升，作粥一器，经宿遂凝，以刀画为四块，早晚取二块，断齑数十茎……入少盐，暖而啖之。如此者三年。"

〔五〕飞鸟投怀：犹穷鸟入怀。比喻处境困穷而投靠别人。北齐颜之推《颜氏家训·省事》："穷鸟入怀，仁人所悯。"

点评

为唐元镕说项。唐氏盖应考童生，"偶落遗珠"谓其考试落榜。眉公希望郭知县给以关照，使其早日入泮。作于天启二年。

与青浦郑公〔一〕

霖雨连绵，饥民愁叹。目前惟合圩大朋车，尚可车戽。然非奉钧牌，则众心不一，众力不齐。若得佃户出力，田主出钱，台台亲标朱笔，严督低乡，或不时小舟，躬临劝谕，虽大潦不至甚灾，此急则治标之说也。

华、上洼下之田，割分青浦，受病又深。明公长圩化短，大圩化小，告示不啻三令五申，而无奈蠢蠢之民，因循徼幸至此，嗟何及矣。租米钱粮，日难一日，所恃明公拯溺，甚于杞人之忧天耳。

注释

〔一〕郑公：即郑友元，字符韦，号澹石，湖北京山人。天启五年进士，授青浦知县，崇祯元年，调任华亭知县。

点评

关心民瘼，与郑知县探讨救灾之事。作于天启五年。

答王修微〔一〕

空山中，自修道人飞至，便成洞府。何必处处鸾鹤，山山蕙兰，乃称世外也。别时黯惨，使人不能返视，黄芦白蒂，孤雁严霜，峭帆之下，幸尔无恙。

昨梦秋月如规，游氛散尽。晓谓侍儿曰，此梦可祥。已得手书，迫呼二三韵士视之，惊叹其奇绝。天女散花，今见其人矣。

梅花烂漫，度在二月初旬，能舞棹谐此请诺否？先期一报，煮雪相待衡门之下也。

注释

〔一〕王修微：即王微，字修微，小字王冠，称草衣道人。明末扬州人，江南名妓。

点评

眉公邀名妓赏梅也。王微才情殊众，当时与柳如是齐名。钱谦益评之曰："今天下诗文衰熠，奎壁间光气黯然。草衣道人与吾家河东君，清文丽句，秀出西泠六桥之间。"

答南京张可大〔一〕

自吴阊望见麾盖，此后仅于翰墨尺牍间相通，气概风调，不啻延津双剑也〔二〕。明公屡握重镇，橐中贫薄，与寒书生等。只此廉将军，正可当一面，风百曹，而明公绝无筱风枥驹之叹〔三〕，其识卓矣。

思昔戚元敬犹与王汪两司马唱和〔四〕，武略文谟，至今铿耀人耳目。明公独吟独赏，而弟辈又不能荷衣蕙带，坐莲花幕中，相与麈尾论难，此亦吾两人小恨事也。

注释

〔一〕张可大：见卷三《答南京张锦衣》注〔一〕。

〔二〕延津双剑：见卷一《与顾冲庵公子》注〔六〕。

〔三〕篓凤：因于笼中的凤。《楚辞·怀沙》："凤皇在篓兮。"枥驹：犹枥马，拴在马槽上的马。多喻受束缚，不自由者。唐白居易《续古诗》之三："枥马非不肥，所苦长系维。"

〔四〕戚元敬：即戚继光。王汪二司马：即王世贞、汪道昆。二人皆做过兵部侍郎。

点评

张可大可谓武夫中之雅人，故乐与眉公交往，而眉公亦期之以戚继光也。作于天启年间。

答东里〔一〕

明公前后两牍，侃侃数百言，真活命丹、造国手也。以澹泊宁静之人品，出之以正直忠厚之奏章，有识者读之，使人不得不服其眼力、识力、胆力、笔力，此皆一无所为而为，岂望今日要典哉？中行本于独复〔二〕，战胜不愿求肥。自古哲人，往往自正人中拨转出来，其惟明公乎？

甲子朝事始芽〔三〕，刘芳老贻书见询〔四〕。弟应之曰：

"诸君子宜静不宜动，宜后不宜先，宜忧不宜喜。"荏苒三年，不幸小验。明公有感于熙丰、元祐之两不合者〔五〕，此亦可以定出处之权度矣。龙惟潜故神，凤惟不下故威。与其出受时流之推毂，无宁退守至人之括囊。行行且止，观变相时，明公试以为可不可也。

六月廿六日，夏绳老一病遂亡。细检遗橐，即寒衣折絮，付之质库中，贫不能殓，殓不能葬，即两亲尚在浅土，可怜哉。

注释

〔一〕东里：即王志道，见卷二《与张五鹿太守》注〔三〕。

〔二〕中行独复：《周易·复卦》："中行独复，以从道也。"

〔三〕甲子朝事：天启四年，杨涟、黄尊素等人弹劾魏忠贤，反遭朝廷传旨切责。魏党王绍徽编《东林点将录》，以高攀龙、赵南星、叶向高等为东林党人，两派交攻，势如水火。

〔四〕刘芳老：即刘廷元，见本卷《答刘方瀛太史》注〔一〕。

〔五〕熙丰、元祐：王安石变法自熙宁二年至元丰八年宋神宗去世结束，故亦称熙丰变法。哲宗元祐元年，司马光为相，尽废神宗熙宁、元丰间王安石新法，恢复旧制。以此形成新旧两党，交相攻击。

点评

鉴于明末复杂的朝局，眉公主张宜静不宜动，宜后不宜先，宜忧不宜喜。作于天启七年。

答丁宗伯〔一〕

老公祖再访空山，真如寿星过度，不当作寻常看过也。至人辞荣如腻〔二〕，鬼神所知，但恐地震火灾之后，举朝震惊，此疏即上未必遂得请。子路救人辞金，夫子叹曰："后世不复有救人者矣。"〔三〕当事者得无以此见格乎？

注释

〔一〕丁宗伯：此牍在《陈眉公先生全集》卷五十六题作"答丁改亭"。按，丁宾，字礼原，号改亭，浙江嘉善人。隆庆五年进士，累官至南京工部尚书，卒谥清惠。

〔二〕辞荣：逃避富贵荣华的生活，谓辞官退隐。晋陶潜《感士不遇赋》："望轩唐而永叹，甘贫贱以辞荣。"

〔三〕"子路"句：《吕氏春秋·察微》："鲁国之法，鲁人为人臣妾于诸侯，有能赎之者，取其金于府。子贡赎鲁人于诸侯，来而让，不取其金。孔子曰：'赐失之矣。自今以往，鲁人不赎人矣。'取其金，则无损于行；不取其金，则不复赎人矣。子路拯溺者，其人拜之以牛，子路受之。孔子曰：'鲁人必拯溺者矣。'孔子见之以细，观化远也。"

点评

天启六年，京师一带地震且发生火灾爆炸。此书即作于此时。

答谢象三使君〔一〕

明公巍科高第，乃不愿为木天贵人，又不愿为衡文使者，着无争之棋，乘独后之马〔二〕，神识何恬，而地位又何卓也。道路有口，鼎铛有耳，铨谏一路，定当虚席以待。明公大丈夫，岂论目前之小屈伸乎？

今天下无地不难，无官不难，独明公恢刃练川，绰有余地。调剧之报，譬之儿方乳而夺之母，老稚嗷嗷，攀留无计可念也。近者部文加赋一事，窃尝考之旧牒，从平米上加〔三〕，则所出少。从田上每亩加，则所出多。乞明公酌定，请之道院。倘得允从，其亦救民水火之一策乎？非止为练川德政碑地也。

注释

〔一〕谢象三：即谢三宾，字象三，号寒翁，四明（今宁波）人。天启五年进士，授嘉定县令。崇祯时，官至太仆寺卿。

〔二〕独后之马：典出《论语·雍也》："子曰：'孟之反不伐，奔而殿，将入门，策其马曰："非敢后也，马不进也。"'"

〔三〕平米：明中叶以后在江南实行的田赋征收的改革办法。宣德八年，针对江南田赋奇重，负担不均的现象，江南巡抚周忱创平米法，沿袭至清。其法将正米及耗米合计，科则重的加耗少，科则轻的加耗多，据此规定平米则例，再以平米则例算出应征米粮和银两数额。

点评

眉公关心民瘼，通晓事务，对加赋一事提出意见，以减轻农人负担。作于天启六年。

答刘公方瀛〔一〕

明公望隐韩范〔二〕，心同园绮〔三〕，味老氏之止足〔四〕，援哲人之知几〔五〕，未尝一日而恋神武门也。俟大兄策名贤书〔六〕，明公或可斟酌进止。但张翰有云，负天下之望者，求退良难〔七〕，正恐未容酣卧耳。

弟在山，日简道书，不欲通姓氏于莲花幕中。忽承远笺，情益亲而贶益重，未省老夷门报恩在何时何地也。别谕小照，愿言藉手，拟笔百余言，不独使明公捻髭捧腹，即后世读之者，如再见云台烟阁间人物〔八〕，岂不快耶？

注释

〔一〕刘方瀛：见本卷《答刘方瀛太史》注〔一〕。

〔二〕韩范：指宋代名臣韩琦和范仲淹。

〔三〕园绮："商山四皓"中的东园公和绮里季的并称。《三国志·魏书·管宁》："臣重自省揆，德非园绮而蒙安车之荣。"

〔四〕老子曰："罪莫大于可欲，祸莫大于不知足，咎莫大于欲得。故知足之足，恒足矣。"

〔五〕知几：见本卷《答毛抚台》注〔四〕。

〔六〕贤书：本指举荐贤能的文书。《周礼·地官·乡大夫》："乡老及乡大夫、群吏献贤能之书于王。"后世因称乡试考中为"登贤书"。

〔七〕"张翰"句：《晋书·张翰传》："翰谓同郡顾荣曰：'天下纷纷，祸难未已。夫有四海之名者，求退良难。吾本山林间人，无望于时。子善以明防前，以智虑后。'荣执其手，怆然曰：'吾亦与子采南山蕨，饮三江水耳。'翰因见秋风起，乃思吴中菰菜、莼羹、鲈鱼脍，曰：'人生贵得适志，何能羁宦数千里以要名爵乎！'遂命驾而归。"

〔八〕云台：汉明帝时因追念前世功臣，图画邓禹等二十八将于南宫云台，后用以泛指纪念功臣名将之所。烟阁：即凌烟阁。封建王朝为表彰功臣而建筑的绘有功臣图像的高阁。唐太宗贞观十七年画功臣像于凌烟阁之事最著名。庾信《周柱国大将军纥干弘神道碑》："天子画凌烟之阁，言念旧臣；出平乐之宫，实思贤傅。"

点评

山林与庙堂交，话该如何说，才能使自己不掉价，又使对方高兴？这是一门艺术，眉公深谙此道。

与王公还滏

去冬大雪中，饮胡头〔一〕，今复披裘拥炉矣。岁叙一迁，独闻新天子神明异常，事事亲自裁决，吾曹一片青山，居然无恙，尚可作击壤老翁〔二〕。若明公文章建白，播在朝听，旦晚赐环〔三〕，以襄出否开泰之新政，舍豪杰将谁往哉？

楚中谭友夏发解〔四〕，士林皆为额手。独钟先生全集，未行人间，不识可搜刻残断，以代伯道儿否〔五〕？

秦碑甚多，强半作武后塔材。曾见姜辅奏疏，言之可叹。乞法眼择其尤者，见寄数番，真草堂一段吉光锦也。

注释

〔一〕饮胡头：指饮酒。《汉书·匈奴传》："以所破月氏王头，共饮血盟。"庾信《哀江南赋》云："燃腹为灯，饮头为器。"

〔二〕击壤翁：《艺文类聚》卷十一引晋皇甫谧《帝王世纪》："（帝尧之世）天下大和，百姓无事，有五十老人击壤于道。"后因以"击壤"为颂太平盛世的典故。

〔三〕赐环：参卷二《答刘公》注〔一〕。

〔四〕发解：指乡试考中举人。天启七年，谭友夏终于考中举人，并且是解元。

〔五〕伯道儿：晋邓攸，字伯道。历任江东吴郡和会稽太守，官至尚书右仆射。永嘉末，因避石勒兵乱，携子侄逃难，途中屡遇险，恐难两全，乃弃去己子，保全侄儿。后终无子。见《晋书·良吏传·邓攸》。南朝宋刘义庆《世说新语·赏誉》："谢太傅重邓仆射，常言：'天地无知，使伯道无儿。'"后用作叹人无子之典。此处指钟惺唯一的儿子肆夏于万历三十六年夭折，钟惺《告亡儿肆夏文》记载此事。

点评

万历四十五年，眉公与钟惺订交于南京。此时犹念念不忘于故人遗集，情谊可感。新天子，指刚登基的崇祯皇帝。作于崇祯元年。

答青浦郑公〔一〕

某草木余龄，仰承垂记，特赐赠言，一字一明月珠也。何以报之？

杨斗枢一疏〔二〕，奉旨平和，或圣明留此独奋雷霆之断，亦未可知。敷政优优，当是佳兆。譬如立春矣，而犹有余寒。立秋矣，而犹有余热。造化且然，而况朝事乎？

向来尊柬，不敢当文举之年〔三〕。若出山奉送，则类远公之过虎溪桥矣〔四〕。

注释

〔一〕青浦郑公:即郑友元,见本卷《与青浦郑公》注〔一〕。

〔二〕杨斗枢:即杨维垣,字斗枢,山东文登人。万历四十四年进士,云南道御史。以"逆案"被黜,弘光时,起为通政使。清兵渡江,先令人掘一深堑,将家人活瘗之,乃自刭。

〔三〕文举之年:孔融《论盛孝章书》:"岁月不居,时节如流。五十之年,忽焉已至。"眉公此时年界七旬,五十之年,早成前尘。盖悲其老也。

〔四〕远公过虎溪:释僧佑《出三藏记集》卷十五载,慧远居东林寺,影不出山,迹不入俗。每送客游履,常以虎溪为界焉。宋陈舜俞《庐山记》卷二载,若慧远送客过虎溪,虎辄鸣号。一日陶潜、陆修静来访,与语甚契。相送时不觉过溪,虎辄号鸣,三人大笑而别。画人据此作《虎溪三笑图》。

点评

眉公七十大寿,青浦郑知县来书贺之。此回复也。作于天启七年。

答郑公澹石〔一〕

朝天之车,日近一日,新报亦日近一日,此行真读活《通鉴》也。得教快甚,但独断出之,圣天子安静听之。诸君子则华山老人，便可大笑坠骡矣〔二〕。

注释

〔一〕郑友元：见本卷《与青浦郑公》注〔一〕。

〔二〕坠骡：见卷一《答张雨若司马》注〔六〕。

点评

崇祯五年，郑友元入京为御史，此书作于此时。

答李思然分司

圣明之主，辅之以相；浊乱之后，救之以清。如明公之清，非小廉曲谨者可雁行也。邹滕定变，而不暴其功，盐局脂膏，而不染其腻。进无傲色，退无怨言，名实俱孚，心迹双洁。世眼愦愦，或笑以为愚，或嘲以为矫，而明公苦节弥甘，即妻子童仆皆有安贫乐道之色。此当于古名臣中求之，岂浅夫俗士可得而涯涘哉？

分宜墨、江陵横〔一〕，犹有请剑牵裙者〔二〕。顷权珰虐焰熏天，网罗匝地，颂功德，建生祠，几同左衽。赖圣主中兴，一洗乾坤日月。屡奉圣谕，惓惓以起用褒恤为先务。今冬春隔岁，而会议杳然，其何辞以答圣明，以慰天下之望？时事如此，良可慨然。则台台困顿盐车之中[三]，沉滞积薪之下[四]，又无足怪矣。

注释

〔一〕分宜：指严嵩，嘉靖间宰辅。江陵：指张居正，万历间宰辅。

〔二〕请剑：为忠直敢谏，请诛奸佞之典。见《汉书·朱云传》。

〔三〕盐车：多用于喻贤才屈沉于天下。《战国策·楚策四》："夫骥之齿至矣，服盐车而上太行。蹄申膝折，尾湛胕溃，漉汁洒地，白汗交流，中阪迁延，负辕不能上。伯乐遭之，下车攀而哭之，解纻衣以幂之。"

〔四〕积薪：见卷二《与王季重使君》注〔五〕。

点评

为李思然鸣不平，沉沦下僚，不得施展才华。作于崇祯二年。

答李大生[一]

弟正七十矣，方以虚生为惭，劳生为苦。今幸圣天子乘乾开泰，权珰伏法，皆出人鲊瓮、鬼门关[二]，而授之羲黄世界。太史公谓汉文之世，黎民新出汤火，老人嬉游市中，如小儿状〔三〕。某得无类是乎？

山中艺竹移花，泥土扑面，而使者赍杖头渡江来，急展寿言读之，清真萧散，生动飞扬，直是庞德公、徐洪客〔四〕，可与语此。弟何人何福，而能消之？惟传播交游，藏示子姓，如天上赤文绿字而已〔五〕。

皇上好读史，事事临摹古人，卜相金瓯，机老首膺特简〔六〕，闻命之日，远近驰贺者，收书不收礼，清之一字，允合帝心。明公有道有见，度与此老必多函盖之合。盖洁品正相类耳。辟疆兄〔七〕，诗文中真滚地狮猊，弟已怖而脑裂。尊撰《西子书》〔八〕，实天下奇作，少伯有知〔九〕，且当结舌，弟岂敢望作秦吉了乎？

注释

〔一〕李大生：见本卷《答如皋李大生》注〔一〕。

〔二〕人鲊瓮：长江险滩之一。在今湖北秭归县西、瞿塘峡之下，号称峡下最险处。宋人诗中常以之与鬼门关属对。宋赵令畤《侯鲭录》卷三："瞿塘之下，地名人鲊瓮，少游尝谓未有以对。南迁，度鬼门关，乃用为绝句云：'身在鬼门关外天，命轻人鲊瓮头船。'"

〔三〕"太史公"句：见司马迁《史记·律书》。

〔四〕徐洪客：《资治通鉴》卷一八四载：隋末中原大饥，李密破袭黎阳仓，据之。泰山道士徐洪客献书于密，以为："大众久聚，恐米尽人散，师老厌战，难可成功。"劝密"乘进取之机，因士马之锐，沿流东指，直向江都，执取独夫，号令天下"。

密壮其言，以书招之，洪客竟不出，莫知所之。

〔五〕赤文绿字：古代传说中的一种符瑞。谓江河所出图箓皆为绿色，或用朱书刻于石碑上，故云。《宋书·志序》："圣帝哲王，咸有瑞命之纪，盖所以神明宝位，幽赞祯符……握河括地，绿文赤字之书，言之详矣。"

〔六〕机老：见卷二《与钱公机山》注〔一〕。

〔七〕辟疆：即冒襄，字辟疆，号巢民，如皋人，明末四公子之一。李之椿表侄，董其昌弟子。

〔八〕西子书：指李之椿《拟西子恨范蠡书》，文见郑元勋辑《媚幽阁文娱》。

〔九〕少伯：见本卷《答如皋李大生》注〔五〕。

点评

李氏撰《拟西子恨范蠡书》，眉公前复李氏书欲以范蠡身份作答，今不欲作也。作于崇祯元年。

与张灿衡侍御〔一〕

窃闻君臣一线精神，全恃章奏。向来太冗长，非所以爱吾君也。太秽亵，非所以敬吾君也。部覆耽延，诏书挂壁，非所以畏吾君也。顷奉旨，奏疏限千字，题覆限十日，似已为圣明冷眼觑破矣。能以日清月朗之手，寓于风行雷厉之中，独明公一人耳。

友人葛一龙〔二〕，其诗品人品，某之师，非某之友也。谨以其集呈览，此兄家甚贫，自负甚不浅。倘以并州部民而与进之，服阕补官，得就五斗，不至同侏儒争长安饥饱〔三〕，此明公之厚造于文人者也。后房兰玉〔四〕，必且丛生。幸明公便示，以慰老稚之望。

注释

〔一〕张灿衡：即张文熙，字灿衡，河北景县人。万历四十一年进士，历官乐安知县、浙江道监察御史、江南巡按、太仆寺卿。

〔二〕葛一龙，字震甫，吴县（今苏州）人。葛读书好古，嗜吟咏，喜交游，因屡试不售，乃援例谒选，选授云南布政司理问。未几，罢归。

〔三〕侏儒饥饱：见卷一《与唐抑所太史》注〔二〕。

〔四〕后房：姬妾的代称。兰玉：即芝兰玉树，比喻佳子弟。《晋书·谢安传》："（谢玄）少颖悟，与从兄朗俱为叔父安所器重。安尝戒约子侄，因曰：'子弟亦何豫人事，而正欲使其佳？'诸人莫有言者。玄答曰：'譬如芝兰玉树，欲使其生于庭阶耳。'"

点评

推荐友人葛一龙。天启三年，张文熙以御史巡按苏松，此书作于此年。

答王道观使君

某七十，老矣。日向蜗壳燕窠中，洗破砚，拨残编，佃文自活，远视松江渔父，大有愧色。台台何所取而辱存之，授以琅函冰俸，奖饰不可当。回环再三，几欲穴地而入矣。

明公经术人品，冠冕士林，岂特省元第一？不置之芸阁蓬山，而置之斗大邑。然积功累行，许旌阳何人也〔一〕？异日朝拜官而夕奏疏，赵清献又何人也〔二〕？

顷圣天子当阳，非时召对。初欲廓清群秽，继欲整刷积弛，直将付部覆，付会议，不痛不痒之世界，用倒仓法一番〔三〕。明公忠孝填胸，得无闻而色动乎？借箸画笏〔四〕，两三年弹指间耳。

狂风怒号，滨江海而处者，漂没无算，此天变非人事也。独昆山焚抄更烈，此举出于君则正，出于民则邪。出于朝廷则治，出于乡邦则乱。手不可使滑，胆不可使大，渐不可使长，亦主张世道者之隐忧也。明公以为然否？

注释

〔一〕许逊，字敬之，汝南人，家南昌。学道于吴猛，后举孝廉，曾为旌阳县令。因感晋室动乱，弃官东归，周游江湖。传说东晋宁康二年在南昌西山，举家四十二口拔宅飞升。宋代封其为“神功妙济真君”，世称许真君，又称许旌阳。

〔二〕赵抃：字阅道，号知非子，衢州西安（今浙江衢州）人。景祐元年进士乙科，官至资政殿大学士，以太子少保致仕。卒谥清献。为官清廉，任成都转运使，到官时随身只带一琴一鹤。后为殿中侍御史，刚直不阿，且面颜黑，人称“铁面御史”。

〔三〕朱丹溪《格致余论·倒仓论》：“肠胃为市，以其无物不有，而谷为最多，故谓之仓，若积谷之室也。倒者，倾去积旧而涤濯，使之洁净也。”

〔四〕《史记·留侯世家》：“良曰：‘谁为陛下画此计者？陛下事去矣。’汉王曰：‘何哉？’张良对曰：‘臣请藉前箸为大王筹之。’”

点评

“顷圣天子当阳”，指崇祯皇帝登基。作于崇祯元年。

答毕白阳司空〔一〕

往承垂念山泽故人，远寄奏议冰俸，即欲修谢以展感激之诚。会中外告密，虽有鱼雁，不敢逗入网中。

顷皇上以尧舜之圣明，兼汉宣之综核，特简天下第一端人为众正倡，海内欣欣更生矣。兵饷告殚，灾伤迭见。

鼓噪则用法难，赈贷则用恩难，缓之则边鄙之枵腹而号难，迫之则郡县之洗手而炊难，所恃吾君吾相无丰亨豫大之侈心〔二〕，有爱养撙节之实意。台台虽为手足关情，皇上决不舍股肱腹心，而别有他属也。忠孝填膺，精神满腹，枢衡重任，虚席以待。明公岂久烦于簿书钱谷间乎？

南邮颇便，幸慰好音。

注释

〔一〕毕白阳：即毕自严，见卷三《答杜筏城丈》注〔八〕。

〔二〕丰亨豫大：《周易·丰卦》："丰亨，王假之。"又《豫卦》："圣人以顺动，则刑罚清而民服，豫之时义大矣哉。"本谓富饶安乐的太平景象，后多指好大喜功，奢侈挥霍。

点评

眉公时常奉览官员之奏议，有此用心的人，不可能是不问世事的隐士，"山中宰相"的称谓，其来有自。作于毕自严工部员外郎任上。

答沈云升侍御〔一〕

往骢绣朝天，不及出山一送。两承翰惠，何其惓惓于山泽故人也。强弱多寡之谕，极切中府疑机。

顷边报甚急，闻者张皇。弟谓尧舜在上，决保无虞。此贼孤军深入，粮草不敷，水土不服，地利不谙，步步皆兵家所忌。若堂堂天朝，援兵则有增无减，发饷则有速无迟，声势日益张，胆力日益壮，自然操必胜长胜之局。但不可轻敌轻战，一味列火炮以待之。掘暗堑以陷之，设水草以诱之，款插酋以离之，结朵颜三卫以疑之，贼其能久盘踞于内地乎？

入援之兵，须要纪律分明，何以使之不逃不抢？守城之兵，须要调御有方，何以使之不扰不哗？男女号哭，何以使之入？货物拥轧，何以使之进，奸细何以盘诘，漕船何以护持？专备蓟州、通州，何以使山海无疏虞？专旨调将调兵，何以使各边无单弱？宜先请皇上特发敕谕，晓示中外，而诸公相与尽心尽力，而筹划之，即有跳梁不足平矣。

多难兴邦，殷忧启圣。自此警策一番，比之数番召对，更觉得力。抖擞门户之空言，讲求富强之实用，未必非天之所以祚圣明也。弟所谓决保无虞者，此也。明公以为然，乞闻之机翁相公〔二〕。何如？

注释

〔一〕沈云升：见卷三《答沈云升侍御》注〔一〕。

〔二〕机翁：即钱龙锡，见卷二《与钱公机山》注〔一〕。

点评

此与沈氏谈用兵之道。作于崇祯初年。

答湖州沈公〔一〕

明公经纶满腹，特召枢府，以纾圣天子东顾之忧。此行非寻常，功成上赏，使令郎髫鬌而拜金紫之荣〔二〕，方许入山谈道，当炊黍于邯郸枕边奉侍也。

目今催督漕粮，急于星火，而曾无一言及于护粮者。护粮莫如仍设淮上总兵，此成祖旧制，非比新添，一万漕船，每船漕卒十人，便有十万现成兵矣。漕卒自带行粮，便有十万现成粮矣。昼耀旌旗，夜悬灯火，兵将相习，金鼓相闻，皆倚淮总为扼要呼吸之枢机。因转漕而兼练兵，一利也。军声远震，使北虏莫敢南侵焚劫，二利也。既防饥民，又防他寇，三利也。弹压南北，线索俱通，四利也。猝有不幸，缓急可应，五利也。先朝董以名将，集以重师，又制龙袍船，置进鲜船，岁岁月月，驿络往来不绝，就中皆有深意，吾曹亦未敢深言耳。此事须南北司马司农，及南北巡抚淮抚，默默商量，复还总镇旧制，不动声色，而措中原于太山之安。

今日专恃明公，主持提衡其间，报君卫国，无急于此矣。其微细委曲，乞于过淮之时，暂停三四日，细细咨询，而斟酌之，胜于募骁勇、算加饷、储火药尤万万也。况十万漕卒之中，元有豪杰，元备火器，步步皆可练为精锐，人人皆可仗为指臂之相使。明公乞与同志谋之。即召对，入言于明主而无讳，又何疑矣。

草莽之言，惶悚惶悚。谨陈一得之愚，并谢台贶之辱。据案手书，仰惟台宥。

注释

〔一〕沈潅：字铭镇，浙江湖州人。万历二十年进士，历官至南京礼部侍郎。泰昌元年，进吏部尚书兼东阁大学士。

〔二〕髫髻：幼年。《后汉书·周燮传》："始在髫髻，而知廉让。十岁就学，能通《诗》《论》。"

点评

沈公被诏入阁，眉公致书专论复设淮上总兵之便利。为国分忧，拳拳赤心，昭然可见。作于泰昌元年。

答张石霖公祖〔一〕

台下解郡后，善人君子不胜去后之思，兹且谋所为俎豆不朽者。盖去莠正以养苗，剪棘正以护兰，其肃括人所见，消弭人所不见，而久则始觉有余味，有阴功耳。

吴人好讹好乱，一见于无锡，再见于常熟，三见于苏州，当事者调停百端，始正三尺。目前急则治标，惟孔明、张乘崖治蜀之法〔二〕，厥疾用瘳。此有识盼盼于明公之节钺东南也。至于心事洞达，所谓奴隶亦知其清明。大廉大侠，有交情，有公道，又不待言矣。

某七十得孙，万事已足。此外一味闭门杜口，以希却病扶老之术。思老近得彭仙翁，朝昏聚膝，颇觉闻所未闻。夏彝仲试其服气之旨，灵效异常。此翁玄学如海，真不能望洋而窥矣。明公筹边发白，报国心丹，炼金钟玉而外，更当思摄生一着。若天赐重来，此翁犹是云间寓公，正可握麈相对。企予望之，岂胜翘首。

注释

〔一〕张石林：即张宗衡，字石林，临清人，万历四十一年进士，天启元年任松江知府，崇祯年间任刑部侍郎。崇祯十五年，清兵攻至临清，战死。

〔二〕张乖崖：即张咏，见卷三《答朱平涵相公》注〔二〕。

点评

彭仙翁玄学如海，眉公、董其昌、钱谦益等人皆盛称之。其人如何，世俗之人难以判断。作于天启七年后。

答张上马毅仲〔一〕

某衰病下劣，日与农师渔丈人为群，不敢齿及风雅二字。即小有撰述，如沈梦溪云，退处山泽，更绝过从，所与谈者惟笔砚而已〔二〕。不意明公好奇太过，札贶先施，属以糠粃之导〔三〕。神交知己，宇宙寥寥，谨撰数言以候斤削。

明公主盟文苑，吴儿辐辏龙门，不异众鱼之曝鳞点额〔四〕。某老怯道路，近结苕帚庵，莳嘉蔬，种修竹，远望轩后寒山，如在肘下。又以饮冰俸钱，多市村醪，从黄肥紫壮中细嚼〔五〕，寥吟好诗，颇觉受用太奢。恨不得明公过此，共享黑甜白醉之乐也。

注释

〔一〕马毅仲：即马任远，字毅仲，号遂园主人，河北永年人。万历四十七年进士，历官叶县知县，天启五年任浒墅关主事，天启七年，以党争削籍为民。

〔二〕“沈梦溪”句：沈括《梦溪笔谈序》：“予退处林下，深居绝过从，思平日与客言者，时纪一事于笔，则若有所晤言，萧然移日，所与谈者，惟笔砚而已，谓之‘笔谈’。”

〔三〕糠秕之导：见卷二《答赵彦中》注〔二〕。

〔四〕曝鳞点额：《后汉书·郡国志五》：“（交趾郡）封

溪建武十九年置。”刘昭注引晋刘欣期《交州记》:“有堤防龙门，水深百寻，大鱼登此门化成龙，不得过，曝鳃点额，血流此水，恒如丹池。”后以喻挫折、困顿。

〔五〕黄肥紫壮：菊花正浓，紫蟹正肥。马致远《夜行船套·秋思》:“和露摘黄花，带霜烹紫蟹，煮酒烧红叶。”

点评

天启五年，马毅仲任浒墅关主事，眉公结茗帚庵，此书作于此时。《陈眉公先生全集》卷十一有《马毅仲聊吟叙》，应是眉公应马毅仲所请而作，即文中所谓的“糠秕之导”。

答镇江贺太尊〔一〕

久欲躬拟候谢，实以传稿更易三四，不得如意。盖专言冬官非事，非传体。若寻常描写，则此事节省最多，蒙谗最枉。台台抗章追辨，始复原官，其孝思又最苦。若欲慷慨发挥一番，则时局颇碍，措词更难。为此屡执笔而攒眉者久之。

闻长公夙疾俱瘳，欣慰欣慰。即彭仙翁亦云，若能自医自病，岂必问药师医王哉？陶隐居云，宁为才鬼，胜作顽仙〔二〕，故以名其庐。要之，处此世界，不论朝野是非，不涉人伦臧否，一味以老顽应之，安知非法？

但恐顽不透耳。

注释

〔一〕贺太尊：即贺仲轼，见本卷《答镇江贺太尊》注〔一〕。

〔二〕“陶隐居”句：陶弘景《与梁武帝论书启》：“每以为得作才鬼，亦当胜于顽仙，至今犹然。”

点评

此书背景见前致贺仲轼书。作于天启三年后。

答钱兵尊〔一〕

承台谕，东南华其外，而枯其中。管仲所谓，衰世若有余，非有余也，嗜欲多而民心躁。今民力凋敝，不敢躁，不能躁，病在士大夫好广田宅，豪者封钉扛抬，庸者因循苟且，绝不肯讲求赋役，为桑梓计，为子孙计耳。

明公谓钱粮窟穴多，因头绪多。头绪多，因经赋之不定也。若定经赋，先查原额，后查增额，又查增后之减额，历历分明，如指诸掌。部文溷征，可以争执，奸胥飞洒，可以搜求，此赋法也。钱粮止五字，曰催得好，曰收得好，曰解得好，曰放得好，曰存留得好。而又于五项之中，分官户，分民户，分荒区，分熟区，分完分欠，分新分旧，分缓分急，而要领尽在是矣。此役法也。

愚尝谓缙绅讲道学，不如实实讲赋役。当道清词讼，不如细细清赋役，真裕国爱民，江南财薮之第一义也。近敝乡台省上赋烦役重之疏，钱相公二书，徐抚台、聂侍御二叙，三大役，及义田册，俱奉台览。大抵嘉湖事例，无不役之田，无不田之役。小民朋里排则可，朋布解北运收屯大役则不可。官册优免外，当大役则可，当里排则不可，何也？官册而当里排，付之子弟，则纨袴；付之童仆，则侵逃。此均田均甲之议，钱相公所不喜傅会也。

顾氏义田四万，乃华亭独有，辽饷乃天下所同，议者欲移田抵饷，贴赋而不贴役，此顾氏所不肯捐，役人所不肯让，而亦郡县所不能从也。三县最苦者，布解糙粮之收兑，白粮之北运，八万之收银，今郑父母处置得宜，大约化有为无，化重为轻，择团户囤户而编里排，则催办易。散客册故宦册而编新役，则叠困苏，诸如此类。华倡之，而上青仿之，民其更生乎？其他如水利，则修圩岸，开吴淞，而水旱无虞矣。禁赌博，禁盐贩，禁捕快之养盗，而内盗衰减矣。禁沿海富家之通寇，而外寇衰减矣。兵粮如期派付，官弁何有鼓噪之患？钱粮当堂散给，役人何有扣除之例？布解以银足为主，北运收兑以米足为主，不容抢收赊串，不容包揽甘兑，何有迟滞艰阻之虞？

今郡县砥砺同心，乡城鼓舞悦服，而又幸清通简要如台台者，弹压调停于上，赋役之头绪提明，则东南之太平可望。盖天祚吾吴，而赐之周文襄也〔二〕。

承下问，谨摅刍荛一得之言，余惟仰体清严，仍前疏远，幸赐台亮。

注释

〔一〕钱兵尊：此牍在《陈眉公先生全集》卷五十六题作“答钱龙门”。按，钱继登，字尔生，又字龙门，号篑山老人，浙江嘉善人。万历四十四年进士，授刑部主事，出知饶州，升苏松副使，谪归。崇祯末，起为江防御史，巡抚淮阳。

〔二〕周文襄：即周忱，字恂如，号双崖。江西吉水人。永乐二年进士，选庶吉士。授刑部主事，进员外郎。累官至工部左侍郎，巡抚江南诸府，总督税粮。卒谥文襄。

点评

答钱氏之问，再次批评空讲道学，不做实事的社会风气。作于崇祯元年后。

答钱二府

台台劳冗异常，极为悬念。即有种种愿请教者，宁疏无亲，宁冷无热，庶几得全上下之交耳。上海编审之役，恩少怨多，审一年以应目前之催办，留九年以待后令之主张，妥贴无过于此。

但浙信震邻，台驾未免巡海一番，以示振刷。若吃紧处，应以保甲之法行之大户，大户行之小户，以及樵户渔户，细编姓名，互相觉察。若有容留面生可疑辈，为奸细，为向导者，擒缚前来，审问端的，如法重处。不许因而生事，蔓及无辜，以开诈端。若官兵置之沿海，则寥寥无多。置之要害地方，则金鼓旗帜火药，实实虚虚，亦可以张军声，而耀武备。

不知散粮果能如期否？粮不足，果能撮借那移否？惟台台裁之。

点评

眉公答钱氏之咨询。此钱氏疑即上牍之钱继登也。约作于崇祯二年。

答钱君复

在三之义[一]，拟于君亲。文中子十五为人师[二]，弟子将相，白首不敢废北面礼。若云以老就师，贫就仕，自待既轻，则上官待之亦不甚重。

今兄年壮志洁，有廉顽起儒之风，不惜生平火力，陶铸得二三顶天立地豪杰出来，其功实在督学使、大司成上〔三〕，即吾松魏公骥、孙公鼎〔四〕，真榜样也。望之，望之。

注释

〔一〕在三：见卷二《与李本宁先生》注〔八〕。

〔二〕“文中子”句：王通，字仲淹，河东郡龙门县人。隋末大儒，卒后，门弟子私谥“文中子”。王氏家学渊源深厚，《中说·立命篇》有“夫子十五为人师”的记载。

〔三〕督学使：即主管一省教育之学政。大司成：即国子监祭酒。

〔四〕魏公骥：即魏骥，字仲房，号南斋，浙江萧山（今属杭州）人。永乐三年任官松江府儒学训导。奉调应召参与《永乐大典》的纂修，历任太常博士、南京太常寺少卿、礼部左侍郎、南京吏部尚书。曾两度典试江西。孙鼎：字宜铉，庐陵人，永乐间举人，任松江教授，正统八年，杨溥荐为御史，董南畿学政。

点评

此公应为松江府学训导或教授。

答范公

弟山居，惟有逋士逸民，时相往还。每询台履于渡江来者，征得近况。东坡云，人至中年，何事不有。西河太愁〔一〕，东门太达〔二〕，惟折衷于两公之间，差足排解。若缘此坚卧如昔，今何时乎？主圣时清，荐牍旁午〔三〕，选曹方欲料理明公，以为众正之倡。但君平弃世〔四〕，仲子灌园〔五〕，故辇上未敢启齿耳。

窃尝叹皇上以廉洁望人，欲其清也。以担当望人，欲其任也。以公平望人，欲其和也。而诸君独清于门户，独任于门户，独不和于门户，虽尧舜奈之何哉？幸而强与弱争，则弱者胜。数十人与一人争，则一人胜。龙性难驯，颔珠亦不易得，太阿大柄正在圣人把握中〔六〕。有君如此，明公起而应之，提出真是真非之本心，挽回不痛不痒之世界，非明公又谁望焉？

注释

〔一〕西河太愁：《史记·仲尼弟子列传》："孔子既没，子夏居西河教授，为魏文侯师。其子死，哭之失明。"

〔二〕东门太达：《战国策·秦策三》："梁人有东门吴者，其子死而不忧。其相室曰：'公之爱子也天下无有，今子死不忧，何也？'东门吴曰：'吾尝无子，无子之时不忧。今子死，乃即与无子时同也，臣奚忧焉？'"

〔三〕旁午：亦作"旁迕"，交错，纷繁之意。汉王褒《洞箫赋》："气旁迕以飞射兮，驰散涣以逫律。"

〔四〕君平：《汉书·王吉传序》：严君平卜筮于成都市。李白《古风》组诗第十三首云："君平既弃世，世亦弃君平。"

〔五〕仲子灌园：见卷一《答闵康侯》注〔五〕。

〔六〕太阿：古宝剑名。《文选·李斯〈上书秦始皇〉》："垂明月之珠，服太阿之剑。"李善注："《越绝书》曰：'楚王召欧冶子、干将作铁剑二枚，二曰太阿。'"

点评

范氏有丧子之痛，眉公致书慰之。希望他振作起来，提撕真是真非之本心，挽回不痛不痒之世界。

答冒宗起进士〔一〕

往闻南宫之报，抃而起舞，世不乏进士，喜宗起豪杰为进士耳。读万里吟，快哉大王之风〔二〕。胸无留事，笔无留行，非目前子墨家所能梦见，顾仆更有进此者。

昔耿天台见励庵方少司空〔三〕，司空意色不及，但问一大行〔四〕曰："孔明，襄阳人也，而居南阳者何？"其人不能答，方司空曰："南阳，四方人物所自出之地，孔明为延揽英雄故耳。君官大行，无为登山临水，作赋吟诗，措过半生。所至宜搜访一二人物，以备国家缓急之用。”天台听其言有味，稍更端请曰：“愚生初脱草茅，先生何以教我？”方司空厉声直视曰：“谁家进士，是胎里来的，说初脱草茅便甚么？”天台公此时言下有省，自谓一生受用不尽。今敢以奉闻，吾丈能笑而点首，以受他山之石乎？

注释

〔一〕冒宗起：即冒起宗，字宗起，如皋人。崇祯元年进士，历任山东兖西道、粤东高要道佥事，升山东按察使，督理七省漕储道。冒辟疆之父。

〔二〕快哉大王之风：宋玉《风赋》：“有风飒然而至，王乃披襟而当之曰：‘快哉此风，寡人所与庶人共者邪！’宋玉对曰：‘此独大王之风耳，庶人安得而共之？’”

〔三〕耿天台：即耿定向，字在伦，号楚侗，人称天台先生。湖广黄安（今湖北红安）人。嘉靖三十五年进士，累官至户部尚书。方钝：字仲敏，号砺庵，湖南巴陵人。正德十五年进士，累官至户部尚书。万历五年卒，追赠太子少保，谥简肃。

〔四〕大行：《管子·小匡》：“升降揖让，进退闲习，辨辞之刚柔，臣不如隰朋，请立为大行。”尹知章注：“大行，大使之官。”按此即《周礼·秋官》的大行人，负责接待客人的官吏。汉称典客，景帝时改名大行。

点评

“谁家进士，是胎里来的”，此言颇觉有味。《大学》亦有言：“未有学养子而后嫁者。”约作于崇祯元年。

答方旦心公祖

台台遗爱碑，至今树于五达之衢。往来钟界者，辄指为伯夷，顾盼不忍去。人实有心，人实有口，焉可捍也，焉可诬也？

某往者坚守匹夫硁硁之义，未敢求谒于秀州、明州，俟驾过吴门，或能追随百里外，一展数年心事。何意风波突起，深山之人，了不知台台去来踪迹，为拊心顿足者久之。及见南中拾疏，尤出创闻。以世间必不能忍之垢，与必不能堪之冤，加于绝不能堪之正人君子。赤蝇止棘〔一〕，赤舌烧城〔二〕。此诗人有投畀之叹〔三〕，冥司置泥犁之狱，非特为听谗者设〔四〕，亦正为巧于造单者设也。

某每遇海内气谊人，辄为台台再三叫屈，而乡衮尤最负不平。三代之直，即六月之霜也。岂待读台台之初刻，而始信随夷之非溷哉〔五〕？刻中发李卓吾一段，痛快异常。此老有知，自当吞刀刮肠于九原之下。卓老不能伤黄叔度〔六〕，彼谮人何能伤方大夫乎？

老僧负禅林疏来，略题数语。第吴人妄费而悭，劝之檀施，如着靴上壁，若何？

注释

〔一〕赤蝇止棘：《诗经·小雅·甫田之什》：“营营青蝇，止于棘，谗人罔极，交乱四国。”

〔二〕赤舌烧城：本为卜筮者禳解灾祸之语，后用以喻谗言为害之烈。语出《太玄经》：“赤舌烧城，吐水于瓶。”

〔三〕投畀：《诗经·小雅·巷伯》：“取彼谮人，投畀豺虎。豺虎不食，投畀有北。有北不受，投畀有昊。”

〔四〕泥犁：佛教语，意为地狱。在此界中，一切皆无，为十界中最恶劣的境界。

〔五〕随夷：《汉书·贾谊传》：“谓随夷溷兮，谓跖蹻廉。”颜师古注引应劭曰：“随，卞随，汤时廉士，汤以天下让而不受。夷，伯夷也，不食周粟，饿于首阳之下。”

〔六〕黄叔度：即黄宪，字叔度，号征君。东汉著名贤士，以学行见重于时。郭泰谓其“汪汪若千顷波，澄之不清，扰之不浊，不可量也”。

点评

崇祯三年，工科右给事中颜继祖巡视京师十六门沟堑，劾监督主事方旦心旷职，致遭朝廷杖斥。此应是眉公答书的背景。

答吴观察〔一〕

美酒速而无味，积薪高而先焚。功名之间，无论挺险走捷者，令人泚颜。即随牒平进，无灾无难，以至公卿，英雄所不为也。明公仅以外官失仪，而得严谴。此彪虎张吻磨牙之破题耳〔二〕。若使此逆犹生，网罗弥天，坑阱匝地，岂容明公瘦行硬坐于空山之中，吃一顿安闲茶饭乎？非人鲊瓮，则鬼门关矣〔三〕。今幸而不死，非从容著书，则慷慨论列天下事。此天留马周以待唐文皇〔四〕，特未逢皇上召对耳。夫半吞半吐之言语，岂能支吾好问好察之圣明？而提出透心透胆之辨才，乃可挽回不痛不痒之世界，吴先生真其人哉。

宰相守令一编，真当今内外第一药石。汉名二千石，皆拜丞相。宋丞相出守，如寇莱公之知大名，杜正献之知乾州。夫入不练习朝事，出不练习民事，而责以理盘错〔五〕，备顾问，是临病觅方、临方购药也，亘古今无是理也。刻完幸多寄数函以贻同志。

弟今年正七十二矣，盼望知己，报效何时？第闻之东坡云，忧患虽已过，更宜慎口以安晚节。敢以此为中丞节钺之助。

注释

〔一〕吴观察：此牍在《陈眉公先生全集》卷五十六题作“答吴福生”。按，吴伯与，字福生，安徽宣城人。万历四十一年进士，授户部主事，累官至浙江参议、广东按察司副使。

〔二〕破题：古代科举考试文章开头即用两三句话破解题意，称为破题。

〔三〕人鲊瓮：参本卷《答李大生》注〔二〕。

〔四〕马周：参本卷《答蔡羲征》注〔三〕。

〔五〕盘错：谓树木根株盘屈，枝节交错。比喻事情的艰难复杂。晋袁宏《后汉纪·安帝纪一》：“难者不避，易者必从，臣之节也。不遇盘根错节，无以别坚利，此乃吾立功之秋，怪吾子以此相劳也。”

点评

吴观察乃一贬谪官员，尚留心国事，编辑《宰相守令合宙》二十四卷以报朝廷。作于崇祯二年。

答方太尊修郡志〔一〕

儒引山泽之分，硁硁不入公庭者，二十余年矣。伏承太公祖五马临门，双鱼折柬，惓惓以郡乘俯询鄙儒，此布衣累世而不获一遇者也，敢不吐诚以复明问？

松志自顾文僖修后，如徐文贞、陆文定之上公笃老，踟蹰四顾，谦让未遑，非直待时，正欲待名世大有力人，主张于其上耳。今台台慨然以斯文废兴、名教是非为己任。若使士大夫仰体德意，黾勉同心，岂至日复日，岁复岁，委百年之礼乐于草莽乎哉？

《上海志》，成于王屋张公，张公三十年以后，易续也。《青浦志》，成于洪洲王公，王公三十年以后，易续也。独华亭自正德壬申，以迄崇祯戊辰，百十有六年矣。若为不朽计，请先开局于华亭，而后始及于上、青。盖青浦之父母初来，上海之父母未至，独郑侯下车已久，恢恢乎绰有余才，笔挟风霜，令奔雷电。郑侯不修，而欲望华志之创修，无日矣。华志不修，而欲望上、青之并修，又无日矣。

志书中分门别类之外，又有倭变之战守，吴淞之开浚、青浦之分割、顾氏之义田，辛酉、戊子、戊申之大灾荒，皆关系华亭不小。或取诸案牍，或取诸碑板，或取诸条载。郡檄之邑，邑檄之民间，文移不胜其往复，岁月不觉其耽延，第诸君子袖手阁笔以待而已。故责成于邑，一便也。顾文僖以大宗伯秉笔，其引用诸书，仅五十七种而止。今窭生寒士，所藏几何，购书则穷于五技，借书则拒以四痴。若邑大夫宛转访求，即零星故实，尚可立致。故责成于邑，一便也。华本附郭，若博士若乡先生，以及孝廉茂才，郑侯皆已耳而目之矣。孰宜土田赋役，孰宜水利兵防，孰宜山水盐屯，孰宜坛壝寺观，孰宜庠序艺文，孰宜研勘人物，妍媸良楛，人镜皎然。故责成于邑，固一便也。供饩笔札，抄写梨枣，势不得独资郡费。故责成于邑，又一便也。

志未就，台台催督之，亲临之，不特亟问亟馈慰劳之。志已就，台台与同寅诸公再加损益之，润饰之，而尤严于乡贤名宦二项，远则走牍于辇毂，近则采评于乡邦。发单之下，亲注可否，众论同者登，异者汰，在诸君既无私毁私誉之诮，在当事亦无知我罪我之嫌。非惟口协而心服，抑且事逸而功倍矣。

大抵开局，邑事也。发单，邑事也。储图史，备使令，邑事也。罗名流于幕下，邑事也。华有成例，上青随而仿焉。三邑分曹，台台则大总裁矣。职要职详，后手先手，期年之内，不将遹观厥成乎？识者又谓合郡之重典，当博谋合郡之缙绅。合郡之缙绅，当公举合郡之文学。非某区区一人所得而私相推毂者也。

某七旬有二，老而善忘矣。某之少也，尚不如人〔二〕，况两目花生，四支木强，岂堪旅进旅退于衣冠之后，半作半辍于笔研之间乎？仰祈太公祖垂悯衰残，置之局外。不为而为，无用而用，一得之刍荛，未必不少助百年之桑梓也。酬知报恩，讫于此矣。

注释

〔一〕方太尊：即方岳贡，字四长，号禹修，湖广谷城（今湖北谷城）人。天启二年进士，任户部主事，崇祯元年，出任松江知府。

〔二〕"尚不如人"句：《左传·僖公三十年》："烛之武曰：'臣之壮也，犹不如人。今老矣，无能为也已。'"

点评

眉公作为崇祯《松江府志》的主撰，对郡志的编纂出力尤多。此书可见其心思之缜密。作于崇祯二年。

答何无咎先生〔一〕

往甲午过访，娓娓皆吉德长者之言。诗文固蒂深根，又具有力大人之相，不必问姑布子卿，望而知其身名俱泰，非浮游狷薄儿所能梦见也。恨老矣，无能走扫先生之门。

忽勤手教，反复读之，宛然王微、萧大圜牍也〔二〕。《饮酒》十首，宛然陶处士、白居士诗也。坐客见之，抄写赞扬，几于颖秃。弟即装为一长卷，从长松修竹间，朗读一过。病以之代药石，寂寞以之代鼓吹。北窗高枕时，以之代颜氏瓢、曾点瑟。子孙宝之，以代纪之甗、郑之瓒〔三〕。无施而非无咎先生之须眉面目也。

《汲古堂》，出自手选，大言小言，毫发无遗憾，极欲发皇一番以报知己。会有修郡志之役，当事督促，疟痢继之，不得不草草成篇，并昭文公寿文寄上。正如逡巡酒、顷刻花〔四〕，出于蓝缕风道人则可，若置之鸣玉履珠诸君子之前，皆讥呵嘲骂，笑其草野，不挤而出之门戟以外，幸矣。

山水，老笔纷披，奇峰突兀，荆关以后〔五〕，罕见其俦，董思翁咄咄骇为劲敌。伯生、钦之辈，久赴玉楼之召〔六〕。伯达右肢不仁，食酒如故。长白未曾举雄，山居被盗。今半存者，隐囊酒枪类耳〔七〕。

弟长男在城，次男在村，仅一孙六岁，但解持竿逐鸟雀，明岁受书，今句读犹未上口也。总之天际真人，山中宰相，觉无咎先生独得其全，造物岂有私哉？盖亦有耳鸣之德焉〔八〕。

小物献芹，不胜神往。

注释

〔一〕何无咎：即何白，明末布衣诗人，字无咎，浙江乐清人。钱谦益《列朝诗集》丁集收录何白诗十一首，并作小传云："龙君御为郡司理，异其才，为加冠，集诸名士赋诗而醮，为延誉于海内，遂有盛名。"著作有《山雨阁诗》《榆中草》，晚年又手定《汲古堂集》。

〔二〕王微：字景玄，南朝宋人，善诗文书画。萧大圜：字仁显，梁简文帝之子。二人皆善书疏。

〔三〕纪甗：古代纪国宝器。《左传·成公二年》："齐侯使宾媚人赂以纪甗、玉磬与地。"杜预注："甗，玉甑。皆灭纪所得。"郑瓒：古代郑国宝器。《左传·昭公十七年》："郑裨灶言于子产曰：宋、卫、陈、郑将同日火。若我用瓘斝玉瓒，郑必不火。子产弗与。"

〔四〕逡巡酒：传说中神仙酿造的顷刻即成之酒。也称"顷刻酒"。《太平广记》卷五十二引南唐沈汾《续仙传·殷天祥》："（殷七七）每日醉歌曰：'弹琴碧玉调，药炼白朱砂。解酝顷刻酒，能开非时花。'"

〔五〕荆关：五代画家荆浩、关仝师徒以擅画山水齐名，故并称"荆关"。

〔六〕玉楼之召：李商隐《李长吉小传》："长吉将死时，忽昼见一绯衣人笑曰：'帝成白玉楼，立召君为记。天上差乐，不苦也。'长吉独泣，边人尽见之。少之，长吉气绝。"后因以为文士早死的典实。

〔七〕隐囊：北齐颜之推《颜氏家训·勉学》："梁朝全盛之时，贵游子弟……跟高齿屐，坐棋子方褥，凭斑丝隐囊，列器玩于左右。"王利器《集解》引卢文弨补注："隐囊如今之靠枕。"又，酒枪：旧时一种三足温酒器。《资治通鉴》"齐武帝永明元年"条："闻喜公子良持酒枪，南郡王长懋行酒。"胡三省注："枪，楚庚翻，盛酒之器。"

〔八〕耳鸣：古时以耳鸣为占。《汉书·艺文志》杂占家有《嚏耳鸣杂占》十六卷。《太平御览》卷四五九引汉蔡邕《广连珠》："臣闻目瞤耳鸣，近乎小戒也。狐鸣犬嗥，家人小袄也。

犹忌慎动作，封镇书符，以防其祸。”

点评

天际真人，山中宰相，正可移评陈眉公。作于崇祯六年。

寄张公〔一〕

台台节钺之望，震于朝野，企予望之〔二〕，以撑东南半壁。不谓宅忧〔三〕，假息六月。当此时，不学仙翁斗弈，亦不学樵子烂柯〔四〕。杞嫠之感，付之山水清音。真天际真人、山中宰相也。

道路修阻，未能磨镜束刍〔五〕，诣拜几筵。特附香帛，溯风而荐之。

注释

〔一〕张公：即张延登，详卷三《复张公》注〔一〕。

〔二〕企予望之：曹丕《秋胡行》诗：“企予望之，步立踌躇。”企，踮起脚。《文选·陆机〈叹逝赋〉》：“望汤谷以企予，惜此景之屡戢。”李善注：“《毛诗》曰：‘谁谓宋远，跂予望之。’郑玄曰：‘跂足则可望见之。’企与跂同。”

〔三〕宅忧：处在父母丧事期间。《尚书 · 说命上》：“王宅忧。”孔颖达疏：“言王居父忧。”

〔四〕烂柯：见卷三《答金公》注〔一〕。

〔五〕《太平御览》卷七一七引《海内士品》："徐孺子尝事江夏黄公，黄公薨，往会其葬，家贫无以自致，赍磨镜具自随，赁磨取资，然后得前。"

点评

眉公在此称张氏为"山中宰相"。天启五年，张延登丁母忧，此书即作于此时。

答冯君尔赤〔一〕

从来志铭有生平不识一面，而揣摩点缀，毕竟形神不相亲。弟属先公小友之末，重以行状行实，排纂精详，卓然良史，故得藉手报命。而未能重开生面，则鼠技有限故也。

董思老延彭仙翁至此一月余，灼然如鲜华最少年。语次先公，缠绵不去口。非久削迹深山，野客青鞋〔一〕，不踏人间尘矣。

注释

〔一〕冯尔赤：居士，慈溪人，与下牍的冯次牧疑为兄弟行。余俟考。

〔二〕青鞋：即草鞋。

点评

慈溪冯氏科甲世家，名流辈出，眉公与其家族多人有交往。作于天启七年后。

答冯君次牧〔一〕

尊公传，我生兄敦迫，久已属草，即转示同志，大叫快绝，非特为豪士解嘲〔二〕，即置之曲部中〔三〕，亦是一段方便佳话，不至如蜀时酒禁也〔四〕。

朔日风饕雨虐，大地震动，草木偃，村庐仆，天益堂左右无恙乎？弟当尔时，惟有坚坐齁睡，俄旦天晶日明，湛然高华之气自在，大约妙在一忍故耳。

弟每欲刻《孝经》，遍行坊间，学究句读必此始，而以六朝来《孝经》果报附于后，胜蒙养重牲多矣，幸吾丈亟成之。

虞卿《林衣集叙》〔五〕，幸附不朽。当今少年之论太尖薄，老辈之论太苛严，至虞卿无间矣。

吾丈题词，一似始皇走石鞭，驱山峰〔六〕。弟且望而色怖，非衰朽所能置一词也。

注释

〔一〕冯次牧：即冯元仲，字尔礼，又字次牧，浙江慈溪人。崇祯十二年由检讨汪文伟推荐赴京考试，试卷上历数时弊，“部臣骇其狂直”，斥责其“草野狂肆”，授县丞，不就，归隐故乡慈溪县城东门外汤山，改名天益山。在山上筑天益山堂藏书楼、望烟楼。又以善弈闻名，著《弈旦评》《弈难》行世。

〔二〕解嘲：因被嘲笑而自我解释。《汉书·扬雄传下》：“时雄方草《太玄》，有以自守，泊如也。或嘲雄以玄尚白，而雄解之，号曰‘解嘲’。”

〔三〕曲部：唐汝阳王李琎的自称。唐冯贽《云仙杂记·泛春渠》引《醉仙图记》：“汝阳王琎，取云梦石甃泛春渠以蓄酒，作金银龟鱼浮沉其中，为酌酒具，自称酿王兼曲部尚书。”

〔四〕蜀时禁酒：《三国志·蜀书·诸葛亮传》载，诸葛亮治蜀，酒禁甚严，“路无醉人”。

〔五〕林衣集序：秦舜昌，字虞卿，著有《林衣集》，眉公为之作序。

〔六〕鞭石：《太平御览》卷四《天部四·日下》引《三齐略》：“秦始皇作石桥于海上，欲过海看日出处。有神人驱石，去不速，神人鞭之，皆流血，今石桥犹赤色。”

点评

冯次牧之父冯若陶，有文名，喜饮酒，早卒。眉公为作《甄甫冯公传》以传。作于天启七年后。

答王贞美

莱州被围，胶州贫弱，空城逃出，将谁与守？弟日夜为兄悬念，即令郎未曾一面，盖无暇入山也。忽接手教，真类烽火家书〔一〕，而且种种惠及老人，万死一生之余，整暇如此〔二〕，其必能办贼可知。以张许之精忠，而兼刘穆之、韦孝宽之才调〔三〕。若使当事虚心听兄，实心用兄，东省岂足平哉？

今重围已久，而欲就招抚下策，孙俞二中丞已误，岂堪再误？皇上之决不肯抚，如奴酋决不容款，一也。谁敢担当，谁敢出头先倡此议？盖借抚以待援兵之四集则可，而专靠抚以为定乱之奇谋，决不可。且调援亦何容易乎？猾者迟回不前，悍者喧嚣求饷，轻则脱巾，重则露刃，徒费粮饷，徒费调停。吾兄请撤营兵川兵，一味以纠集土著之义勇为主。进可战，退可守，人自为战，家自为守，此不易之上着也。擒叛兵，擒剧盗，或间或伏，或设招募之法，使之自投网罗。既除腹心之疾，又剪肘腋之奸，此不测之神算也。

但详味东省造祸之端，初则多募辽兵，而不知训练；既则欲遣散辽兵，而不知驾驭。又其后假称有部文有道牌，并欲搜逐数年来安心乐业之辽民，而公行劫掠奸淫之计。此风一闻，逼之叛，逼之逃，逼之通谋，逼之入伙。而况文移之批语，动曰辽贼辽贼，动曰辽党辽党，则无赖之奸徒，谁不乘机煽诈？无知之小人，谁不到处动摇？讹上传讹，乱复增乱，东省何时而定乎？

窃谓辽兵辽民，宜分开两项。辽兵听之庙议，而辽民可设法就抚也。乱首胁从，亦宜分开两项。乱首听之庙议，而胁从亦可设法就抚也。胁从赦宥，则乱首之势自孤，辽民安插，则辽兵招亡诱叛之势亦孤。安危大局，计无出于此者。乞吾兄告之当道，并告之京辇诸公，何如？

若一味苟且，以就招安养痈之策〔四〕，叛服在其手中，征罚不出朝廷，唐宋元末季之流祸，可为寒心。古有诗云："仕途捷径无过贼，将相奇谋只是招。"岂有堂堂天朝，坐视其劫狱、劫库，杀官杀吏杀百姓，而出一抚字愚盗贼，并以自愚哉？群龙满朝，必有以处此矣。

适久旱得雨，雨窗草草奉答，莫知所云。亮之。

注释

〔一〕烽火家书：杜甫《春望》："烽火连三月，家书抵万金。"

〔二〕整暇：形容既严谨而又从容不迫。《左传·成公十六年》："日臣之使于楚也，子重问晋国之勇，臣对曰：'好以众整。'曰：'又何如'？臣对曰：'好以暇。'"

〔三〕刘穆之：南朝宋人，字道和，小字道人，东莞莒（今山东莒县）人，世居京口。在晋至左仆射。刘裕之心腹大臣。韦孝宽：西魏、北周名将。本名叔裕，京兆杜陵（今陕西西安）人。足智多谋，攻守兼备，善于用间。在战胜东魏、攻灭北齐的战争中起了重要作用。

〔四〕养痈：谓不治疗肿毒而听其滋长发展。《后汉书·冯衍传下》“不得畜媵妾”句李贤注引汉冯衍《与妇弟任武达书》：“养痈长疽，自生祸殃。”

点评

崇祯五年，孔有德部哗变，攻占莱州，后莱州又被明军攻破，孔率残部投奔皇太极。此其背景也。

答江中立〔一〕

弟今年政七十有三矣，头童齿豁，不敢出篱落十步外。至于笔砚之役，几于搏虎逐兔，尤非老子所堪，业谢绝久矣。

捧读著作十种，可以督世，可以救世，可以玩世，可以出世，可以传世。不意桑榆晚照，忽睹云霞丽天。转示坐客门生，咄咄吁骇，叹未曾有。昔者庞士元弱冠，走二千里，往见司马德操〔二〕，惜哉第非其时也，无缘紧绊芒鞋，叩清来子洞门而请焉。惟藉手韵言小叙请正，以代怀中一瓣香耳。

徐使君劲节棱棱，内精明而外柔顺，羽翼上下，多所补益。若置之言路，卓然称殿虎人龙〔三〕，决不至有君无臣，有召无对也。叙稿近若疮疡，多讹多落，更敕善书者为弟藏拙，何如？

注释

〔一〕江中立：即江东伟，字清来，自号壶公，浙江开化人，万历丙午举人。著《芙蓉镜》《孟浪言》四卷。

〔二〕庞统见司马徽事：见《三国志·蜀书·庞统传》。

〔三〕殿虎：《宋史·刘安世传》："（刘安世）在职累岁，正色立朝，扶持公道。其面折廷争，或帝盛怒，则执简却，伺怒稍解，复前抗辞。旁侍者远观，蓄缩悚汗，目之曰殿上虎。"后用以称颂敢于抗争的谏官。人龙：《晋书·宋纤传》载，宋纤隐居不仕，太守马岌造访不见，叹曰："名可闻，而身不可见。德可仰，而形不可睹。吾而今而后知先生人中之龙也。"

点评

江氏大概约请眉公编书，故有此往还。作于崇祯三年。

答米友石〔一〕

东坡云，有人经患难，死中得活，抵三十年修行。此言良有味，明公实允蹈之。读尊撰正宫调，正可付紫绡黄衫歌之，唤人间无限醉梦儿，共证阿罗汉果〔二〕。追锋虽且晚自天而下，不妨借乐府说法也。

窃闻革卦后继之以震，震卦后继之以艮。艮者，止也。今圣主乘乾，清时开泰，以停为调，以艮处震，而天下永永太平矣。其俟明公乎？

眉生诗画，如天女散花手、黄姑织锦机，冉冉从七夕入山来，大是奇特。但弟草衣蕙带，无能为轻重，而思翁以老谢，以暑辞，永明师所谓木人见花鸟也〔三〕。一笑，一笑。

注释

〔一〕米友石：即米万钟，见卷三《复米公仲照》注〔一〕。

〔二〕阿罗汉果：小乘佛教谓断一切嗜欲和烦恼并出三界生死者，称为得到阿罗汉果。

〔三〕木人见花鸟：唐代庞蕴居士诗云：“但自无心于万物，何妨万物常围绕。铁牛不怕狮子吼，恰似木人见花鸟。木人本体自无情，花鸟逢人亦不惊。心境如如只个是，何虑菩提道不成。”又，五代宋初永明延寿禅师练习禅定时，曾有鸟在他衣褶里做巢而不为所觉。

点评

“以停为调，以艮处震，天下太平。”这是眉公对明末时局开出的药方。作于天启年间。

答冯次牧[一]

我生至，读试卷，凤窠内无凡鸟，天孙织锦机，无人间刀尺，今于公家父子亦然。钱仲举诗文，笔头有眼，舌头有胆，跌宕横溢旁无人，上下无九天九地，不谓遽作骑箕之游[二]，然亦足以传矣。独罗高君富有日新，未及读其遗稿，此君不死，则吾丈后死者之责，望之望之。

天益堂，以次牧胜，不以郄嘉宾十万赀胜[三]。大抵山人无以游名，山居无以园名。惟不衫不履，不置混沌须眉，既能免俗，又复节费。吾丈恨未入苕帚庵中，方知眉道人，一似三家村、十字港、渔庄樵舍也。偃松支离，高卧空谷，请题卧龙何如？

梅花如霰，适与故人觞咏其间，我生索报良苦，仓卒数言，来惠已付酒家矣。修微圹生而心活，次牧乃更欲使置疑冢于山阴道上乎？一笑。

注释

〔一〕冯次牧：见本卷《答冯君次牧》注〔一〕。

〔二〕骑箕：见本卷《答冯公》注〔二〕。

〔三〕郗嘉宾：即郗超，字嘉宾，东晋开国功臣郗鉴之孙、王羲之之内侄。

点评

眉公以高卧空谷的卧龙自许，此与“山中宰相”的名号正相应。

答秦虞卿〔一〕

今海内能言之流，朝宗吴楚。至于肃肃雝雝，有典有则，决当属之甬东诸君子。如秦先生者，尤王良、造父之御师也〔二〕。弟鄙儒也，小兔为䨲，神虫为蚕〔三〕，海内如斯甚众，岂能与先生法埤仓雅〔四〕，齐驱并驾乎哉？至以犹龙氏见推，不觉泚颡。

司命君云，为道者常渊淡以独处，栖神以游闲。今弟非缁非素，非狷非狂，耳目广用，声气杂役，肉人居山学道〔五〕，了无交涉。饮牛高士〔六〕，祝鸡老翁〔七〕，望望然吐而去之。吾先生乃尚以为可教乎？弟当此横流之世，下帘读易，以代渊冰〔八〕，则先生之发覆，与灵真高秀等也。

注释

〔一〕秦虞卿：即秦舜昌，字虞卿，慈溪人，崇祯间曾任台州府学训导，著有《林衣集》六卷。

〔二〕王良：春秋时之善驭马者。《孟子·滕文公下》："昔者赵简子使王良与嬖奚乘，终日而不获一禽，嬖奚反命曰：'天下之贱工也。'或以告王良，良曰：'请复之。'强而后可，一朝而获十禽，嬖奚反命曰：'天下之良工也。'"造父：古之善御者、赵之先祖。因献八骏幸于周穆王。穆王使之御，西巡狩，见西王母，乐而忘归。时徐偃王反，穆王日驰千里马，大破之，因赐造父以赵城，由此为赵氏。参《史记·赵世家》。

〔三〕"小兔"句：《魏书·江式传》载江式《论书表》："皇魏承百王之季，绍五运之绪，世易风移，文字改变，篆形谬错，隶体失真，俗学鄙习，复加虚巧，谈辩之士，又以意说，炫惑于时，难以厘改……乃曰追来为归，巧言为辩，小兔为䨲，神虫为蚕，如斯甚众，皆不合孔氏古书、史籀大篆、许氏《说文》《石经》三字也。"

〔四〕"仓雅"句：魏初博士清河张揖著《埤仓》《广雅》《古今字诂》。

〔五〕肉人：即凡俗之人。晋葛洪《神仙传·壶公》："长房下座顿首曰：'肉人无知，积罪却厚，幸谬见哀悯，犹人剖棺布气，生枯起朽，但恐臭秽顽弊，不任驱使，若见哀怜，百生之厚幸也。'"

〔六〕饮牛高士：《史记·伯夷列传》张守节《正义》引皇甫谧《高士传》云："许由字武仲。尧闻致天下而让焉，乃退而遁于中岳颍水之阳、箕山之下隐。尧又召为九州岛长，由不欲闻之，洗耳于颍水滨。时有巢父牵犊欲饮之，见由洗耳，问其故。对曰：'尧欲召我为九州岛长，恶闻其声，是故洗耳。'巢父曰：'子若处高岸深谷，人道不通，谁能见子？子故浮游，欲闻求其名誉，污吾犊口。'牵犊上流饮之。"

〔七〕祝鸡老翁：汉刘向《列仙传·祝鸡翁》："祝鸡翁者，洛人也。居尸乡北山下，养鸡百余年。鸡有千余头，皆立名字。暮栖树上，昼放散之。欲引呼名，即依呼而至。卖鸡及子，得千余万。辄置钱去之吴，作养鱼池。后升吴山，白鹤孔雀数百，常止其傍云。"

〔八〕渊冰：喻危险境地。语出《诗经·小雅·小旻》："战战兢兢，如临深渊，如履薄冰。"

点评

眉公的自我评价，"非缁非素，非狷非狂，饮牛高士亦不引为同调"。看似无为，实乃欲大有为，其黄老之徒欤？

答绍兴太守许方谷〔一〕

张尔含使者，风饕雪虐时入山，授以瑶篇，重之冰俸，种种皆可辟寒。已与二三友人展读于梅花晴雪之下，又香又艳，又清又绮，不觉跃入许使君冰壶中，快爽不可言喻。读竟，题数行作叙，苍苍莽莽，恐季重王使君见之，笑其才尽耳。

注释

〔一〕许方谷：即许如兰，字湘畹，号方谷，合肥人，万历四十四年进士，天启初官绍兴知府，历官至副督御史。

点评

绍兴知府向眉公求序。作于天启年间。

附　启

上王荆石相公启〔一〕

三朝大老，一代名卿，以身关元化之盛衰，举足系当时之轻重。征书十道，帝怀黄发之旧臣〔二〕；衔命九重，人倚素丝之硕望〔三〕。东山太傅〔四〕，岂容双屐久栖？洛社耆英〔五〕，共喜中原再相。况乎白羽赤羽〔六〕，烽烟雷动于边陲，兼以千艘万艘，旗鼓云连于辽海。正主上旰食宵衣之会，乃忠良输筹运策之秋，而何屡谢恩纶，益坚高卧？皇华北指〔七〕，遥看殿上鸣珂〔八〕；彩鹢南还〔九〕，忽转天边飞舄〔一〇〕。匡时之胆自赤，宁从温峤之绝裾〔一一〕；去国之心如丹，讵似毛公之捧檄〔一二〕？尼宣微服而过，犹谓迟迟吾行〔一三〕；关吏荷殳以迎〔一四〕，无由数数而见。虽鹿麋性野，疏旷之罪难逃；而犬马疾多，踟蹰之情可念。敢驰尺牍，聊布寸忱。伏冀与时偕行，为国强起。转旋宇宙，饮颓世以醇风；吐纳星辰，立擎天之孤柱。毋使苍生望觖〔一五〕，顿令赤堠尘销〔一六〕。某不胜翘企之至。

注释

〔一〕王锡爵：见卷一《上王相公》注〔一〕。

〔二〕黄发：老人头发由白转黄，指长寿老人。《诗经·鲁颂·閟宫》："黄发台背。"

〔三〕素丝："素丝羔羊"之省。用作对清廉者的誉辞。《诗经·召南·羔羊》："羔羊之皮，素丝五紽。"朱熹《诗集传》："南国化文王之政，在位皆节俭正直，故诗人美其衣服有常，而从容自得如此也。"

〔四〕东山太傅：指谢安。

〔五〕洛阳耆英：文彦博退居洛阳后，和富弼、司马光等十三人，仰慕白居易九老会的故事，建立"洛阳耆英会"。

〔六〕白羽：古代军中主帅所执的指挥旗，又称白旄，亦泛指军旗。《吕氏春秋·不苟》："武王左释白羽，右释黄钺，勉而自为系。"《尚书·牧誓》作"白旄"。赤羽：羽箭名，铁镞。《六韬·虎韬》："飞凫、赤茎、白羽，以铜为首。电影、青茎、赤羽，以铁为首。"

〔七〕皇华：《诗经·小雅》中有《皇皇者华》。《序》谓："君遣使臣也。送之以礼乐，言远而有光华也。"后因以"皇华"为赞颂奉命出使或出使者的典故。

〔八〕鸣珂：指居高位。明李东阳《重经西涯》诗之一："岂谓鸣珂还故里，敢将华发恋微官。"

〔九〕彩鹢：指彩舟。鹢，水鸟名，古代常画鹢于船首，故称。南朝陈张正见《上之回》诗："风乌绕鳷鹊，彩鹢照昆明。"

〔一〇〕飞舄：指会飞的仙鞋。典出《后汉书·方术传上·王乔》："王乔者，河东人也。显宗世，为叶令。乔有神术，每月朔望，常自县诣台朝。帝怪其来数，而不见车骑，密令太史伺望之。言其临至，辄有双凫从东南飞来。于是候凫至，举罗张之，但得一只舄焉。乃诏尚方诊视，则四年中所赐尚书官属履也。”

〔一一〕绝裾：表示去意坚决。《晋书·温峤传》载：温峤受刘琨命，至江南，奉表劝司马睿即位。峤欲将命，其母崔氏固止之，峤绝裾而去。

〔一二〕捧檄：为为母出仕的典故。东汉人毛义有孝名，为母出仕，曾遭朋友误解。见《后汉书·刘平等传序》。

〔一三〕微服：为隐藏身份，乔装改扮。《孟子·万章上》：“孔子不悦于鲁卫，遭宋桓司马将要而杀之，微服而过宋。”迟迟：缓慢之意。《孟子·万章下》：“（孔子）去鲁，曰：‘迟迟吾行也，去父母国之道也。’”

〔一四〕“关吏”句：《史记·老子韩非列传》：“老子修道德，其学以自隐无名为务。居周久之，见周之衰，乃遂去。至关，关令尹喜曰：子将隐矣，强为我著书。于是老子乃著书上下篇，言道德之意五千余言而去，莫知其所终。”

〔一五〕望觖：犹觖望，不满，怨望。《史记·荆燕世家》：“今营陵侯泽，诸刘，为大将军，独此尚觖望。”

〔一六〕赤堠：犹烽堠，即烽火台。《东观汉记·郭伋传》：“伋知卢芳夙贼，难卒以力制，常严烽候，明购赏，以结寇心。”

点评

万历十二年冬，王锡爵被召回朝中，拜为礼部尚书兼文渊阁大学士，成为宰辅。万历十九年夏，以母亲患病，王锡爵请假探视，滞留不归。万历二十一年正月王锡爵还朝，出任首辅。此书作于万历二十年。

答周抚台启〔一〕

恭惟台台一朝王佐、百代词臣。曰清曰慎曰勤〔二〕，与周文襄抚巡相为表里〔三〕；立言立功立德〔四〕，似范文正父子无愧颉颃〔五〕。表章先哲之遗文，实出艺林之胜事。特奉严命，草勒数行。自惭鼠技之易穷，何意虫雕而见赏〔六〕？锡以饮冰之俸，怀之空谷之音。镜不藏形，岂南州之敢拟〔七〕？云如出岫，恐北山之见嘲〔八〕。幸宽瞻衮之期，终有抠衣之日〔九〕。谨恭谢以闻。

注释

〔一〕周抚台：即周孔教，字明行，号怀鲁，江西临川人。万历八年进士，授福清知县，四年后，改任临海知县，累官至应天巡抚。

〔二〕清慎勤：吕本中《官箴》曰："当官之法，惟有三事，曰清，曰慎，曰勤。知此三者，可以保禄位，可以远耻辱，可以得上之知，可以得下之援。"

〔三〕周忱：见卷四《答钱兵尊》注〔一〕。

〔四〕立德立功立言：《左传·襄公二十四年》："太上有立德，其次有立功，其次有立言。虽久不废，此之谓不朽。"周孔教《万历本范文正公集序》云："域中有三大，曰德，曰功，曰言，盖鼎立三不朽矣。"

〔五〕范文正：即北宋名臣范仲淹。范纯仁是他的次子，父子都当过宰相。

〔六〕雕虫：比喻从事不足道的小技艺。刘勰《文心雕龙·诠赋》："虽读千赋，愈惑体要。遂使繁华损枝，膏腴害骨，无责风轨，莫益劝戒。此扬子所以追悔于雕虫，贻诮于雾縠者也。"

〔七〕"镜不藏形"句：《战国策·齐策一》载邹忌讽齐王纳谏故事："邹忌修八尺有余，而形貌昳丽。朝服衣冠，窥镜，谓其妻曰：'我孰与城北徐公美？'其妻曰：'君美甚，徐公何能及君也？'城北徐公，齐国之美丽者也。忌不自信，而复问其妾曰：'吾孰与徐公美？'妾曰：'徐公何能及君也？'旦日，客从外来，与坐谈，问之客曰：'吾与徐公孰美？'客曰：'徐公不若君之美也。'明日徐公来，孰视之，自以为不如。窥镜而自视，又弗如远甚。暮寝而思之，曰：'吾妻之美我者，私我也。妾之美我者，畏我也。客之美我者，欲有求于我也。'"南州，徐氏之代称。

〔八〕"云出"句：陶渊明《归去来兮辞》："云无心以出岫，鸟倦飞而知还。"此处反其意而用之。孔稚圭《北山移文》，假托北山山神的旨意，通过拟人手法，讥讽了那些表面清高的假隐士。

〔九〕抠衣：提起衣服前襟。古人迎趋时的动作，表示恭敬。《礼记·曲礼上》："毋践屦，毋踖席，抠衣趋隅，必慎唯诺。"

点评

万历三十六年，眉公请松江郡司理毛一鹭出资刊刻《范文正公集》。毛氏请应天巡抚周孔教作序，而周氏又请眉公捉刀。此书启盖为此而作。本书卷一《与蔡郡侯》云："《文正公集序》呈览。"

盖范集蔡增誉序，亦为眉公代笔。查万历本《范文正公集》前有四序，作者分别为周孔教、杨廷筠、蔡增誉和毛一鹭，其中周蔡二序均为眉公代做。此二序编入《陈眉公先生全集》卷一。

答耿邑侯启〔一〕

名山祀名贤，正二三子皜日中天之会〔二〕；正人讲正学，尤五百里德星会聚之时〔三〕。喜凤皇之来仪〔四〕，恨狗马之有疾〔五〕。未趋函丈，敢布尺笺。

恭惟气养浩然〔六〕，政推卓尔。恩威并著，游刃而发新硎〔七〕；文武兼长，遇错而别利器〔八〕。秦图夏鼎，光烛神奸。周诰商盘，文围古色。著《易》发一点先天之秘〔九〕，扫橐绝四知暮夜之金〔一〇〕。有美种花，一进公门之桃李〔一一〕；薄言采藻，独修贤者之蘋蘩〔一二〕。拓子游故祠〔一三〕，倡学道雅会。横经主席〔一四〕，皆当代之诤友诤臣；环堵观风，绝方外之异闻异见。一变至道〔一五〕，琴川其真武城乎〔一六〕？三年有成〔一七〕，东南亦小洙泗矣〔一八〕。

某幼学雕虫，长斯画虎〔一九〕。漱流枕石〔二〇〕，投闲山水之间〔二一〕；入室升堂〔二二〕，未窥廊庑之末〔二三〕。何图过听，怀之好音。恨不负笈以从，竟以采薪而止〔二四〕。水穷衣带〔二五〕，月落屋梁〔二六〕。仁人之言蔼如〔二七〕，未遑倾耳；君子之交淡若〔二八〕，愿结同心。

注释

〔一〕耿橘：见卷二《与耿使君》注〔一〕。

〔二〕“名山”句：此指常熟知县耿橘重修虞山书院，祭祀孔子弟子子游事。

〔三〕五百里内有贤人聚：见卷二《答印泉施君》注〔六〕。

〔四〕凤皇来仪：指吉祥之兆。《尚书·益稷》：“《箫韶》九成，凤皇来仪。”

〔五〕狗马有疾：张衡《东京赋》：“东京之懿未罄，值余有犬马之疾，不能究其精详。”

〔六〕浩然：《孟子·公孙丑上》：“吾善养吾浩然之气。”

〔七〕游刃新硎：见卷一《与陆公》注〔五〕。

〔八〕盘根错节：见卷四《答吴观察》注〔五〕。

〔九〕先天之秘：邵雍提出先天八卦之说。《宋史》列传第一八六《道学一·邵雍传》：“乃事之才，受《河图》《洛书》，宓羲八卦六十四卦图像。之才之传，远有端绪，而雍探赜索隐，妙悟神契，洞彻蕴奥，汪洋浩博，多其所自得者。及其学益老，德益劭，玩心高明，以观夫天地之运化，阴阳之消长，远而古今世变，微而走飞草木之性情，深造曲畅，庶几所谓不惑，而非依仿象类、亿则屡中者。遂衍宓羲先天之旨，著书十余万言行于世，然世之知其道者鲜矣。”

〔一〇〕四知：见卷三《答定海顾中公》注〔一〕。

〔一一〕有美种花：白居易《白氏六帖》卷七十七：“潘

岳为河阳令，满植桃李花，人号曰‘河阳一县花’。”桃李：比喻栽培的后辈和所教的门生。《韩诗外传》卷七：“夫春树桃李，夏得阴其下，秋得食其实。”

〔一二〕蘋蘩：《诗经·召南》有《采蘋》及《采蘩》篇。《诗经·召南·采蘩序》：“《采蘩》，夫人不失职也。夫人可以奉祭祀，则不失职矣。”后以“蘋蘩”借指能遵祭祀之仪或妇职等。

〔一三〕子游故祠：万历三十四年，知县耿橘重修虞山书院，奉祀子游。

〔一四〕横经：横陈经籍，指受业或读书。南朝梁何逊《七召·儒学》：“横经者比肩，拥彗者继足。”

〔一五〕一变至道：《论语·雍也》：子曰：“齐一变，至于鲁。鲁一变，至于道。”

〔一六〕琴川：常熟之别称。《史记·仲尼弟子列传》载，子游为武城宰。孔子过，闻弦歌之声。孔子莞尔而笑曰：“割鸡焉用牛刀？”子游曰：“昔者偃闻诸夫子曰，君子学道则爱人，小人学道则易使。”

〔一七〕三年有成：《论语·子路》：“苟有用我者，期月而已可也，三年有成。”

〔一八〕洙泗：洙水和泗水。孔子在洙泗之间聚徒讲学。《礼记·檀弓上》：“吾与女事夫子于洙泗之间。”

〔一九〕画虎：《后汉书·马援传》：“杜季良豪侠好义，忧人之忧，乐人之乐，清浊无所失，父丧致客，数郡毕至，吾爱之重之，不愿汝曹効也……効季良不得，陷为天下轻薄子，所谓画虎不成反类狗者也。”

〔二〇〕漱石枕流：形容隐居生活。刘义庆《世说新语·排调》：“孙子荆年少时，欲隐。语王武子：‘当枕石漱流。’误曰‘漱石枕流’。王曰：‘流可枕，石可漱乎？’孙曰：‘所以枕流，欲洗其耳；所以漱石，欲砺其齿。’”

〔二一〕投闲：谓置身于清闲境地。宋陆游《入秋游山赋诗》之三：“屡奏乞骸骨，宽恩许投闲。”

〔二二〕入室升堂：《论语·先进》：“由也升堂矣，未入于室也。”

〔二三〕廊庑：《论语·子张》：“夫子之墙数仞，不得其门而入，不见宗庙之美，百官之富。”

〔二四〕采薪：指患病。《孟子·公孙丑下》：“昔者有王命，有采薪之忧，不能造朝。”朱熹《集注》：“采薪之忧，言病不能采薪。”

〔二五〕衣带：犹衣带水，谓仅隔一水，极其临近。《南史·陈纪下》载隋文帝曰：“我为百姓父母，岂可限一衣带水而不拯之乎？”

〔二六〕月落屋梁：谓对友人的思念。杜甫《梦李白》诗：“落月满屋梁，犹疑照颜色。”

〔二七〕蔼如：和气可亲的样子。唐韩愈《答李翊书》：“仁义之人，其言蔼如也。”

〔二八〕君子之交：《庄子·山木》：“君子之交淡若水，小人之交甘若醴。”

点评

耿橘是位颇有作为的官吏，在常熟知县任上重修虞山书院，欲邀眉公莅临讲学，眉公婉谢之。作于万历三十四年。

答沈思孝司马启〔一〕

闭门高卧〔二〕，客不得前；侧席幽人〔三〕，礼何虚左？清樽无度，良夜未央；偶惬素交，因谈往事。投荒万里，率先君子六千〔四〕；婴守孤城，控制关河百二〔五〕。挺身坚白〔六〕，项领方强〔七〕；裹血玄黄〔八〕，腰围非瘦〔九〕。语兼涕笑，意极慷慨。蔗啖节而老境弥长〔一〇〕，桂调羹而辣性故在〔一一〕。松标高韵，深藏犯腊之姿〔一二〕；雪酿新寒，不上忧时之鬓〔一三〕。醉深挟纩〔一四〕，感入缠绵。敬答短笺，莫酬明德。

注释

〔一〕沈思孝：见卷二《答沈继山》注〔一〕。

〔二〕高卧：原指谢安隐居东山，经屡次征聘方出山，成为东晋重臣。

〔三〕侧席：指谦恭以待贤者。《后汉书·章帝纪》："朕思迟直士，侧席异闻。"李贤注："侧席，谓不正坐，所以待贤良也。"幽人：指幽隐之人，隐士。《后汉书·逸民传序》："光武侧席幽人，求之若不及。"

〔四〕君子六千：《史记·越王勾践世家》："勾践复问范蠡，蠡曰：'可矣。'乃发习流二千人，教士四万人，君子六千人，诸御千人，伐吴。吴师败，遂杀吴太子。"

〔五〕关河百二：《史记·高祖本纪》："秦，形胜之国，带河山之险，其县千里，持戟百万，秦得百二焉。"喻山河险固之地。

〔六〕坚白：语出《论语·阳货》："不曰坚乎，磨而不磷；不曰白乎，涅而不缁。"何晏集解引孔安国曰："言至坚者磨之而不薄，至白者染之于涅而不黑。"谓君子虽在浊乱而不能污。后因以"坚白"形容志节坚贞、不可动摇。

〔七〕项领方强：东汉洛阳令董宣为人耿直，湖阳公主苍头杀人，董宣候之于道路，格杀于公主车驾旁。光武帝大怒，使叩头谢主，宣不从。强使之，终不肯俯。因称为"强项令"。事见《后汉书·酷吏传》。

〔八〕裹血玄黄：犹言浴血奋战。语出《周易·坤卦》："龙战于野，其血玄黄。"高亨注："玄黄亦可读泫潢，血流甚多之貌。"

〔九〕腰围非瘦：《梁书·沈约传》载：沈约与徐勉素善，遂以书陈情于勉，言己老病："百日数旬，革带常应移孔，以手握臂，率计月小半分。以此推算，岂能支久？"后因以"沈腰"作为腰围瘦减的代称。此处反其意而用之。

〔一〇〕啖蔗：形容初时乏味而以后渐入佳境的状况。刘义庆《世说新语·排调》："顾长康啖甘蔗，先食尾。人问所以，云渐至佳境。"

〔一一〕辣性故在：汉刘向《新序·杂事五》："夫姜桂因地而生，不因地而辛。"刘勰《文心雕龙·事类》："夫姜桂同地，辛在本性。"后常以"姜桂"比喻人的本性刚直。《宋史·晏敦复传》："吾终不为身计误国家，况吾姜桂之性，到老愈辣。"

〔一二〕松韵：《论语·子罕》："岁寒，然后知松柏之后凋也。”

〔一三〕雪鬓：宋毛滂《寄蔡学士》云：“寒退长余鬓雪繁。”此处反其意而用之。意即大雪再下，也侵染不到双鬓。借指对方头发尚黑。

〔一四〕挟纩：披着绵衣。亦以喻受人抚慰而感到温暖。《左传·宣公十二年》：“申公巫臣曰：师人多寒。王巡三军，拊而勉之，三军之士皆如挟纩。”杜预注：“纩，绵也。言说以忘寒。”

点评

赞美沈氏丰功伟业，松柏高韵。作于万历二十四年后。

谢沈蛟门相公启代〔一〕

雄文华国〔二〕，敏识悬河〔三〕。左象右爻，探伏义先天之画〔四〕；织经组史，燃太乙午夜之藜〔五〕。梦吐笔花，泛清澜而蛾江无色〔六〕；名垂汗竹，标直节而雪窦争奇〔七〕。与世作程，鳌禁久知于视草〔八〕；自天降任，鸣枢仰赖于运筹。儿童庆司马重来〔九〕，大人随飞龙利见〔一〇〕。棘围执法〔一一〕，在当时已推百炼之钢。槐鼎调元〔一二〕，至今日更藉千钧之力。

恩覃三世〔一三〕，戴若二天〔一四〕。伏念先君者，枢廷参秩，秘掖移荣，继正席于奉常[一五]，仍综符于绾玺[一六]。墓头之木渐拱[一七]，虽鹤表之难攀[一八]；薤上之露未晞[一九]，尚龙章之有待[二〇]。陈情一疏，锡祭重泉。既因子以及亲，复因父以及母。明王锡类，敝帷弘埋马之思[二一]；贤相推心，爱屋转及乌之爱[二二]。阴台不夜，宿草长春。乡父老扶杖以观，潸焉出涕。宗子姓捧纶至止[二三]，载锡之光。谨稽首以布哀，爰焚香而裁愫。

注释

〔一〕沈蛟门：即沈一贯，见卷一《代与邹南老》注〔二〕。

〔二〕华国：光耀国家。晋陆云《张二侯颂》："文敏足以华国，威略足以振众。"

〔三〕悬河：南朝宋刘义庆《世说新语·赏誉》："郭子玄语议如悬河泻水，注而不竭。"

〔四〕先天之画：参本卷《答耿邑侯启》注〔九〕。

〔五〕燃藜：见卷一《答费无学》注〔二〕。

〔六〕梦吐笔华：五代王仁裕《开元天宝遗事·梦笔头生花》："李太白少时，梦所用之笔，头上生花，后天才赡逸，名闻天下。"曹娥江：沈一贯家乡附近的一条河。

〔七〕雪窦山：位于浙江省奉化，为四明山支脉的最高峰，有"四明第一山"之誉。雪窦寺亦在此地。

〔八〕鳌禁：翰林院的别称。宋司马光《神宗皇帝挽词》之四："鳌禁叨承诏，金华侍执经。"视草：见卷一《答费无学》

注〔二〕。

〔九〕“儿童”句：参见卷二《上方二府》注〔四〕。

〔一〇〕飞龙利见：《周易·乾卦》：“九五：飞龙在天，利见大人。”

〔一一〕棘围：指科举时代的考场。唐五代试士，以棘围试院以防弊端，故称。

〔一二〕槐鼎：比喻三公或三公之位。亦泛指执政大臣。槐，指三槐；鼎，国之重器，又有三足。《后汉书·方术传序》：“故王梁、孙咸名应图箓，越登槐鼎之任。”调元：谓调和阴阳，执掌大政。多用以指为宰相。唐李益《述怀寄衡州令狐相公》诗：“调元方翼圣，轩盖忽言东。”

〔一三〕三世：指祖孙三代。《礼记·曲礼下》：“去国三世。”郑玄注：“三世，自祖至孙。”

〔一四〕二天：恩人，对庇护者的感恩之辞。《后汉书·苏章传》：“（苏章）顺帝时，迁冀州刺史。故人为清河太守，章行部案其奸臧。乃请太守，为设酒肴，陈平生之好甚欢。太守喜曰：‘人皆有一天，我独有二天。’章曰：‘今夕苏孺文与故人饮者，私恩也；明日冀州刺史案事者，公法也。’遂举正其罪。州境知章无私，望风威肃。”

〔一五〕奉常：秦九卿之一。《汉书·百官公卿表》：“奉常，秦官，掌宗庙礼仪，有丞。景帝中六年更名太常。”颜师古注：“太常，王者旌旗也。画日月焉，王有大事则建以行，礼官主持之，故曰奉常也。后改曰太常，尊大之义也。”此指太常寺卿。

〔一六〕绾玺：指在尚宝司任职。

〔一七〕墓木已拱：为慨叹人逝已久之词。语出《左传·僖公三十二年》：“尔何知？中寿，尔墓之木拱矣。”

〔一八〕鹤归华表:感叹人世的变迁。晋陶潜《搜神后记》卷一:“丁令威,本辽东人,学道于灵虚山。后化鹤归辽,集城门华表柱。时有少年,举弓欲射之。鹤乃飞,徘徊空中而言曰:‘有鸟有鸟丁令威,去家千年今始归。城郭如故人民非,何不学仙冢累累。’遂高上冲天。”

〔一九〕薤上之露:晋崔豹《古今注》卷中:“《薤露》《蒿里》,并丧歌也。出田横门人,横自杀,门人伤之,为之悲歌,言人命如薤上之露,易晞灭也,亦谓人死,魂魄归乎蒿里……至孝武时,李延年乃分为二曲,《薤露》送王公贵人,《蒿里》送士大夫庶人,使挽柩者歌之,世呼为挽歌。”

〔二〇〕龙章:对皇帝文章的谀称。借指诏书、敕令。

〔二一〕敝帷:谓破旧之物也自有用处。《礼记·檀弓下》:“仲尼之畜狗死,使子贡埋之,曰:‘吾闻之也,敝帷不弃,为埋马也。敝盖不弃,为埋狗也。’”

〔二二〕爱屋及乌:谓爱其人而推爱及与之有关的人或物。语本《尚书大传》卷三:“爱人者,兼其屋上之乌。”

〔二三〕子姓:谓子辈、子女。《史记·魏其武安侯列传》:“魏其已为大将军后,方盛,蚡为诸郎,未贵,往来侍酒魏其,跪起如子姓。”

点评

某氏子因沈一贯上疏而使其父得到哀荣,故托眉公撰启致谢。